Liebe und Tradition

Roman

Herbert Schida

Liebe und Tradition

Roman

Bibliografische Information der Deutschen Nationalbibliothek:
Die Deutsche Nationalbibliothek verzeichnet diese Publikation in
der Deutschen Nationalbibliografie; detaillierte bibliografische
Daten sind im Internet über http://dnb.de abrufbar.

Lektorat: Ursula und Heinrich Jung
Cover und Zeichnungen: Herbert Schida, www.schida.net
Herstellung und Verlag: BoD – Books on Demand, Norderstedt

ISBN: 978-3-7494-6595-8

1

Hangzhou

Der Schnellzug von Shanghai nach Hangzhou gleitet mit hoher Geschwindigkeit dahin. Ich habe die Augen geschlossen und versuche zu schlafen. Meine Freundin Jin stößt mich unsanft an und ruft: „Meiling, werde wach! Wir müssen gleich aussteigen!"

Für einen kurzen Moment öffne ich die Augen und sehe aus dem Fenster.

„Vor einer halben Stunde sind wir nicht in Hangzhou, ich schlafe weiter!", antworte ich unwirsch.

Jin und ich hatten vor einem Monat unser Hochschulstudium erfolgreich beendet und wurden auf die Baustelle nach Hongping delegiert. Sie liegt in der chinesischen Provinz Zhejiang.

Ich bin froh, dass ich nicht weit von zu Hause weg bin und an den Wochenenden meine Eltern in Shanghai besuchen kann. Viele der Absolventen aus meiner Studiengruppe werde ich auf der Baustelle treffen. Wir hatten vor mehreren Wochen dort ein Praktikum absolviert. Es war eine leichte Arbeit, die wenig mit unserem

Ausbildungsfach zu tun hatte. Ich half bei der Verdrahtung von Schaltschränken.

Die Unterkunft war spartanisch. Von früheren Arbeitseinsätzen, während des Studiums, bin ich nichts Besseres gewöhnt. Ich hätte es schlechter treffen können. Viele meiner Kommilitonen wurden auf Baustellen, die mehr als 2000 Kilometer von Shanghai entfernt sind, versetzt. Sie können nur einmal im Jahr nach Hause fahren und ihre Eltern zum Frühlingsfest besuchen.

Ich kann nicht mehr weiterschlafen. Mein Blick ist starr auf die Ebene mit den Gemüse- und Reisfeldern gerichtet. Die Gegend ist wasserreich und fruchtbar. Überall sind Frauen auf den Feldern zu sehen, die bei 40 Grad Celsius Reispflanzen in die schlammige Erde stecken.

Eine Serviererin balanciert mit einem Bauchladen am Mittelgang zwischen den Sitzgruppen entlang. Sie bietet Plastiknäpfchen mit verschiedenen Gerichten an. Es ist Mittagszeit. Ich bin hungrig und bestelle für Jin und mich Reis mit Gemüse.

Ein Fahrgast drängt sich eilig an der Angestellten vorbei und rempelt sie an. Ein Suppennapf kippt um und ein Teil davon spritzt auf meine Bluse. Entsetzt sehen Jin und die Serviererin mich an. Zum Glück ist die Suppe nicht heiß.

Jin versucht die bespritzten Stellen sauber zu wischen. Es gelingt ihr nicht. Ich nehme aus meiner Reisetasche eine Ersatzbluse und verschwinde damit in der Zugtoilette.

Als ich zurückkomme scheint nichts mehr an den Vorfall zu erinnern. Auf dem Klapptisch befinden sich zwei Plastikbecher mit Gemüsereis und Essstäbchen.

„Hast du das bestellt?", frage ich Jin verwundert.
Sie schüttelt mit dem Kopf.

„Es ist gratis als Entschädigung für das Missgeschick. Gib mir die schmutzige Bluse, ich packe sie in meine Tasche!"

Ich reiche sie ihr und probiere das Essen.

Hastig verschlingen wir den Reis mit Gemüse. In der Studienzeit haben wir uns daran gewöhnt schnell zu essen, da die Pausenzeiten zwischen den Vorlesungen nur kurz waren. Gesättigt sehe ich aus dem Zugfenster. Der Anblick der monotonen Ebene ermüdet mich. Ich schließe meine Augen und versuche zu schlafen. Es gelingt mir nicht. Die vorhergehende Aufregung, wegen der Bluse, war zu groß. Über verschiedene Dinge denke ich nach.

Zufrieden stelle ich fest, dass es mir gut geht. Die große Hürde, das Studium, ist bewältigt und ich kann mein Leben nach eigenen Vorstellungen führen. Am meisten freue ich mich, dass ich mich gegen den Willen meines Vaters durchgesetzt habe. Ihm wäre es lieber gewesen, wenn ich Betriebswirtschaft studiert hätte. Es war vor sechs Jahren kein Studienplatz in diesem Fach frei und somit akzeptierte er meinen Wunsch, Technikerin zu werden. Den ausgezeichneten Abschluss in Elektro- und Informationstechnik hat er kommentarlos zur Kenntnis genommen. Er glaubt, dass mir das Ganze in Zukunft nichts bringt, wenn ich erst verheiratet bin.

Seine Vorstellung über meine persönliche Entwicklung ist grundverschieden zu der, die ich habe. Diesbezüglich denkt er altmodisch und ist in überholten Traditionen verwurzelt. Gern möchte ich ausbrechen und mein Leben nach meinen Wünschen gestalten. Er wird es nicht zulassen. Die Familie ist das Wichtigste für ihn und er ist das Oberhaupt des Clans. Ich würde es nicht wagen, gegen ihn aufzubegehren. Mit dieser Einstellung bin ich aufgewachsen und habe daran grundsätzlich nichts auszusetzen, bis auf wenige Dinge, die mir erst jetzt bewusstwerden.

Vor ein paar Tagen erinnerte er mich daran, dass ich bald heiraten werde und dem Sohn seines Freundes versprochen bin. Ich kenne ihn nicht und es widerstrebt mir, dieser Forderung nachzukommen. Bisher hatte ich nicht weiter darüber nachgedacht. Jetzt, wo ich mich frei und unabhängig fühle, empfinde ich ein solches Ansinnen als Zumutung.

Meine beiden älteren Schwestern unterlagen dem gleichen Diktat.

Was hat es ihnen gebracht?

Die Älteste blieb kinderlos. Ihr Mann ist dienstlich in Peking und kommt selten nach Hause. Er ist viel älter als sie und macht einen ernsten und strengen Eindruck auf mich. Eine Liebesehe war es nicht. Ich weiß von ihr, dass er eine Geliebte in Peking und sie einen Freund in Suzhou hat.

Bei der zweiten Schwester hat der von meinen Eltern ausgewählte Ehemann das Handtuch geworfen. Er lebte seit Jahren mit einer anderen Frau zusammen und wollte diese heiraten. Das Versprechen wurde seitens der Familie des Mannes aufgelöst. Meine Eltern suchten einen anderen Mann für sie. Die Schwester entschied sich jedoch für einen Jungen aus der Nachbarschaft. Erst als sie von ihm schwanger wurde, akzeptierte mein Vater den Mann und willigte einer Heirat ein. Wenn sie zu Besuch ins elterliche Haus kommt, muss sie sich jedes Mal von unserem Vater anhören, was für eine schlechte Partie sie gemacht hat. Ihr Mann ist ein einfacher Arbeiter und verdient nicht genug Geld, um eine Familie zu ernähren. Sie muss in einem Verkaufsladen an der Kasse sitzen und dazuverdienen. Dies ist für meinen Vater unzumutbar. Die zweite Schwester scheint jedoch glücklicher als die Ältere zu sein.

Als Letzte bin ich an der Reihe. Mit mir hat mein Vater große Pläne. Mein „Zukünftiger" ist der Sohn eines Bankinhabers aus Hongkong, der in London eine Zweigstelle hat. Es ist ein alter Schulfreund meines Vaters, dessen Familie es gelungen war, rechtzeitig einen Teil ihres Vermögens von Shanghai nach Hongkong zu transferieren.

Die Bank, die einst mein Urgroßvater in Shanghai gegründet und mein Großvater zur Blüte gebracht hatte, ist mit meinem Vater in den Jahren der politischen Umwälzung untergegangen. Wie ihm erging es vielen. Sie wurden enteignet und ihre Geldhäuser geschlossen. Mit meiner Hilfe hofft mein Vater, dass ein Spross aus unserer Familie ins Bankgeschäft kommt. Wenn der versprochene Ehemann ein hübscher Bursche ist, will ich mir die Zwangsheirat gefallen lassen.

Bisher habe ich keinen Jungen kennengelernt, der mir als Ehemann gefallen würde. Bei dem feinen Herrn aus Hongkong, der die weite Welt kennt und maßlos reich sein soll, könnte das anders aussehen.

Ich schlage die Augen auf und blicke zu Jin. Sie sieht mich an.

„Hattest du einen schönen Traum?", will sie wissen und trommelt nervös auf den Ablagetisch unter dem Fenster.

„Ich habe an meinen künftigen Ehemann gedacht", erwidere ich heiter.

„Dann schließe die Augen und träume weiter! Bisher hattest du keinen Sinn für das andere Geschlecht."

„Dir geht es nicht anders. Wir beide können uns nichts vormachen."

Jin winkt ab. Sie wirkt gereizt.

„Dein Bräutigam ist gebacken. Ich dagegen muss mir selbst einen suchen und der wird mit Sicherheit nicht reich sein, wie deiner", sagt sie enttäuscht.

„Woher willst du das wissen? Es laufen genügend Millionäre auf den Straßen herum."

„Schau mich an! Ich bin klein und dick. Das lieben die Burschen nicht. Ich muss nehmen, was übrigbleibt. Es ist anders als bei dir. Du bist groß und schlank. Eine Schönheit, wie man sie in Filmen sieht. Männer mögen solche Frauen."

„Übertreibe nicht! Bisher hat sich keiner für mich interessiert", sage ich bedauernd.

„Doch nur, weil ich sie vergrault habe, damit du nicht auf Abwege gerätst."

Ich schließe die Augen. Jin ist eine gute Seele. Immer ist sie da, wenn ich sie brauche. Wir haben unsere Kindheit zusammen verbracht und beginnen das Berufsleben auf der gleichen Arbeitsstelle. Sie ist wie mein Schattenbild.

Ihr Schicksal war seit ihrer Geburt mit meinem verknüpft. Ihre Mutter arbeitete bei uns im Elternhaus als Kindermädchen und kurz vor Jins Geburt starb ihr Mann. Jin ist nur wenige Monate älter als ich und wir wuchsen gemeinsam auf. Meine Mutter erzählte mir, dass sie nicht genug Milch hatte und Jins Mutter aushalf. Somit sind wir Milchschwestern.

Jin tippt mich an die Schulter. Sie sieht aufmerksam durch das Fenster.

„Wach auf! Wir sind bald in Hangzhou", sagt sie aufgeregt.

„Erst in einer halben Stunde. Lass mich noch ein Weilchen die Augen schließen und träumen!"

„Nichts da!", kommandiert sie herrisch.

Sie ist nervös, wenn wir in die Nähe des Ankunftsbahnhofs kommen. Woran es liegt, kann ich mir nicht erklären. Es ist ihr Naturell.

Hangzhou ist Endstation für den Zug. Alle Fahrgäste drängen zu den Ausgängen. Wir schieben uns mit den Reisetaschen durch die Massen auf dem Bahnsteig. Am Ausgang des Gebäudes gehen wir in Richtung Parkplatz und finden den Kleinbus, der uns nach Hongping bringen soll. Wir sind die letzten, auf die der Fahrer gewartet hat. Die anderen sitzen im Bus und langweilen sich. Es gibt ein lautes „Hallo" und wir fahren los.

In zwei Stunden sind wir im Camp auf unserer Baustelle.

Die Unterkunft ist eine alte Baracke mit vielen Wohnräumen im Obergeschoss. Parterre befinden sich die Duschen und Toiletten, Küche sowie Abstell- und Lagerräume.

Den Raum, der uns zugewiesen wird, teilen wir mit zwei weiteren Absolventinnen aus unserer ehemaligen Studiengruppe. Zwei Doppelstockbetten stehen gegenüber der Tür und an der einen Wand sind vier Spinde für unsere persönlichen Sachen.

Am Fenster befinden sich ein betagter Tisch mit vier Holzschemeln. Von der Mitte der Decke hängt eine elektrische Lampe ohne Schirm herunter. Ich probiere mein Bett aus und stelle fest, dass es sich gut darin liegt. Jin räumt unsere Sachen in die Spinde und wir inspizieren den gemeinschaftlichen Wasch- und Toilettenraum sowie die Küche und den Wäscheraum. Wir sind damit zufrieden.

Ich dränge Jin, mit mir durch den Ort zu gehen. Wir kennen ihn. Bei unserer Ankunft habe ich gesehen, dass sich vieles in der Zwischenzeit verändert hat. In der Nähe des Ausgangstores stehen das große Kantinengebäude und daneben eine Baracke. Ich sehe durch das Fenster und erkenne Tischtennisplatten. Die waren zu der Zeit des Praktikums noch nicht da.

Wir bummeln die Hauptstraße entlang und betrachten neugierig die Geschäfte. Es gibt alles, was man braucht, einen Friseur, mehrere Schneiderstuben, Restaurants und viele kleine Läden, die allerlei Dinge des täglichen Bedarfs anbieten.

In einem Shop kaufe ich ein Buch für die vielen freien Stunden, die mir an diesem tristen Ort bevorstehen.

Hongping ist nicht mit unserem Stadtteil in Shanghai vergleichbar. Das Einzige, was hier schöner ist, sind die nahen Berge und saubere Luft.

Nach dem Bummel gehen wir in die Kantine. Es gibt als Abendessen eine Schale Reis, mit Gemüse und Hühnerfleisch. Im Vergleich mit dem Essen in der Mensa schmeckt es hier besser. Es wird an dem Koch liegen oder den höheren, betrieblichen Geldzuwendungen für die Küche.

Auf dem Weg in unsere Unterkunft kommen wir an der Baracke mit den Tischtennisplatten vorbei. Neugierig sehen wir durch das Fenster. Drinnen spielen vier junge Männer an zwei Platten. Die Dritte ist frei.

„Wollen wir es versuchen?", frage ich Jin.

Sie ist einverstanden und wir betreten den Raum.

Einer der Burschen fragt, ob wir spielen wollen und weist uns die freie Platte zu. Er gibt Jin und mir einen Schläger und Ball.

„Seid vorsichtig damit! Was ihr kaputtmacht, müsst ihr bezahlen."

Er bleibt neben unserer Platte stehen und beobachtet uns.

Ehrfürchtig greife ich nach dem Ball und lasse ihn auf die Tennisplatte fallen. Er hopst über das Netz.

„Du darfst ihn anschlagen, doch nicht arg draufhauen, dass er zerspringt", werde ich belehrt.

„Wir spielen nicht zum ersten Mal", rechtfertigt sich Jin.

„Na gut, ich lasse euch allein", sagt der Bursche und wendet sich seinen Freunden zu.

Jin und ich beginnen, uns einzuspielen. Obwohl wir seit Jahren zusammen üben, zeigt Jin keine Verbesserung. Zum Spaß reicht es. Bei einem richtigen Spiel würde sie bald aufgeben.

Der junge Mann, der hier das Sagen zu haben scheint, erkennt meine Not und bietet sich für ein Trainingsspiel an. Ich freue mich darüber und wir beginnen gleich zu zählen. Die anderen beenden ihr Match und sehen uns zu.

Feng stellt sich mir mit Namen vor. Er ist gut im Anschneiden der Bälle. Mir gelingt es nicht, sie zu kontern. Wir kommen in Fahrt. Ich merke, dass er besser ist und bin bald außer Atem. Souverän gewinnt er das Spiel und bietet mir die Möglichkeit einer Revanche, bei unserem nächsten Treffen an.

Jin ist begeistert, wie gut ich mich gegen ihn behauptet habe. Sie ist sich sicher, dass ich mit viel Übung gegen Feng gewinnen kann. Mir genügt es, mit einem besseren Gegner als Jin zu spielen, doch das sage ich ihr nicht.

Schweißgebadet kommen wir zu unserem Quartier. Wir nehmen die Kulturtaschen und gehen in den Duschraum. Er ist für alle Bewohner der Baracke gedacht. Sechs Kabinen sind nebeneinander aufgereiht.

In der Letzten stellen wir uns gemeinsam unter die Brause. Der starke Strahl massiert meine Kopfhaut. Jin hat ein Seifenstück in der Hand und kann es nicht festhalten. Es rutscht ihr weg und ich muss am Boden danach suchen.

Vor mir befinden sich zwei fremde Füße. Ich identifiziere sie sogleich als Männerbeine, da sie stark behaart sind. Erschrocken schreie ich auf und Jin kreischt, wie ein Eichelhäher, der einen Eindringling in seinem Revier entdeckt hat.

Feng steht vor unserer Duschkabine und reicht mir grinsend die Seife. Überrascht sehe ich ihn an.

„Ihr seid zur falschen Duschzeit hier. Jetzt ist für Männer reserviert. An der Eingangstür sind die Zeiten aufgeschrieben", erklärt er uns und verschwindet. Bald darauf kommt er zurück.

„Ihr könnt euch Zeit lassen, jetzt kommt niemand mehr herein."

Er zieht sich aus und stellt sich uns gegenüber unter die Brause. Bedächtig beginnt er sich einzuseifen. Es scheint ihn nicht zu stören, dass wir zu dritt nackt im Duschraum stehen. Verstohlen sehen wir zu ihm hin. Als ich die Seife abgespült habe, springe ich zu dem Board, auf dem unsere Handtücher und die Kulturtaschen liegen. Ich wickle mich in mein Badetuch und trockne mich ab. Jin steht noch in der Kabine und traut sich nicht heraus. Sie ist mir dankbar, dass ich sie mit dem Badetuch aus ihrer misslichen Lage befreie und beim Abtrocknen helfe. Verstohlen sieht sie zu Feng. Nicht mehr ängstlich, sondern bewundernd wegen seines gutaussehenden, athletischen Körpers.

Er tut als bemerke er die Blicke von ihr nicht. Ich muss Jin mit Kraft aus dem Duschraum ziehen. Jetzt sehe ich, warum kein anderer gekommen ist. Feng hat ein Schild mit der Aufschrift „Duschraum gesperrt" an der Eingangstür aufgehängt.

Die Aufregungen reichen mir für heute. Wir beschließen uns hinzulegen und bis zum Dunkelwerden zu lesen. Unsere beiden Mitbewohnerinnen sind noch nicht da und Jin hört nicht auf, von dem gutaussehenden Feng zu schwärmen. Mir hat er ebenso gefallen, doch er ist nicht mein Typ. Jin versteht mich nicht.

In der Nacht kann ich nicht einschlafen. Eine unserer Mitbewohnerinnen schnarcht. Ich stecke mir Watte in die Ohren. Es hilft nicht. Die Luft ist stickig. Wir können die Tür nicht öffnen. Insektenschwärme belagern unsere Wohnbaracke. Ich befinde mich in einer ausweglosen Situation. Geduldig muss ich mich fügen. Erst in der Früh schlummere ich ein. Der Wecker reißt mich brutal aus meinen Träumen. Schlechtgelaunt beginne ich den ersten Arbeitstag und überlege, wie ich die Schnarcherin in der nächsten Nacht zur Ruhe bringen kann.

Gemeinsam gehen wir zur Kantine. Die Auswahl an Speisen ist groß. Ich schöpfe aus dem großen Kochtopf schleimigen Reisbrei in ein Schälchen und verfeinere ihn mit Erdnüssen.

Besonders lecker schmecken die frittierten und vor Fett triefenden Teigstreifen „Youtiao".

Meine Lebensgeister kehren zurück und die Laune bessert sich. Jin wählt andere Speisen, von denen ich ein wenig koste. Die mit Fleisch gefüllten Teigtaschen „Xiaolongbao" sind im Geschmack vergleichbar mit denen, die Jins Mutter zu Hause zubereitet. Für mich ist das Frühstück am wichtigsten. Wenn es gut und ausreichend ist, brauche ich erst am Abend die nächste Mahlzeit.

2

Hongping

Nach dem Frühstück treffen sich alle Neuankömmlinge in einem großen Besprechungsraum und der Projektleiter hält eine Ansprache. Er beschreibt die Wichtigkeit der Anlage für die chinesische Volkswirtschaft. Wir werden den einzelnen Fachgruppen zugeteilt. Erfahrene Ingenieure sind unsere Vorgesetzten und sie stellen sich kurz vor.

Jin und ich werden in der Steuerzentrale eingesetzt und sollen uns auf die Abnahmetests bei der Inbetriebsetzung vorbereiten.

Mein direkter Vorgesetzter ist ein dicker, untersetzter Mann zwischen 30 und 40 Jahren. Er sieht ungepflegt aus und ich hoffe, dass sein Äußeres nicht seinen Führungsqualitäten entspricht.

Zwölf Absolventen sind ihm zugeordnet. Als feststeht, wer zu seiner Gruppe gehört, sammelt er seine Schäfchen ein und geht mit uns in einen kleinen Besprechungsraum. Hier erklärt er die Aufgaben, die wir in den nächsten Wochen und Monaten erledigen sollen.

Er vergisst nicht daran zu erinnern, dass wir am Anfang unserer Berufslaufbahn stehen. Wer nicht seinen Ansprüchen genügt wird entlassen. Er glaubt, dass nicht mehr als ein Drittel von uns bis zum Ende der Projektlaufzeit durchhalten und bleiben werden.

Auf seine großen fachlichen Erfahrungen weist er ständig hin. Bei einem früheren Projekt auf einer anderen Baustelle will er sie erworben haben. Sein Eigenlob treibt mir die Müdigkeit in die Augen. Nur nicht einschlafen, denke ich. Bei solchen Typen ist es wichtig nicht gleich am Anfang schlecht aufzufallen. Wen sie auf dem Kieker haben, dem gelingt es nicht mehr, sich aus den Klauen zu befreien. Man bleibt Zielscheibe und die anderen beginnen im gleichen Chor mitzutönen.

Jin fallen die Augenlider ebenfalls zu. Der Monolog unseres neuen Vorgesetzten scheint sie zu ermüden. Ich stoße sie unauffällig in die Seite. Entsetzt sieht sie mich an.

„Gute Nacht!", zische ich ihr zu. Verstört blickt sie geradeaus und versucht, sich auf das Gewäsch des Gruppenleiters zu konzentrieren.

Nach ausreichendem Selbstlob verteilt der dicke Fettkloß Kopien der technischen Unterlagen, die vom Lieferanten an den Kunden übergeben wurden. Jetzt wird es interessant. Es sind zwölf Ordner, die auf dem Tisch vor ihm liegen.

„Ihr seid angeblich die Besten des diesjährigen Abschluss-Jahres eurer Universität. Es dürfte für euch ein Leichtes sein, die Ordner bis morgen früh durchzuarbeiten. Ich werde euch ein paar Fragen stellen und danach festlegen, wer für welche Aufgaben vorgesehen ist."

Zum Glück hatte ich die Unterlagen während des Praktikums vor einem halben Jahr studieren können und kenne die Zusammenhänge.

Die Dokumente brauche ich nur kurz überfliegen.

Ich nehme einen der Ordner vom Tisch und gehe zu einem Platz am Fenster. Jin folgt mir. Sie kennt sich aus.

„Gehen wir die Ordner kurz durch? Wenn im Inhalt keine Teile dazugekommen sind, können wir uns zum Tischtennis spielen verdünnisieren", flüstere ich Jin zu.

„Schlag dir das aus dem Kopf. Der Fettsack beobachtet alle wie ein Luchs. Es würde mich nicht wundern, wenn er sich Notizen über jeden macht", warnt Jin.

„Ich bin gespannt, wen er sich zuerst als Beute aussucht. Sieh ihn dir an, wie er durch seine starken Augengläser jeden mustert."

„Solange er es von seinem Tisch aus tut, soll es mich nicht stören. Schlechter wäre es, wenn er zu uns kommt."

Wer vom Teufel spricht, braucht nicht lange auf ihn warten.

Behäbig setzt sich der Dicke in Bewegung und steuert unmissverständlich auf uns zu. Vor unserem Tisch bleibt er stehen.

„Euch beide kenne ich! Wart ihr im Praktikum hier?"

Wir nicken eingeschüchtert mit dem Kopf.

„Dann ist das nichts Neues für euch. Kommt mit!"

Er wackelt zu seinem Tisch zurück und wir tanzen leichtfüßig hinterher. Lose Blätter liegen auf einem Haufen. Er packt sie mit beiden Händen und hält sie uns vor die Nase.

„Seht euch diese Programmbeschreibung an. Morgen sprechen wir darüber."

Mit dem Papierbündel kehren wir zu unserem Tisch zurück. Ich überfliege die Druckerseiten geschwind.

„Der Dicke muss uns gehört haben, dass wir Tischtennis spielen wollen. Jetzt können wir es vergessen.

Das Programm ist ein Hammer und wir werden die ganze Nacht damit zu tun haben, es zu verstehen", flüstere ich.

„Wir sind nicht die Einzigen, die das Praktikum hier gemacht haben. Warum greift er uns heraus?", erwidert Jin entrüstet.

„Weil du ihm gefällst!", sage ich lachend.

Jin kann dem nichts abgewinnen. Besorgt sieht sie auf die Blätter und schüttelt fortwährend mit dem Kopf.

Die Beschreibung stammt von der kanadischen Firma, die unsere Steuerung liefert. Es ist jede Programmzeile einzeln, verbal beschrieben. Das erleichtert das Verstehen des Originalcodes.

Jin und ich studieren Zeile für Zeile und diskutieren darüber. Es macht mir Spaß, die Programmierschritte nachzuempfinden. Wir vertiefen uns in die Arbeit und bemerken nicht, dass es Mittagszeit ist. Zum Glück denken die anderen daran und nehmen uns mit in die Kantine.

Viele der Jobeinsteiger haben mit mir an der Technischen Universität in Hangzhou studiert. Wir kennen uns gut. Und ein Teil von ihnen hatte in Hongping sein Praktikum gemacht. Der Leistungsdruck war hoch und ein Großteil der Immatrikulierten hatte nach dem ersten Jahr aufgegeben. Freizeit kannten wir nicht. Wenn Semesterferien waren, mussten wir zu Hilfsaktionen in Betriebe. Es waren freiwillige Einsätze, bei denen man nicht „nein" sagen durfte. Dies liegt hinter mir und ich bin froh, dass ich jetzt selbst über meine Zeit bestimmen kann.

Ich unterliege einem Irrglauben. Die Analyse des Programms, das uns der Dicke am Morgen gegeben hatte, ist unmöglich in der normalen Arbeitszeit zu schaffen. Der Chef sagte uns, dass wir die Arbeit, die wir in der normalen Arbeitszeit nicht erledigen können, mit nach Hause nehmen sollen. Das bedeutet Freizeit opfern. Es stört mich nicht, wenn es interessante Aufgaben sind, die mich wie ein spannendes Buch fesseln.

Jin geht es ebenso wie mir. Wenn wir uns in eine Sache verbissen haben, lassen wir nicht los. Die halbe Nacht hängen wir über dem Programm und versuchen die einzelnen Schritte nachzuvollziehen. Bis auf zwei Unterprogramme haben wir alles gelöst. Es sind Funktionen, die nicht näher beschrieben wurden. Für diese gelingt es uns ein Unterprogramm zu schreiben. Es erfüllt die Anforderung und müsste noch ausgefeilt und getestet werden.

Erschöpft und zufrieden, gehen wir am Abend von dem Besprechungsraum in unser Quartier und fallen kraftlos in die Betten.

In der Nacht habe ich gut geschlafen. Nach dem Frühstück melden wir uns beim Gruppenleiter und sind gespannt, was er zu unserem Ergebnis sagen wird.

Wir legen ihm das Programm mit den Randnotizen vor. Er schiebt es zur Seite und sieht es sich nicht an.

Für mich ist seine Reaktion enttäuschend. Eine Kritik einzustecken ist leichter zu ertragen als nicht weiter beachtet zu werden. Schmollend setze ich mich mit Jin in die letzte Tischreihe. Wir regen uns ab, indem wir Schimpfworte für unseren Gruppenleiter erfinden. Dicker, Fettwanst, Hängebauchschwein und Stinkerchen hatten wir ihn gestern genannt. Nach der Zurückweisung müssen wir uns stärkere Begriffe für ihn ausdenken. Jin hat bessere Ideen als ich. Wenn wir die Wörter leise aussprechen, freuen wir uns und lachen verhalten.

Der Gruppenleiter befasst sich mit den anderen, die gestern die zwölf Ordner der Produktdokumentation durchsehen sollten. Er stellt jedem Einzelnen Fragen und kritisiert die Antworten. Deutlich macht er klar, dass wir die Dummen sind und er der Allwissende. Auf einer Namensliste macht er sich kurze Randnotizen.

Jin und ich kommen jetzt an die Reihe. Er erinnert sich, dass er uns ein Programm zur Ansicht gegeben hatte. Behäbig schiebt er das Papierbündel vom Rand des Tisches in die Mitte. Mit seinen klobigen Fingern versucht er den Faden, mit dem das Bündel kreuzweise verschnürt ist, zu entfernen. Über die Papierecken kann er den Strick nicht ziehen und der Knoten ist zu fest. Gespannt sehen wir ihm zu und verhaltenes Kichern ist im Raum zu vernehmen. Mit grimmigem Blick sieht er in die Runde, um die zu entdecken, die sein Mühen lächerlich finden. Er schiebt das verschnürte Bündel auf der Tischplatte zur Seite.

Durchgefallen, denke ich.

„Kommt zu mir!", ruft der Dicke wütend.

Wie ängstliche Hühner tippeln wir zu seinem Tisch. Er sieht mich geringschätzig an.

„Erklär mir, was du herausgefunden hast!".

„Wir haben das Programm analysiert und bis auf zwei Funktionen, die Vorgehensweise erkannt", antworte ich eingeschüchtert.

„Es ist ein kleines Programm. Zeig mir die Stelle!"

Ich löse den Knoten des Papierbündels und lege die Seiten auf. Mit dem Finger zeige ich auf die Zeile, in der die beiden Funktionen erstmals genannt werden.

Der Gruppenleiter blättert weiter, um einen erneuten Aufruf der Funktionen zu finden. Ich merke, dass er unsicher wird und keine Lösung parat hat. Wie wird er jetzt reagieren?

Gibt er zu, dass er es nicht weiß oder spielt er den allwissenden Macho.

Er schiebt mich mit der Hand zur Seite und sieht in die Runde der Absolventen. Es ist mäuschenstill und alle warten auf seinen Kommentar.

„An diesem Beispiel seht ihr, womit wir zu kämpfen haben. Die Dokumentation ist in vielen Teilen unvollständig und teilweise unbrauchbar. Wir müssen damit auskommen und das, was nicht darinsteht, selbst herausfinden. In ein paar Jahren sind wir soweit, dass uns nichts mehr verborgen bleibt. Wir werden im Gegenzug den Langnasen ebensolche unvollständigen Beschreibungen zu unseren Produkten liefern."

Der Dicke driftet vom Thema ab. Die ungenügende Dokumentation der Programme sieht er als Ausdruck des Klassenkampfes an. Jetzt ist er nicht mehr zu bremsen. Er wird eine Ausbildung in einer der zahlreichen Politschulen genossen haben und will uns mit diesem Wissen beglücken.

Jin und mir deutet er mit einer Handbewegung an, dass wir uns setzen sollen.

Von der hinteren Reihe genießen wir seine pathetische Rede und denken uns weitere Schimpfworte für ihn aus. Nach einer Stunde kommt er zum Ende und wirft einen Blick auf den Namenszettel vor ihm. Er scheint sich daran zu erinnern, warum wir hier herumsitzen und dass er uns die zukünftigen Aufgaben zuteilen wollte.

Jeden Namen ruft er einzeln auf. Er gibt bekannt, wo wir eingesetzt werden.

Jin und mich teilt er den Programmierern für die zentrale Steuerung zu. Ich bin hocherfreut über die Entscheidung und bedaure in diesem Moment jedes Schimpfwort, das ich gegen ihn ausgesprochen habe.

Für die zentrale Steuerung ist ein neues Gebäude errichtet worden. Es ist innen und außen zweckmäßig und modern gestaltet. Mit nichts hat man beim Bau gespart. Die Wände in der großen Eingangshalle wurden mit italienischen Marmorplatten verkleidet. Das Gebäude ähnelt mehr einem Hotel als einem technischen Zweckbau.

Während meiner Praktikumszeit war es beinahe fertiggestellt und ich wünschte mir, dort arbeiten zu können. Alles ist sauber und hell, wie in einem Palast.

Der Gruppenleiter fordert uns zu einer Arbeitsplatzbegehung auf.

„Jeder soll sehen, wo er und die anderen arbeiten werden", gibt er bekannt.

Von unserem Camp fahren wir mit einem Kleinbus zur Schaltwarte, in der sich die zentrale Anlagensteuerung befindet. Vieles hat sich beidseits der Straße verändert. Der teilweise aus dem Felsen gesprengte Weg ist asphaltiert und zur abfallenden Hangseite hin, sind rotweiß bemalte Randbegrenzungssteine aufgestellt. Einen wirklichen Schutz gegen abstürzende Fahrzeuge würden sie nicht bieten. Ihre reflektierende Bemalung zeigt den Verlauf der neuen Straße an. Hangaufwärts ist ein kleiner Wasserfall zu sehen, der auf uns herabzustürzen scheint. Am Rand der Straße wird er abgefangen und in einem starken Rohr unter der Asphaltdecke abgeleitet.

Die Hänge sind mit Bambus bewachsen. Ich habe im Ort gesehen, dass er wichtig für die Menschen in dieser Gegend ist. Die mittelgroßen Stämme gehen zu einem Großteil in die Industrie und zum Gerüstbau. Wir sehen Bauern, die mit einer Hippe in der Hand zur Waldarbeit eilen. Mit ihr schlagen sie die dünnen Bambusstämme um und befreien sie von Ästen und Blättern.

Vor uns befindet sich der hohe Staudamm des Unterbeckens und wir fahren die Serpentinen hinauf zur Dammkrone. Am Rand des Beckens steht die Steuerzentrale. Wunderschön strahlt die schneeweiße Fassade des modernen Gebäudes in der Sonne. Hier entsteht eines der größten Pumpspeicherwerke der Welt und es erfüllt mich mit Stolz, dass ich nach meinem Studium an diesem Projekt mitarbeiten darf.

Der Bus hält und wir steigen aus. Als ich im Praktikum auf der Baustelle war, gab es nur den Rohbau. Die Gebäude sind fertig. Wir folgen dem Gruppenleiter in die erste Etage und er zeigt uns zuerst die Steuerzentrale. Viel ist hier nicht passiert. Überall stehen Kabelschränke und Trommeln mit mehradrigen Leitungen herum. Es ist der Arbeitsbereich der meisten aus unserer Gruppe.

Nur vier werden sich um die Programme kümmern. Jin und ich gehören zu dem Team. Unser Arbeitsraum ist ein kleines Büro mit Blick auf das Unterbecken.

Nachdem jeder weiß, wo sein künftiger Arbeitsplatz ist und was er in den nächsten Wochen zu tun hat, zeigt uns der Gruppenleiter noch die Maschinenhalle. Sie befindet sich tief im Berg verborgen.

Durch einen endlos verlaufenden Tunnel gelangen wir dorthin. Die Luft wird stickig. Angeblich gibt es eine Entlüftungsanlage. Ich merke nicht viel davon. Der Lärm wird größer. Hämmern, schleifen und trennen von Metallteilen mischen sich zu einem Geräusche-Mix mit dem Stimmengewirr der Bauarbeiter.

Wir erreichen die Kaverne. Es ist eine riesige Höhle, die aus dem Felsengestein gesprengt wurde. An einigen Stellen rinnt Wasser über das Felsengestein. Das emsige Treiben verwirrt mich. Es geht wie in einem Ameisenhaufen zu. Bewundernd betrachte ich die Leute bei der

Arbeit. Sie scheinen es gewöhnt zu sein, dass man sie anstarrt. Ruhig und gelassen machen sie ihren Job.

Eine Stunde dürfen wir uns in der Halle umsehen. Vorsichtig inspiziere ich mit Jin die Baugrube für die Maschinensätze. Ein Teil der Fundamentarbeiten für die Turbinen sind fertiggestellt und es ist erkennbar, wo das Wasser durch riesige Rohre eingeführt und ausgeleitet wird. Ein gewaltiges Ventil regelt für jede der sechs Turbinen die Zufuhr.

Meine Freundin wird unruhig.

„Was ist mit dir?", frage ich sie.

„Ich muss austreten!", gibt sie mir sorgenvoll zur Antwort.

„Doch nicht hier!", erwidere ich abwehrend.

„Sieh nach, wo ich hinkann! Ich halte es nicht mehr aus!"

Auf dem Stahlgerüst der Betonbewehrung sitzt eine Frau und biegt Drähte zurecht. Ich gehe zu ihr und frage, wo eine Toilette ist. Ohne aufzublicken zeigt sie zu einem Tunnel auf der anderen Seite der Halle.
Ich suche nach einem Weg, um dorthin zu kommen.

Es ist nur ein Brettersteg zu sehen, auf dem die Leute zur anderen Seite gelangen können. Ich gehe zurück zu Jin, der die Notlage anzusehen ist.

„Wir müssen zur anderen Seite gehen. Dort gibt es einen Tunnel mit einer Toilette."

„Schnell Meiling!", jammert Jin vor sich hin.

Wir kommen zu dem Steg, der nur mit Bewehrungseisen am Felsen verankert wurde. Jin, die eine ängstliche Person ist, tritt als erste auf die Bretter. Sie balanciert, wie eine Zirkusartistin auf den Bohlen, zum befreienden, gegenüberliegenden Ufer. Ich folge ihr langsam. An meine Höhenangst denke ich in diesem Moment nicht.

Glücklich erreichen wir die Betonfläche. Ich frage einen Bauarbeiter, der gerade entlangkommt, wo der besagte Tunnel mit der Toilette ist.

„Gleich hier um die Ecke. Nimm meine Taschenlampe mit! Dort ist keine elektrische Beleuchtung. Ich warte solange auf euch."

Mit der Lampe bewaffnet, gehe ich voran. Jin tänzelt hinter mir her. Wir kommen in die Nähe eines Seitenstollens, aus dem es bestialisch stinkt. Vorsichtig gehe ich weiter. Einen Container mit WC oder eine Bautoilette kann ich nicht sehen. Es gibt nur einen Steg aus Holzbohlen. Links und rechts davon liegen Fäkalien. Es ist die illegale Bedürfnisanstalt für die Bauleute unter der Erde. Ich sehe mich um. Niemand außer uns beiden ist da. Jin hockt sich hin und erleichtert sich. Die Taschenlampe geht aus.

„Lass die Lampe an!", ruft sie wütend.

Um uns ist finstere Nacht.

Ich schüttle die Lampe. Nichts tut sich. Sie bleibt aus.

„Die Batterie ist leer. Wir müssen uns nach draußen tasten. Fass mich an!", rate ich Jin.

„Wo bist du?"

„Hier, hier, hier, …", wiederhole ich ständig, damit Jin mich hört und zu mir findet.

Sie hat es geschafft und ist nicht von den Holzbohlen herunter getreten. Mit meinen Schuhspitzen versuche ich festzustellen, ob wir uns in der Mitte des Laufstegs befinden. Der leichte Schimmer von Lichtblitzen, die von den Schweißern in der Halle herrühren und an den feuchten Felswänden reflektiert werden, zeigen uns den richtigen Weg. Bald haben wir es geschafft. Jin wird leichtsinnig und nimmt ihre Hand von meiner Schulter. Gleich darauf rutscht sie vom Brett und tritt daneben in eine weiche Masse. Ich höre sie fluchen und ahne, was ihr widerfahren ist. Wir kommen zum Ausgang des Stollens. Der Bauarbeiter wartet auf seine Taschenlampe.

„Warum leuchtet sie nicht?", will er wissen.

„Wahrscheinlich ist die Batterie leer."

Er fängt an zu jammern, dass er die Lampe erst vor einer Woche gekauft hat und ich sie kaputt gemacht habe.

Mich plagen andere Sorgen. Jins Schuhe muss ich sauber bekommen. Zum Glück gibt es Wasser, das in kleinen Rinnsalen aus den Felsspalten dringt und sich in einem Kanal sammelt. Jetzt brauchen wir nur noch einen Lappen. Es ist nichts Derartiges zu finden. Ein Tuch oder Ähnliches haben wir nicht bei uns. Jin fängt an zu weinen.

„Zieh deinen Slip aus! Dein Kleid ist lang genug. Es fällt nicht auf", sage ich.

Widerwillig tut sie es. Ich wische den Schmutz von ihren Schuhen und säubere ihre Füße. Ob alles beseitigt ist, kann ich nicht sehen. Zumindest riecht es nicht mehr penetrant.

Langsam bewegen wir uns, über den am Felsen fixierten Brettersteg, zurück zum Sammelplatz. Jin hat große Sorgen. Sie meint, dass die Bauarbeiter in der Grube ihr unter den Rock schauen können. Als ich in die Tiefe sehe, erkenne ich die gefährliche Situation, in der wir uns befinden.

Ich bekomme Höhenangst. Meinen ganzen Mut nehme ich zusammen und starre nur nach vorn. Personen kommen uns entgegen und der Brettersteg wippt im Rhythmus der Tritte. Mir ist zum Erbrechen schlecht. Mit letzter Kraft erreiche ich die betonierte Fläche am Ende des Stegs.

An einem Schaltschrank gelehnt kaure ich mich mit zitternden Knien auf den Boden.

Wir müssen noch ein paar Minuten warten, bis die Stunde um ist und die anderen kommen. Jin fühlt die Blicke auf sich gerichtet, obwohl sie keiner beachtet. Die nassen Schuhe bemerkt niemand.

Mit dem Bus geht es zurück nach Hongping. Als wir dort ankommen, kaufe ich sofort eine Taschenlampe und Ersatzbatterien.

Die Wahrscheinlichkeit, in der nächsten Zeit in die riesige Maschinenhalle zu kommen, ist gering. Sie ist in ihren Abmessungen vergleichbar mit der Größe eines Doms. Ich bin froh, dass ich nicht dort zur Arbeit eingesetzt wurde. Die Halle sieht aus wie eine gewaltige Drachenhöhle. Es würde mich nicht wundern, wenn ein Ungeheuer aus einem der Gänge herauskriecht. Bei dem Gedanken an den provisorischen Laufsteg an der Felsenwand, stellen sich mir die Haare auf. Ich vermute, dass er mich in meinen Träumen lange begleiten wird.

<< 3 >>

Teehaus am Bund in Shanghai

Wir fahren zweimal am Tag mit dem Bus zum Gebäude der Steuerzentrale und zurück. Ich habe mich gut an den Tagesrhythmus gewöhnt. In dem schönen Büroraum mit den neuen Möbeln und herrlichem Blick nach draußen, auf die bewaldeten Berge, fühle ich mich wohler als in unserem Quartier im Camp.

Verwöhnt bin ich diesbezüglich nicht. Ich kenne schlechtere Unterkünfte von früheren Praktika-Einsätzen. Diese dauerten nur wenige Wochen. In Hongping werde ich mich mehrere Jahre aufhalten. Eine bessere Unterkunft wünsche ich mir. Ich spreche mit Jin darüber, ob wir ein Privatzimmer im Ort mieten.

„Das können wir uns nicht leisten. Sie sind zu teuer und es gibt zu wenige", erwidert sie heftig.

Unser Anfangsgehalt ist nicht ausreichend, um sich diesen Komfort zu leisten. Nach der Einarbeitungsphase rechne ich jedoch mit einer Gehaltserhöhung.

„Umsehen können wir uns und fragen kostet nichts", wende ich ein.

Wir schlendern durch die Straßen von Hongping und erkundigen uns in einem Kramladen bei der Verkäuferin. Die Frau stammt aus dem Ort und klärt uns auf.

„Ich kenne kein freies Zimmer. Die zu vermietenden Unterkünfte bei den Bauern sind alle belegt. Ihr könnt noch in den Nachbarorten nachfragen. Vielleicht habt ihr Glück."

Die Auskunft ist ernüchternd.

Nach dem Abendessen in der Kantine gehe ich mit Jin Tischtennis spielen. Feng hat mir einen Zweitschlüssel zu dem Trainingsraum gegeben damit ich mit meiner Freundin üben kann, wenn er nicht da ist. Es ist freundlich von ihm und er hat damit bei mir und Jin stark gepunktet. Sie ist in ihn verliebt, seitdem wir uns in dem Duschraum begegnet sind. Ihre schmachtenden Blicke beachtet er nicht. Die Zuneigung scheint nicht auf Gegenseitigkeit zu beruhen. Jin trägt es mit Fassung.

An den Samstagen arbeiten wir normal. Nach jeweils drei Wochen dürfen wir drei freie Tage an das darauffolgende Wochenende anhängen. Es ist, wie ein Kurzurlaub.

Heute ist es soweit. Wir wollen zu unseren Eltern nach Shanghai fahren und können bis Mittwoch bleiben. Ein Firmenbus bringt uns nach Hangzhou und von dort geht es mit dem Schnellzug weiter nach Shanghai.

Unsere Mütter holen uns vom Bahnhof ab. Ungeduldig stehen sie am Bahnsteig und winken mit einem weißen Taschentuch, damit wir sie nicht übersehen. Mit dem Taxi fahren wir nach Hause und müssen über unser Leben in Hongping berichten.

Wir bekommen unsere Lieblingsspeise vorgesetzt. Es ist Nudelsuppe mit Hühnerfleisch, die keine Köchin besser zubereiten kann als Jins Mutter. Während des Essens müssen wir weitererzählen.

Mein Vater sitzt abseits in seinem Sessel an dem kleinen Tisch und spielt Schach gegen sich selbst. Er tut als würde ihn unsere Erzählung nicht interessieren. Ich weiß, dass er zuhört.

Er wollte nicht, dass ich studiere. Ein Techniksstudium findet er für eine Frau unpassend. Mittlerweile scheint er sich damit abgefunden zu haben. Er kann sich nicht vorstellen, dass mir die Arbeit Spaß macht. Zumindest toleriert er großzügig meinen momentanen Zeitvertreib.

Die Mutter gibt mir zu verstehen, wie stolz sie auf mich ist. Sie hatte sich ein beruflich erfülltes Leben gewünscht. Durch die Kinder ist alles anders gekommen.

Als Jin von Feng erzählt und ins Schwärmen gerät, blickt mein Vater auf und sieht zu uns herüber. Ich merke, dass bei ihm die Alarmglocken läuten und trete Jin gegen das Schienbein. Sie ist sofort still und täuscht einen Hustenanfall vor.

Ich hoffe, dass die Lawine nicht ins Rollen kommt und mein Vater mir die Arbeit in Hongping verbietet. Sein Freund aus Hongkong hatte ihm geschrieben, dass die Zeit gekommen ist und er zu seinem Wort steht. Es ist ein vor vielen Jahren abgegebenes Heiratsversprechen für seinen einzigen Sohn Gehao, das er einlösen will. Im nächsten Jahr wollen sie sich treffen und Näheres bereden. Meinen Vater hatte diese Nachricht froh gestimmt, da der Freund mit seiner Bank in Hongkong und einer Filiale in London zu den reichen und angesehenen Auslandschinesen zählt.

Einst waren die beiden Männer in der gleichen Ausgangsposition. Sie hatten den Beruf des Bankkaufmanns erlernt und lebten in einem begüterten Elternhaus. Ihre Jugendzeit hatten sie miteinander verbracht. Die äußeren Umstände wiesen ihnen unterschiedliche Wege zu. Beide waren sie in ihrem Beruf angesehen. Der eine verarmte und der andere wurde reicher. Das änderte nichts daran, sich an ihr Versprechen bezüglich der Verheiratung ihrer Kinder zu erinnern.

Mir ist somit eine Zukunft in Reichtum beschieden und der Glanz meines Ehemannes wird auf unsere ganze Familie ausstrahlen. Vater ist besorgt, dass trotz aller Vorsicht die ersehnte Verschmelzung beider Familien gefährdet ist.

Ich verstehe seine Sorgen und bin bemüht ihn nicht unnötig zu strapazieren. Wenn Jin schwärmerisch von einem Jungen in Hongping spricht, könnte mein Vater denken, dass mir dort ein Mann über den Weg laufen könnte, in den ich mich verliebe.

Es würde nicht helfen, wenn ich ihm sage, dass er sich diesbezüglich keine Sorgen machen muss.

Wir kommen auf das unverfängliche Thema „Essen" zu sprechen und mein Vater widmet sich erneut dem Schachspiel.

Als ich mit meiner Mutter allein bin, frage ich sie, ob sie ein Foto von meinem zukünftigen Ehemann hat. Sie kramt in ihrer Fotokiste und holt ein altes Bild hervor, auf dem er als Fünfjähriger zu sehen ist. Er sieht süß aus. Ein neueres hat sie nicht und will Vater nicht fragen ob sein Freund eines schicken könnte.

„Du wirst sehen, meine liebe Tochter, dass er wie ein strahlender Prinz eines Tages hier in unserem Haus stehen wird. Er ist nicht nur reich, sondern hoch gebildet. Es ist wichtig, dass du dich nicht nur deinem Beruf, sondern ebenso den schönen Dingen des Lebens verstärkt widmest."

„Was meinst du damit?"

Meine Mutter ist überrascht, dass ich hinterfrage.

„Zum Beispiel die Musik."

„Ich kann zwei Instrumente spielen, die Arhu und Querflöte. Genügt das nicht?"

„Das kann ich nicht sagen. Es kommt darauf an, welche Instrumente dein Bräutigam mag. Ich weiß nichts über ihn und habe keine Möglichkeit, es herauszufinden."

„Soll ich ihm schreiben und fragen?", erwidere ich.

Meine Mutter ist entsetzt über dieses Ansinnen.

„Nur das nicht! Das gehört sich nicht."

„Wie willst du es herausbekommen?"

„Dein Vater muss seinem Freund schreiben und mit feinen Umschreibungen das Gewünschte erfahren."

„Soll ich mit Vater sprechen?", biete ich an.

Das scheint meiner Mutter nicht der richtige Weg zu sein. Sie vertröstet mich und will später allein mit meinem Vater darüber reden.

„Was soll ich außer Musik noch können?"

Ich habe das Gefühl, dass sich meine Mutter auf Glatteis befindet und nicht weiß, wie sie herunterkommt. Es macht mir Spaß, sie zu beobachten.

„Um einem Mann zu gefallen, gibt es vieles, was man wissen und können muss. Du wirst nach deiner Heirat eine wichtige Rolle an der Seite deines Gatten einnehmen. Ihr werdet viele Gäste haben, die du geistreich unterhalten musst. Manche Männer sehen es gern, wenn ihre Frau anderen Herren begehrenswert erscheint. Sie wissen, dass sie nur ihm gehört."

„Mich soll kein Mann besitzen!", erwidere ich barsch. „Das habe ich anders gemeint. Ich wollte sagen, dass der Mann das Oberhaupt in der Familie ist und die Frau sich ihm unterordnet."

„Nur soweit ich es zulasse!", entgegne ich energisch. Meine Mutter wirkt nervös.

„Wie war es bei dir als du Vater kennengelernt hast?", frage ich sie.

„Unsere Ehe wurde von den Eltern arrangiert."

„Hast du deinen Bräutigam vor der Hochzeit gesehen?"

„Ein Jahr vorher hat er sich mir vorgestellt. Er kam mit seiner Mutter zu einem Teenachmittag. Wir hatten Gelegenheit, miteinander zu sprechen."

„Gefiel er dir?"

„Er war ein schöner, stattlicher Mann. Ich hätte keinen besseren finden können."

„Hast du ihn geliebt?"

Verblüfft sieht sie mich an. Die Unterredung ist ihr zu intim. Sie weiß, dass ich nicht aufgebe, bevor ich erfahre was ich wissen will.

„Liebe hat sich später eingestellt. Nach der Geburt unserer ersten Tochter, deiner ältesten Schwester Lu, wusste ich, dass ich ihn liebe. Er hat mich dankbar angesehen und da hat es mich wie ein Blitz getroffen."

„War es dein erster Mann in deinem Leben?", bohre ich weiter.

„Natürlich, was denkst du von mir!", entrüstet sich meine Mutter.

„Wer hat dir gesagt, wie man mit Männern umgehen muss?"

Die Röte steigt ihr ins Gesicht.

„Warum willst du das alles wissen?", fragt sie erregt.

„Wen kann ich sonst fragen? Wir können morgen weiterreden."

„Wenn ich Zeit habe", entgegnet sie abwehrend.

Sie ist sichtlich erleichtert, dass unser Gespräch für heute ein Ende hat.

Ich suche Jin in ihrem Zimmer auf. Sie liegt auf dem Bett und liest einen Roman.

Begeistert erzähle ich ihr von dem Gespräch mit meiner Mutter und in welche Verlegenheit ich sie gebracht habe.

Morgen soll meine Freundin ihre Mutter nach deren Vergangenheit ausfragen, wie sie ihren Mann kennengelernt hat und ob sie ihn liebte.

Jin beginnt erneut von Feng zu schwärmen. Ich lasse sie gewähren. Sie scheint über beide Ohren in ihn verliebt zu sein und er weiß von seinem Glück noch nichts.

Es gefällt mir wie sie über ihn redet, ohne ihn zu kennen.

„Steigerst du dich da nicht in eine Sache, die anders ablaufen kann. Was ist, wenn er eine andere hat?"

„Das macht nichts! Wenn er mich näher kennt, wird er die andere aufgeben."

„Überschätzt du dich nicht?", gebe ich zu bedenken.

„Überhaupt nicht! Mehr als ich, kann ihn keine andere lieben."

„Es hängt nicht nur von dir ab. Viel wichtiger ist, wie er darüber denkt und fühlt."

„Das lass nur meine Sorge sein. Du wirst sehen, dass ich früher mit ihm verheiratet bin als du mit deinem reichen Bräutigam aus Hongkong."

Meine Freundin will heiraten und ich nicht. Ich fühle mich nicht reif genug für die Ehe. Am liebsten würde ich mein Leben als Single genießen. Von meinem Gehalt brauche ich zu Hause nichts abgeben. Einen Teil will ich sparen. Den größeren Teil benötige ich zum Leben und für Dinge, die ich mag. Wenn ich verheiratet bin habe ich kein eigenes Einkommen. Meinen Job muss ich aufgeben und mache mich finanziell abhängig von meinem Mann. Das gefällt mir nicht.

Ich versuche Jin meine Sorgen zu erklären.

„Über eine Heirat darf ich nicht nachdenken. Wer kann mir sagen, was mich erwartet. Alles ist unklar, wie im Nebel und macht mir Angst", erkläre ich ihr.

„Du hast einen goldenen Käfig gefunden! Was willst du mehr?", erwidert sie energisch.

„Denkst du, ich habe ihn mir gewünscht?"

„Ich weiß, dass du tun musst was dein Vater sagt."

„Es ist ungerecht. Ich kenne keine von meinen verheirateten Freundinnen, die sich ihren Mann nicht selbst ausgesucht haben. Dir geht es viel besser als mir."

„Dafür wird meiner, im Vergleich zu deinem, nicht reich sein. Stell dir vor, was du mit dem vielen Geld alles machen kannst. Ein eigenes Kraftwerk könntest du dir kaufen."

„Was soll ich damit?"

„Ich wollte dir nur klarmachen, dass dir alle Möglichkeiten offenstehen."

Der Gedanke, reich zu sein und sich alles leisten zu können, ist nicht schlecht. Bisher habe ich mein Leben gut gemeistert. Was ich mir vorgenommen habe, ist mir gelungen. Warum sollte ich scheitern?
Für eine Heirat bin ich jedoch noch nicht bereit.

Die Jungs haben mich bisher nicht sonderlich interessiert. Mir genügt die Nähe meiner Freundin und Vertrauten Jin. Wie soll ich die Erwartungen eines Mannes erfüllen können, wenn ich unberührt und ahnungslos in die Ehe gehe? Ich schmiege mich an Jin und wir schlafen zusammen ein.

Am nächsten Morgen beschließen wir uns mit zwei Freundinnen zu treffen. Wir kennen sie aus unserer Schulzeit und haben uns lange nicht gesehen. Es wird viel zwischen uns zu erzählen geben.

Meine Mutter ist froh, dass wir weggehen und sie nicht mit meinen indiskreten Fragen belästigt wird. Wir brauchen nicht beim Essenzubereiten helfen und haben den ganzen Tag für uns.

Sogleich rufe ich die Freundinnen an und sie haben Zeit zu kommen.

Wir vereinbaren einen Treffpunkt am Bund. Dort gibt es eine schöne Promenade entlang des Huangpu-Flusses und mehrere Teehäuser, in denen man sich ungestört unterhalten kann.

Es ist warm und schwül als würde sich ein Gewitter ankündigen. Jin und ich stehen vor dem Spiegel und probieren ein Kleid nach dem anderen an. Wir entscheiden uns für luftige Seidenkleider, die wir im letzten Jahr gekauft hatten. Damit werden wir auffallen.

Frohgestimmt lassen wir uns mit dem Taxi zur Bundpromenade kutschieren. Viele Besucher gehen auf dem breiten Fußgängerweg spazieren und genießen die kühle Brise, die vom Huangpu-Fluss her weht. Auf der gegenüberliegenden Seite des Flusses sehen wir die Wolkenkratzer-Skyline von Pudong. Es sind beachtliche Bauwerke. Der Fernsehturm mit einer Höhe von 460 Metern ist das Größte. Der Jin-Mao-Tower in seiner Nähe ist ein Büro- und Hotelgebäude und wurde vor ein paar Jahren fertiggestellt. Es soll eine Höhe von 420 Metern haben.

Ich liebe diesen Bund mit seinen Gebäuden. Ende des 19. Jahrhunderts blühte der Kolonialhandel und die Grundstückspreise stiegen. Man baute am Westufer des Huangpu-Flusses hohe Häuser, um Grundfläche zu sparen. Es entstanden die historischen Kolonialbauten, in denen Banken und Unternehmen untergebracht waren. Noch heute spürt man das besondere Flair des internationalen Geschäftslebens.

Unsere Kleider wehen im Wind. Mir entgehen die aufmerksamen Blicke der jungen Männer nicht, die uns entgegenkommen und hinterhersehen. Manche geben irgendwelche Bemerkungen ab, die ich nicht verstehe. Jin scheint ebenso diese Aufmerksamkeiten zu genießen. Sie streckt ihre Brust heraus, von der sie nur wenig besitzt. Es scheint zu genügen, um zu beeindrucken.

Von weitem sehen wir unsere beiden Freundinnen. Sie winken uns zu. Wir haben uns mehr als ein Jahr nicht gesehen. In der Schule gluckten wir jeden Tag zusammen. Als Jin und ich auf die Universität gingen, war keine Zeit für regelmäßige Treffen. Wir merkten, dass unsere Interessen auseinanderdrifteten und die Gesprächsthemen andere wurden.

Su und Li heißen die beiden Freundinnen. Sie kommen uns entgegen. Wir umarmen uns und gleich geht es mit dem Plappern los.

Im letzten Jahr hat sich viel ereignet. Jede von uns will ihren Gesprächsstoff loswerden. Wir besitzen die Fähigkeit, dass wir gleichzeitig reden und den anderen zuhören können. Unsere Unterhaltung funktioniert wie bei einem Computer mit mehreren Prozessoren, die parallel arbeiten.

Ich erfahre in Windeseile, dass Su noch glücklich verheiratet ist und ihr Sohn gut heranwächst. Er hat die erste Zahnlücke. Ihr Mann suchte sich eine neue Arbeitsstelle, wo er mehr verdient. Der Nachteil des neuen Jobs ist die lange Arbeitszeit. Ihre Familie kommt zu kurz.

Li ist nicht verheiratet, obwohl sie seit sechs Jahren einen Freund hat. Ihr Vater ist schwer krank und die Mutter muss ihn ganztägig zu Hause versorgen. Li unterstützt ihre Eltern. Sie gibt ihren ganzen Verdienst daheim ab.

Was Jin erzählt kenne ich, da wir ständig zusammen sind. Im Vergleich mit Su und Li verläuft ihr und mein Leben unauffällig. Jin und ich haben bis vor ein paar Wochen an unserer Ausbildung an der Uni gebastelt. Es ist eine beachtliche Leistung, jedoch nur für uns. Wir haben keine Verantwortung, wie Su und Li.

Vom Stadtteil Pudong zieht ein Gewitter auf. Wir sehen uns nach einem Teehaus um. Es steht nicht weit entfernt und wir rennen dorthin. Die ersten Tropfen fallen als wir durch die Eingangstür laufen. Ein gewaltiger Platzregen setzt ein.

Wir haben Glück, dass unsere Kleider trocken geblieben sind und finden einen freien Tisch. Vor Jahren war ich hier. Es hat sich nichts verändert. In einem hinteren Raum steht das Buffet mit verschiedenen kalten Speisen für den kleinen Hunger. Der Ober kommt und wir bestellen. Der Tee ist teurer als in anderen Teehäusern. Der Preis für das Buffet ist darin enthalten. Grundsätzlich könnte man sich mit einer Kanne Tee den ganzen Tag hier aufhalten und an dem süßsauer eingelegten Gemüse, Früchten und besonderen Leckereien, satt essen. Tee wird auf eine alte traditionelle Weise serviert. Der Ober kommt mit einem großen Tablett und stellt es auf unserem Tisch ab. Darauf befinden sich vier kleine Teeschalen und eine Kanne im gleichen Design. Das Tablett hat einen doppelten Boden und das Wasser kann in den Zwischenraum abfließen.

Zunächst füllt der Teemeister die Gefäße mit heißem Wasser, damit sie gereinigt und vorgewärmt sind. Er leert sie auf dem Tablett aus und brüht den Tee in der Kanne auf. Den ersten Aufguss verteilt er ebenso in den Schälchen und gießt sie aus. Erst der Tee von dem zweiten Aufguss wird getrunken.

Wir sehen dem jungen Mann zu, wie er elegant seine Hände bewegt und machen ihm Komplimente. Er lässt sich nicht stören. Jin fragt ihn, ob er ledig ist. Er sieht ihr tief in die Augen und lächelt sie an. Daraufhin schießt ihr das Blut ins Gesicht und wir verspotten sie.

Der Ober gibt uns Anlass, über die Männer zu sprechen. Su und Li haben einschlägige Erfahrungen. Jin und ich kommen uns vor wie dumme Hühner. Su merkt es und versucht uns ein paar Einblicke in ihr Intimleben zu geben.

Das Zusammenleben mit ihrem Ehemann scheint in voller Harmonie zu verlaufen. Sie fühlt sich glücklich. Auf meine Frage, ob es nicht hin und wieder Zank und Streit zwischen ihr und ihrem Mann gibt, sieht sie mich fassungslos an.

„Das kenne ich nicht. Wenn wir unterschiedlicher Meinung sind diskutieren wir solange, bis wir uns geeinigt haben."

„Vielleicht redest du deinen Mann in Grund und Boden?", bemerkt Jin spöttisch.

Su wirft ihr einen bösen Blick zu.

„Du kannst nicht mitreden! Hast du schon mit einem Mann zusammengelebt?"

„Leider nicht! Es gibt einen, aber ich traue mich nicht ihm zu sagen, dass ich ihn mag."

„Wenn dir die Traute fehlt, wirst du nie den abbekommen, den du willst. Schreibe ihm einen Brief. Da kannst du dir jeden Satz gut überlegen."

Jin sieht verzweifelt zu mir. Für sie wäre der Brief genauso kompliziert wie jemanden anzusprechen.

Der Ober gießt heißes Wasser nach und empfiehlt uns ein paar Köstlichkeiten vom Buffet zu probieren. Er sagt, dass der Koch aus Südchina stammt und für seine Balut-Hühnereier, die angeblich 18 Tage angebrütet und eine halbe Stunde lang gekocht werden, bekannt ist. Wir nehmen dankend an und gustieren die vielen Platten mit kalten Speisen.

Ein paar Sachen stehen auf einem Nebentisch. Darunter sind diese Eier. Wir können uns nicht vorstellen, wie sie schmecken. Li zeigt Mut und will eines davon probieren.

Am Tisch winkt sie dem Ober und fragt, wie man das Ei isst.

„Du musst es an der Spitze aufschlagen und die Eihaut aufreißen. Streu Salz darauf und trinke die Flüssigkeit. Den Rest kannst du normal essen."

Li schlägt mit dem Löffel gegen die Schale und pellt sie ein Stück ab. Wir starren auf die Öffnung und schreien gleichzeitig auf. Zu sehen ist der Kopf eines Hühnerembryos.

„Igitt, das kann ich nicht essen", sagt Li und sieht entsetzt den Ober an. Alle verziehen das Gesicht vor Ekel. Triumphierend lacht der junge Mann. Li streckt ihm das Ei entgegen. Er nimmt es in die Hand und zieht die Haut beiseite. Eine Brise Salz streut er darüber und trinkt zu unserem Entsetzen den flüssigen Inhalt.

Gebannt sehe ich zu, was er macht.

Langsam pellt er die Schale weiter ab. Zu sehen ist der Hühnerembryo mit dem hart gekochten Dotter und teilweise entwickelten Körper. Genüsslich verspeist er das Ganze vor unseren Augen. Mit offenen Mündern sehen wir ihm zu.

Er bedankt sich für das Ei und verschwindet mit seiner heißen Wasserkanne.

Wir sehen gebannt auf den Teller mit der Eierschale.

„Den könnte ich nicht küssen!", gesteht Jin.

„In der Schulspeisung hast du Eier gegessen", bemerkt Li.

„Aber nicht solche, es ist unnormal."

„In Peking habe ich Skorpione verspeist", meint Su.

„Sind die nicht giftig?"

„Nur der Stachel! Die lebenden Tiere wurden auf Holzstäbe gespießt und zappelten. Sie haben sie frittiert und verkauft."

„Das brauche ich nicht! Mir schmeckt am besten die Nudelsuppe von Jins Mutter", gestehe ich.

Wir einigen uns, dass die schmackhaftesten Gerichte die alltäglichen Speisen sind. Su verrät uns einige ihrer besten Rezepte der volkstümlichen chinesischen Küche. Ihre Mutter hat ihr das Kochen beigebracht.

„Kann dein Mann auch kochen?", will ich von ihr wissen.

„Er kann es besser als ich. Wenn wir Gäste zum Essen eingeladen haben, ist die Küche für mich tabu. Scherzhaft sagt er zu den Freunden, dass nur Männer gut kochen können. Ich überhöre diese Prahlerei. Bisher hatte er mein Essen nie verschmäht."

Draußen regnet es noch. Wie bei einem Wolkenbruch prasseln große Wassertropfen auf den asphaltierten Weg. Im Teehaus sitzen wir geschützt und unterhalten uns weiter. Su und Li verraten weitere Geheimnisse über Männer, was sie mögen und was nicht. Die Theorie ist das eine, die Praxis sieht anders aus. Zumindest wissen wir jetzt mehr. Sie haben sich angeboten, alle unsere Fragen diesbezüglich zu beantworten. Ich erkenne, wie dumm und unerfahren ich bin. Jin und ich sind im gleichen Alter und das wirkliche Leben scheint bisher an uns vorüber gegangen zu sein. Es hatte uns ausgeblendet.

Die Gesprächsthemen gehen langsam aus und es regnet unvermindert weiter. Wir können nicht nach draußen, ohne nass zu werden. Su fängt an, mich zu fragen, wie ich mein weiteres Leben gestalten will. Ich hatte bisher nichts über meine eventuelle Hochzeit im nächsten Jahr gesagt. Jetzt kann ich es nicht mehr verheimlichen. Sie sind meine Freundinnen und dürfen es wissen.

Überraschenderweise sieht Su keinen Vorteil für mich, dass ich mit einem reichen Mann, den ich nicht kenne, verheiratet werde.

Li ist anderer Meinung. Geldsorgen bestimmen ihr Leben. Sie meint, dass ich ihn heiraten soll. Ich müsste nie Not leiden und könnte mir alles kaufen, was ich mag. Ein goldener Käfig sei leicht zu ertragen. Wenn die Maschen des Käfigs nicht zu eng sind, würde sich eine Gelegenheit ergeben, kurzzeitig hindurch zu schlüpfen und die Freiheit zu genießen.

Unerfahren in die Ehe zu schlittern, sehen beide als kritisch an. Sie versprechen mir zu helfen, dieses Manko aufzubessern. Da wir wegen des Regens nicht wegkönnen, berichten sie aus ihrem Erfahrungsschatz.

Die kleine Einführung wollen sie bei unserem nächsten Treffen fortsetzen. Jin und mir vergehen Hören und Sehen bei ihren Schilderungen. Der Regen hat nachgelassen. Wir bestellen ein Taxi.

Daheim erzählt mir aufgeregt mein Vater, dass es in dem Gebiet von Hangzhou zu Überschwemmungen gekommen ist. Er meint, dass ich nicht mehr in diese gefährliche Gegend zurückkehren und lieber daheim bleiben soll.

Ich widerspreche ihm zum ersten Mal in meinem Leben und er zieht sich beleidigt zurück. Jin ist der gleichen Meinung wie ich. Wir sehen uns alle Berichte im Fernsehen an. Genaueres ist nicht zu erfahren.

Wir beschließen, schon am Montag früh, nach Hongping abzureisen. Den Müttern tut es leid, dass wir nicht länger bleiben wollen. Sie verstehen nicht, dass wir uns freiwillig den Gefahren aussetzen, obwohl wir noch bis Mittwoch frei haben.

Mit Jin ziehe ich mich auf mein Zimmer zurück. Wir müssen unbedingt über alles sprechen, was wir heute von unseren ehemaligen Schulfreundinnen erfahren haben. Sie sind uns um Jahre voraus. Der Gedanke an ein Zusammenleben mit einem Mann und einer eigenen Familie erscheint uns für die Zukunft nicht erstrebenswert. Trotzdem wollen wir die Augen offen halten und Erfahrungen sammeln.

4

Überschwemmung in Hangzhou

Von Hangzhou fahren wir mit dem Linienbus nach Hongping. Die Menschen berichten von der Katastrophe, die sich am Vortag ereignet hatte. Wo es zu einem Erdrutsch kam, konnten sie nicht sagen. Wir hoffen, dass er nicht in dem Tal von unserem Kraftwerk war.

Der Bus kommt nur langsam voran. Viele tiefliegende Straßen und Unterführungen stehen unter Wasser. Es wirkt bedrohlich, wenn die Räder der Autos nicht mehr zu sehen sind.

Wir nähern uns den Bergen. Der Regen wird stärker. Die Leute erzählen uns, dass es in dieser Jahreszeit oft zu Überschwemmungen kommt. Hongping ist nicht mehr weit. Nichts deutet auf ein besonderes Ereignis hin. Der Regenschirm hilft nicht viel. Durchnässt erreichen wir unser Quartier. Die Mitbewohnerinnen von unserem Zimmer wundern sich, dass wir frühzeitig zurückgekommen sind, da wir bis Mittwoch frei haben.

„Es soll einen Erdrutsch gegeben haben. Was wisst ihr darüber?", frage ich.

„Oberhalb des Unterbeckens hat sich nach dem gestrigen Gewitter ein Hang gelöst. Der Staudamm hat das Geröll aufgehalten. Die Schlammmassen wären sonst bis in den Ort gekommen."

„Habt ihr euch den Schaden angesehen?"

„Es darf niemand in das Tal fahren, der nicht eine Genehmigung hat. Wir müssen im Camp bleiben bis es neue Anordnungen gibt."

„Dann hätten wir besser daheimbleiben sollen", sage ich zu Jin.

Sie nickt mir zu und verzieht bedauernd das Gesicht.

Draußen regnet es und wir sitzen in unserer spartanisch eingerichteten Behausung fest. Nur ein gutes Buch kann mir über den Frust hinweghelfen.

Am Dienstagmorgen sieht es nicht viel besser aus. Zu dem Regen kommt noch der Wind mit seinen orkanartigen Böen. Zum Glück ist es nicht kalt.

In einem Laden kaufen wir Regencapes und Stiefel. Jetzt kann uns das Wasser nicht mehr viel anhaben. Im Quartier ziehen wir die Arbeitskleidung an und gehen zu dem Bürogebäude im Camp.

Mit unserer verfrühten Rückkehr hat niemand gerechnet. Der Gruppenleiter ist erstaunt als wir auftauchen.

„Es ist gut, dass ihr gekommen seid. Ihr habt von dem Erdrutsch im Tal gehört. Die Schlammmassen sind in die Auslass-Stollen gedrungen und haben sich zwischen die Stahlarmierungen für die Turbinengehäuse gesetzt. Jetzt müssen wir den Dreck schnell beseitigen, ehe er sich verfestigt. Es ist ein Kampf mit der Zeit."

„Wie können wir helfen?"

„Im oberen Stock befindet sich das Krisenmanagement. Sie organisieren die Reinigungseinsätze. Meldet euch bei dem Verantwortlichen!"

Jin und ich gehen die Treppe hinauf, zu den oberen Büroräumen. Dort herrscht geschäftiges Treiben.

Ich frage eine Frau wo der Einsatzleiter ist. Sie zeigt mir die offene Tür zu seinem Büroraum.

Jin folgt mir zaghaft. Überall stehen Männer herum und diskutieren aufgeregt. Wir drängeln uns hindurch und schaffen es, bis zu seinem Schreibtisch zu kommen.

Er sieht uns und brüllt gleich los.

„Was wollt ihr hier?"

„Unser Chef hat uns angewiesen, zu helfen", töne ich lautstark zurück.

Nur das Schreien hat bei dieser Geräuschkulisse Erfolg, um gehört zu werden.

„Ich kann jeden brauchen. Geht zu meiner Sekretärin, die erklärt euch, was ihr tun könnt!"

Er schiebt uns zur Seite, um Platz für die übrigen Schreihälse zu machen.

Im Nebenraum sitzt seine Sekretärin mit mehreren Frauen, die ein Bündel Listen vor sich liegen haben. Sie sieht zu uns auf und drückt Jin und mir ein Paket Papier in die Hand.

„Könnt ihr mit dem Computer umgehen?", will sie wissen.

Ich nicke.

„Übertragt diese handgeschriebenen Listen in den Rechner! Wir müssen die Einsätze für die Reinigungsteams koordinieren. Jeder Bau- und Hilfsarbeiter ist eingesetzt, den Schlamm aus dem Maschinenhaus zu schaffen. Die Teams arbeiten in acht Schichten, damit es schneller vorangeht."

Verstanden habe ich die Sekretärin nicht. Ich frage Jin, ob sie weiß, was wir tun sollen. Sie zieht die Schultern hoch und verzieht den Mund.

„Vielleicht eine Liste erstellen", meint sie unsicher.

Wir gehen in den Raum, wo ein PC steht. Ich schalte ihn ein und erstelle eine Excel-Liste, die dem Formular mit den händischen Einträgen gleicht.

Jin tippt die Zahlen und Namen in die Liste und ich sage sie ihr an.

Es ist mühselig, da viele Schriftzeichen schlecht lesbar sind.

Am Ende des Tages haben wir alle Daten eingegeben. Durch das Excel-Programm ist gut erkennbar, ob sich Einsatzzeiten bei den Arbeitern überschneiden.

Die Sekretärin ist zufrieden mit unserer Arbeit und sagt das ihrem Chef. Der ruft meinen Gruppenleiter an und bedankt sich für die Unterstützung. Bis zu uns sickert kein Wort des Dankes durch. Es stört mich nicht. Ich habe das Gefühl etwas Sinnvolles zum rechten Zeitpunkt getan zu haben.

Da wir nicht mit dem Bus in die Steuerzentrale fahren dürfen, bleibt uns die neue Aufgabe ein paar Tage im Camp erhalten. Wie lange die Aufräumungsarbeiten dauern werden weiß mein Chef nicht zu sagen.

Eines Tages kommt die Sekretärin des Einsatzleiters zu mir und erklärt, dass es vor Ort ein Problem mit der Zeitabrechnung gibt. Ich soll mit ihr in die Maschinenhalle fahren. Sie will mit den Vorarbeitern sprechen. Diese Abwechslung kommt mir gelegen. Ich werde mir den Schaden durch den Erdrutsch selbst ansehen können.

Hastig kopiere ich die aktuellen Excel-Dateien auf den Laptop der Sekretärin und steige zu ihr in den Geländewagen. Wir passieren eine Kontrollstation und müssen unsere Erlaubnisscheine zum Betreten des Gefahrengebietes vorzeigen. Die Sekretärin hatte die Ausweise für sich und mich vorher ausgestellt und von ihrem Chef unterschreiben lassen.

Auf dem Weg bis zur unteren Staumauer ist nichts Außergewöhnliches im Tal zu erkennen. Die Asphaltstraße zeigt keine Schäden. Auffällig sind die vielen Kipper, denen wir begegnen. Sie transportieren den Schlamm, der durch die Stollen ins Maschinenhaus geflossen ist, auf der Straße flussabwärts.

Nach einer halben Stunde erreichen wir den Eingang zum Maschinenhaus. Erneut werden wir kontrolliert. Langsam fahren wir in den Berg hinein. Ständig kommen uns Kipperfahrzeuge entgegen und blenden uns. Wir müssen anhalten und sie zuerst passieren lassen.

Das Ziel ist erreicht. Die Sekretärin reicht mir einen Helm und ich folge ihr mit dem Laptop. Zielstrebig steuert sie auf den Brettersteg zu, der mir einst große Angst bereitet hatte. Ich fange nicht laut zu jammern an. Es würde bei der resoluten Frau nichts helfen. Schwankend taste ich mich vorwärts. Ich weiß, dass man nicht in die Tiefe sehen soll, wenn man sich fürchtet. Widerstehen kann ich nicht. Vierzig Meter unter mir geht es zu, wie in einem Ameisenhaufen. Männer kratzen den Schlamm zusammen und schaufeln ihn in einachsige Karren. Die werden im Laufschritt zur gegenüberliegenden Seite geschoben, wo sie mit einem Kran auf die bereitstehenden Kipper gehievt und ausgekippt werden. Alles läuft unglaublich schnell ab. Fasziniert bleibe ich stehen und sehe dem Treiben zu.

Die Sekretärin ruft, dass ich ihr schnell folgen soll. Ich muss weiter und wir gelangen zu der Plattform der ersten Maschinensätze, die fertig betoniert ist. Hier haben sich mehrere Vorarbeiter versammelt und warten auf uns.

Zwei Probleme gibt es. Das eine ist die Bezahlung und das zweite sind die fehlenden Hilfsarbeiter, die nach der dreistündigen Schicht den restlichen Tag frei haben sollten. Wenn sie das Tempo durchhalten können sie den Schlamm rechtzeitig entsorgen, bevor er sich verfestigt.

Eine heiße Diskussion entbrennt.

Am Ende einigt man sich. Die dreistündige Schicht wird wie eine ganze Achtstundenschicht bezahlt und zusätzlich werden Hilfskräfte angefordert. Die Sekretärin telefoniert mit ihrem Chef und er bestätigt die Abmachung. Er fordert Hilfe von den naheliegenden Militäreinheiten an.

Zufrieden gehen die Männer zurück an ihre Arbeit. Mir bleibt noch Zeit, das Treiben unter mir, zwischen den Eisenstangen, zu beobachten. Der eingetrocknete Schlamm hat sich teilweise verfestigt und wird mit Hammer und Meißel sowie Hacken gelockert. Alles, was durch die Stollen hereingeschwemmt wurde, muss heraus. Es sind große Mengen an Erde, die fortgeschafft werden müssen. Jeder von den Arbeitern weiß, was er zu tun hat und gibt sein Bestes. Es ist eine Knochenarbeit.

Die Excel-Tabelle hilft, die Schichten der Arbeiter zu koordinieren. Es erfüllt mich mit Stolz.

Nachdem die Sekretärin noch ein paar organisatorische Dinge mit einigen Verantwortlichen abgestimmt hat, geht es zurück über den Steg zum Geländewagen. Dienstbeflissen öffnet uns der Fahrer die Türen als wären wir große Bonzen.

Wir fahren zurück nach Hongping.

Die Reinigungsarbeiten in den Stollen beschäftigen mich lange. Ich erzähle Jin davon. Sie kann sich nicht vorstellen wie die Männer das Tempo durchstehen können.

„Das hättest du sehen müssen, wie die beladenen Schubkarren auf den provisorischen Bretterstegen bewegt werden. Alles geht im Laufschritt, weil die Nächsten von hinten nachdrängen."

„Können die Karren mit den Männern auf den nassen Brettern nicht abgleiten und in die Bewehrung stürzen?", will sie wissen.

„Es ist möglich. Die Männer müssen sich stark konzentrieren. Sie brauchen ausreichende Ruhezeiten zwischen den Schichten und deshalb kommen Soldaten, die sie unterstützen werden."

„Wo werden die untergebracht?", fragt Jin.

Ich sehe sie von der Seite an und grinse.

„Natürlich in unserem Camp. Wir müssen alle zusammenrücken. In jede Stube werden vier weitere Betten gestellt."

Jin schlägt die Hände vor der Brust zusammen.

„Ich will nicht mit Männern im gleichen Raum schlafen", entgegnet sie empört.

„Danach wirst du nicht gefragt. Was notwendig ist, muss sein."

Unsere beiden Zimmerkameradinnen haben bemerkt, dass es nur ein Scherz von mir ist und spielen mit. Sie erzählen Jin unglaubliche Geschichten, die sie angeblich auf anderen Baustellen erlebt haben. Während eines Noteinsatzes mussten sie das Bett mit Soldaten teilen. Nicht zur gleichen Zeit, sondern im Wechsel. Jin kommt nicht mehr aus dem Staunen heraus. Sie glaubt die Geschichten, die ihr die Kameradinnen erzählen. Verstört sieht sie zu mir. Ich nehme sie in die Arme und gestehe ihr, dass nichts davon wahr ist und niemand bei uns einquartiert wird. Ein Stein fällt ihr vom Herzen. Sie ist uns nicht böse, dass wir sie gefoppt haben und begleitet uns zur Essenausgabe.

Am nächsten Tag kommen Soldaten ins Camp und errichten auf einem freien Platz, hinter den Baracken, ihr Zeltlager, in denen sie schlafen werden. Sie essen in unserer Kantine, die rund um die Uhr Mahlzeiten ausgibt.

Jin gefallen die feschen Burschen, die ihren Militärdienst in einer Kaserne in der Nähe von Hangzhou ableisten. Die Mädchen im Ort beneiden uns, dass wir den Soldaten nah sein können. Überall befinden sich Aufpasser, die sofort einschreiten, wenn Gefahr im Verzug ist und sich ein Mädchen zu den Zelten verirrt.

Die Sanitäranlagen teilen wir mit ihnen. Auf Schildern stehen die Benutzungszeiten. Wir erinnern uns an das Missverständnis im Duschraum bei unserer Ankunft und Jin gefällt der Gedanke, dass sich die Situation wiederholen könnte.

5

Englischunterricht auf der Baustelle

Die Regenzeit ist vorüber und der Schaden durch den Erdrutsch beseitigt. Wir können seit einer Woche zu dem Zentralgebäude am Unterbecken fahren.

Zufällig bekomme ich mit, dass unser Chef für seine Hilfe bei der Beseitigung des Schadens durch den Erdrutsch mit einer Geldprämie ausgezeichnet wurde. Mir ist nicht bekannt, dass er selbst aktiv mitgeholfen hat. Was er tat, war Jin und mich für die Einsatzleitung abzustellen. Überall brüstet er sich damit, wie gut er und sein Team geholfen haben. Für mich ist es unverständlich, dass man sich mit fremden Federn schmückt. Er ist in der Partei und diese Leute sollten ein Vorbild für alle sein. Bei unserem Chef vermisse ich das. Jin ärgert sich darüber mehr als ich. Eine kleine Geldprämie hätten wir nicht abgelehnt. Was nicht ist, dem weine ich nicht nach.

Zum Glück lässt er uns bei der Arbeit in Ruhe. Er kommt selten an unseren Arbeitsplatz zur Kontrolle. Bei der Kompliziertheit der Materie tut er sich schwer.

Wir sind an selbständiges Arbeiten gewöhnt und wenn wir nicht weiterkommen wissen wir, wo wir gezielt Hilfe bekommen können. Der Kontakt zu den Lehrkräften an der Uni besteht noch. Wir rufen den einen oder anderen an und klären die schwierigen Sachverhalte ab.

Uns wird gesagt, dass die Langnasen im Anmarsch sind. Gemeint sind die europäischen und kanadischen Inbetriebsetzer, mit denen wir bis zur Fertigstellung des Projektes zusammenarbeiten werden. Ein paar von ihnen hatten kurzzeitig die Baustelle besucht. Ich kenne keinen. Sie waren im Maschinenhaus und sind bald zurück nach Hangzhou gefahren, wo sie ihre Meetings haben.

Eines Tages kommt der Chef und stellt uns zwei Kanadier vor. Sie gehören zu der Firma, die das Steuerungsprogramm für das Kraftwerk erstellt hat. Mit ihnen werden wir zukünftig zusammenarbeiten.

Ich bin mit Jin und zwei weiteren Mitarbeiterinnen in der Softwaregruppe und speziell für das Steuerungsprogramm zuständig. Es ist komplex und nicht leicht zu verstehen. Überall gibt es Unklarheiten in der Programmbeschreibung, die vermutlich von der Lieferfirma gewollt sind. Mühsam kämpfen wir uns durch und erfinden manche Routine neu. Einen Vorteil haben diese Schwierigkeiten. Wir werden besser und stellen die richtigen Fragen.

Die Arbeiten gehen gut voran. Ich merke, dass sich der jüngere Kanadier für mich interessiert. Er ist in meinem Alter und sieht blendend aus. Meine Kolleginnen erzählen, dass sie ihn öfter mit anderen Frauen an den Wochenenden in Hangzhou gesehen haben. Er soll ein Herzensbrecher sein und mit ihnen die Bars besucht haben.

Die Annäherungsversuche des jungen Kanadiers werden von ihm intensiver. Er versucht mit mir zu flirten. Bei Jin klingeln die Alarmglocken und sie lässt mich nicht aus den Augen. Es gibt keinen Moment, wo ich mit ihm allein bin. Mich stört es nicht, da ich nichts für den Mann empfinde. Er bemüht sich trotzdem um meine Aufmerksamkeit. Direkt abweisen kann und will ich ihn nicht. Ich muss mit ihm zusammenarbeiten. Er kennt die geheimen Hürden im Programm und ich kann ihn danach fragen. Ob er sie mir verrät ist eine andere Sache.

Ich erkenne, dass meine Englischkenntnisse nicht ausreichen, um seinen Ausführungen folgen zu können. Den anderen Absolventen aus unserer Gruppe geht es genauso. Wir sprechen mit unserem Chef darüber. Er sagt uns zu, es der Bauleitung vorzutragen.

In anderen Teams tritt das gleiche Problem auf. Der Projektleiter sucht nach einer generellen Lösung.

Bald wird uns zugesichert, dass wir eine gesonderte Sprachschulung erhalten werden. In unserem Camp wird ein Sprachlabor eingerichtet. Die Experts, wie die Langnasen mit den hochspezialisierten Kenntnissen genannt werden, sollen uns ihre Englischkenntnisse vermitteln.

Da diese Kurse in der Freizeit stattfinden sollen, beruht die Teilnahme auf der bekannten freiwilligen Basis. Ich finde es gut, dass das Sprachtraining durchgeführt wird und protestiere nicht, wegen der gekürzten Freizeit. Jin und andere aus unserer Gruppe murren unter vorgehaltener Hand. Sie sollten froh sein, dass sie besser Englisch sprechen lernen.

Einer dieser Lehrer ist ein junger Mann aus Österreich. Er wirkt auf mich hilflos. Seine schüchterne Art mag ich und er sieht gut aus.

Es ist der erste Mann, den ich mir bewusst ansehe und der mir gefällt. Warum bemerkt er mich nicht?

Ich stelle ihm Fragen und versuche auf mich aufmerksam zu machen. Er bleibt höflich und unnahbar. Bisher war ich diejenige, die andere Männer abgewiesen hat und jetzt ist es umgekehrt. Mir geht es, wie Jin mit ihrem heimlichen Idol Feng. Meine Zuneigung für ihn behalte ich für mich. Jin und die anderen bemerken nichts.

Von Woche zu Woche sehne ich mich nach dem Unterricht, wo er uns Fachenglisch beizubringen versucht. James, der Kanadier, spricht perfekter und schneller als er. Warum uns nicht der Kanadier unterrichtet, weiß ich nicht?

Der Österreicher ist mir lieber. Ich bemerke einen Wandel in mir. Gefühle stellen sich ein, die ich nicht beschreiben und kontrollieren kann. Wenn ich an ihn denke, steigt mir das Blut in den Kopf und es wird mir heiß. Ich versuche mehr über ihn zu erfahren. Eine von unseren Mitbewohnerinnen hat eine Freundin, die in der Abteilung für Ausländerbetreuung arbeitet. Sie sagt mir, dass er aus Wien kommt. Er ist nicht verheiratet und nur zwei Jahre älter als ich.

Als Inbetriebsetzer arbeitet er in der Maschinenhalle und wird bis zum Ende der Projektzeit hier sein.
Ich weiß jetzt eine ganze Menge über ihn. Wie kann ich seine Aufmerksamkeit gewinnen?

Mir kommt die Idee, ihn zu fragen, ob er mit Jin und mir Tischtennis spielt. Das ist unverfänglich und wie ich in der Zeitung gelesen habe, mögen die Österreicher diese Sportart.

Am Schluss des nächsten Sprachunterrichts, nehme ich meinen ganzen Mut zusammen und spreche ihn an. Er zögert und meint, dass er uns im Ping Pong Spielen nicht das Wasser reichen kann. Ich rede ihm gut zu und er begleitet Jin und mich in den Tischtennisraum.

Wir zeigen ihm, wie gut wir zusammenspielen. Nach einer Weile steht er auf und läuft davon. Warum er das tut, weiß ich nicht. Er wird sich gelangweilt haben. Die Schuld gebe ich mir. Ich hätte ihm anbieten sollen, ein paar Bälle mit mir zu wechseln.

Nach einer Woche sehen wir uns zum Unterricht und ich kann ihn erneut bewegen, mit mir in den Tischtennisraum zu kommen. Bald erkenne ich, dass er ein exzellenter Spieler ist und gegen Feng, dem Besten im Camp, gewinnt. Feng fordert ihn zu einem Wettkampf bei einem Turnier heraus. Peter, der Österreicher, nimmt die Herausforderung an und fragt mich, ob ich mit ihm trainieren würde. Ich sage zu und seitdem sehen wir uns täglich. Als Sparringspartner versuche ich mein Bestes. Peter kommt in Hochform und hat eine gute Chance, das Turnier zu gewinnen.

Obwohl ich es mir selbst nicht eingestehe, habe ich mein Herz an ihn verloren. Seine Zurückhaltung steigert mein Verlangen, ihm näher zu sein. Ich fahre selten nach Hause. Jin wundert sich. Ich täusche Mehrarbeit vor oder lasse mir eine andere Ausrede einfallen.

Eines Tages spricht sie mich an und verlangt, dass ich ihr die Wahrheit sage. Unter dem Versprechen, dass sie mit niemand darüber redet, gestehe ich ihr meine Liebe zu Peter.

„Ich habe es mir gleich gedacht, dass es zwischen euch gefunkt hat", erklärt sie mir aufgeregt.

„Woran hast du es gemerkt?"

„Für die Trainingsstunden hast du von ihm kein Geld verlangt. Wer verschenkt seine Freizeit an jemand, für den man nichts empfindet? Wenn das herauskommt wirst du auf eine andere Baustelle versetzt."

„Du musst das Geheimnis für dich behalten", bitte ich sie inständig.

„Wenn dein Vater davon wüsste, müsstest du sofort heimkommen."

„Ich weiß! Es ist vielleicht nur ein Strohfeuer bei mir, das mit der Zeit verlöscht. Ich will jetzt nicht gegen diese Gefühle angehen. Sie sind eine neue Erfahrung für mich."

„Ich spreche mit keinem darüber. Das schwöre ich dir, beim Leben meiner Mutter", versichert mir Jin.

„Danke! Du bist meine beste Freundin und ich vertraue dir."

„Ich weiß, wie es ist. Mit Feng geht es mir schlecht. Er kümmert sich nicht um mich. Alles was ich versuche prallt an ihm ab. Es kommt mir vor als hätte er einen Schutzpanzer angezogen."

„Du solltest zu einer Wahrsagerin gehen. Sie kann dir helfen!", rate ich Jin.

„Glaubst du?"

„In einer Seitenstraße soll es eine geben. Du musst zu ihr gehen, wenn es dunkel ist, damit dich niemand sieht!"

„Würdest du mit mir kommen? Ich fürchte mich, allein hinzugehen."
Ich verspreche ihr, sie zu begleiten.

Jin kann es nicht erwarten, dass wir die Wahrsagerin aufsuchen. Wir schlendern die Straße entlang als würden wir spazieren gehen.

„Dort vorn, auf der rechten Seite ist das Haus. Da müssen wir unauffällig hineinkommen.", flüstere ich Jin zu, die mich nicht versteht.

Ich sehe mich nach allen Seiten um. Niemand ist zu sehen. Die Haustür steht offen. Schnell treten wir ein und laufen den Flur entlang zu einem erleuchteten Raum. Eine Katze huscht an uns vorbei und ich schrecke zusammen.

„Kommt herein Mädchen und setzt euch!", ruft eine alte Frau, die mit dem Rücken zu uns am Herd steht und im Wok ihr Essen zubereitet.

Sie dreht sich nicht um und hantiert geschäftig mit Stäbchen herum.

„Eine von euch will wissen, wie sie einen Mann für sich gewinnen kann", sagt die Alte, ohne uns anzusehen.

Woher weiß sie, dass wir zu zweit sind und was wir wollen?

Sie kennt uns nicht. Ein kalter Schauer gleitet mir über den Rücken.

„Zerbrecht euch nicht den Kopf. Ich kann Gedanken lesen."

Verblüfft harren wir geduldig aus.

Die Alte schüttet die Speise aus dem Wok in eine Porzellanschale und stellt sie in ein Regal. Jetzt dreht sie sich zu uns um. Sie sieht Jin an.

„Gib mir deine Hand!"

Jin reicht ihr zaghaft die Hand entgegen. Die Alte greift nach ihrem Unterarm und betrachtet die Furchen in der Handfläche. Nachdenklich nickt sie mit dem Kopf als würde sie Jins Leben vor sich sehen.

„Lass ab von dem Mann, den du begehrst. Du wirst ihn nicht heiraten. Großes Leid wirst du erfahren."

„Ist es wegen des Mannes?"

„Nein, er ist ein guter Mensch."

„Sag mir, wie kann ich ihn für mich gewinnen?"

„Gar nicht, er empfindet nichts für dich", sagt die Wahrsagerin und sieht Jin in die Augen.

„Hast du nicht ein Mittel, das ihn umstimmt?", bettelt Jin.

Die Alte geht zum Regal und nimmt aus einem Fach ein kleines Fläschchen.

Sie reicht es Jin.

„Wenn es dir gelingt, ihm diese Flüssigkeit zu verabreichen, wird er dir für ein paar Tage gehören."

Jin greift gierig nach der Flasche.

„Geh vorsichtig damit um. Die Zutaten sind schwer zu bekommen."

„Was bin ich dir schuldig?"

„Gib mir, was es dir wert ist!"

Jin reicht einen 100-Yuanschein über den Tisch und die Frau steckt ihn ein.

Eilig verschwinden wir aus dem unheimlichen Haus. Nie werde ich noch einmal dort hingehen. Alles erscheint mir mysteriös. Jin ist sichtlich glücklich und überlegt eine Möglichkeit, wie sie den Zaubertrank ihrem Feng verabreichen kann. Sie fragt nach meiner Meinung. Ich halte mich da heraus.

Die einzige Möglichkeit, wie Jin ihr Ziel erreichen kann, ist beim gemeinsamen Tischtennisspiel. Sie weiß, dass Feng gern gegen mich spielt. Ich hatte ein einziges Mal gegen ihn gewonnen. Seitdem sieht man mich als starke Spielerin an.

Zeitlich ist es nicht leicht für mich, ein Match mit Feng in meinen Terminplan einzuschieben. Kurzfristig gelingt es mir, da Peter sich unpässlich fühlt und das Training mit mir für ein paar Tage aussetzen will. Feng hat Zeit und Jin organisiert das Spiel.

Sie hatte das Zaubermittel in eine Cola-Flasche gegeben und diese verschlossen. Wie eine Giftmischerin ist sie mir vorgekommen.

Zum festgesetzten Termin treffen wir uns im Tischtennisraum von unserem Camp.

Feng erscheint pünktlich, zusammen mit seinen drei Freunden.

„Mal sehen, wie du dein Spiel verbessert hast, Meiling", sagt er zu mir und wirft den Ball auf die Platte.

„Fangen wir gleich an oder willst du dich erst warmspielen?", frage ich ihn.

„Glaubst du, dass ich das brauche, um gegen dich zu gewinnen?", bemerkt er in einem Ton von Überheblichkeit.

„Es ist nur ein Angebot."

„Ich werde dir zeigen, dass ich gut trainiert habe und du nichts zu bestellen hast."

Wir beginnen und ich merke, dass Feng stark anspielt. Er will mich durch seine aggressive Spielweise einschüchtern. Ich bleibe ruhig und kontere die angeschnittenen Bälle. Er wird wütend. Nur knapp gewinnt er das Match. Erschöpft sinkt er auf die Bank und Jin reicht dem Sieger die präparierte Cola-Flasche. Er öffnet den Verschluss. In dem Moment schrillt sein Handy. Feng reicht die Flasche einem seiner Kameraden und geht mit dem Telefon nach draußen.

Der Cola-Flaschen-Bewahrer hat nichts Eiligeres zu tun als aus der Flasche zu trinken und Jin sieht ihn mit Entsetzen an.

Den Typ will sie nicht haben. Er ist zu dünn und hat große Abstehohren. Es fehlt ihm ein Schneidezahn und der Rest ist gelb gefärbt, vom vielen Rauchen. Nur nicht der, denkt Jin.

Es ist zu spät. Der Bursche grinst sie an. Er hat gefunden, wonach er lange suchte. Jin sieht hilfesuchend zu mir. Erschöpft sitze ich auf der Bank und nippe von meinem Mineralwasser. Ich kann ihr nicht helfen. Der

Bursche wird dreister und drängt sich auf der Bank zwischen uns. Die Laute, die er von sich gibt, kann keiner verstehen. Mit seinen schmutzigen Fingern versucht er ihre Hand zu fassen. Das ist für Jin zu viel.

Sie springt auf und rennt davon.

Feng kommt zurück und will von der Cola trinken. Sein Kamerad reicht ihm die leere Flasche und lallt als wäre er betrunken. Angewidert dreht sich Feng um und geht nach draußen. Seine Lakaien folgen ihm.

Ich sitze noch eine Weile auf der Bank und lache laut. Arme Jin! Wer weiß, wie lange der Zaubertrank anhält. Sie wird sich in den nächsten Tagen nicht mehr auf die Straße trauen. Überall könnte der verzauberte Prinz auf sie lauern. Es ist anders gekommen als sie es sich gewünscht hat. Ich sehe keine Möglichkeit, ihr zu helfen.

6

Weihnacht in Hongping

Seit ein paar Wochen trainiere ich täglich mit Peter in dessen Camp. Feng hatte bewirkt, dass die Langnasen einen eigenen Raum zum Trainieren für das große Tischtennisturnier, im nächsten Jahr, erhalten. Meine Zimmerkollegin, die mir verschiedene Informationen über Peter geliefert hatte, konnte ihren Mund nicht halten. Sie meldete es Madame Hu, der Leiterin des Ausländerbüros und die beordert mich in ihr Büro.

Ich bin sehr aufgeregt. Was hat meine Zimmerkollegin ihr gesagt?

Madame Hu beginnt ohne Umschweife.

„Auf der Baustelle bin ich für das Wohl und die Sicherheit aller Ausländer verantwortlich und achte darauf, dass es keine Komplikationen im Zusammenleben zwischen ihnen und uns gibt. Ich sehe es nicht gern, wenn unsere Mitarbeiterinnen enge Kontakte zu ihnen pflegen, die am Ende zu Problemen führen können. Mir ist zugetragen worden, dass du dich für einen jungen Österreicher interessierst und unter dem Vorwand des bevorstehenden Tischtennisturniers mit ihm täglich zusammen bist. "

„Ich trainiere nur mit ihm", entgegne ich schnell.

„Willst du damit sagen, dass du keine anderen Absichten hast?"

Ich schweige. Wie ertappt komme ich mir vor. Die Wahrheit traue ich ihr nicht zu sagen und lügen will ich nicht. Madame Hu gibt mir Zeit zum Überlegen.

Werde ich die Baustelle verlassen müssen, wenn sie erfährt, dass ich ihn liebe?

Tränen fließen aus meinen Augen.

Madame Hu reicht mir wortlos ihr Taschentuch. Ich trockne die feuchten Wangen ab und gebe es ihr zurück.

„Du darfst nicht denken, dass ich kaltherzig bin. Ich habe mich über dich erkundigt und weiß, dass du aus einer angesehenen Familie kommst und nicht leichtfertig handelst. Du musst dir überlegen, ob das, was du eventuell vorhast, für dich und deine Familie das Richtige ist."

„Ich habe mich in ihn verliebt!", gestehe ich unter Tränen.

Madame Hu blättert in einem schmalen Ordner, der wahrscheinlich meine Personalakte enthält.

„Was soll ich nur mit dir machen? Wissen deine Eltern davon?"

„Nein! Es weiß nur meine Freundin Jin."

„Du solltest mit deinem Vater und deiner Mutter reden, bevor es zwischen euch beiden ernst wird. Es kann sein, dass sie nicht damit einverstanden sind."

Sie verabschiedet mich in ihrer kühlen Art.

Jin erzähle ich von unserem Gespräch. Sie wird bleich im Gesicht als beträfe sie die Sache selbst.

„Du hast Glück, dass du nicht gleich die Baustelle verlassen musst. Versuche Peter zu vergessen!"

„Könntest du es bei Feng?", erwidere ich entrüstet.

„Das ist anders, er ist Chinese und keine Langnase."

„Sind die schlechter als unsere Männer?"

„Das habe ich nicht gemeint. Es ist zu kompliziert mit ihnen. Du weißt zu wenig von Peter und seiner Familie. Es ist eine andere Kultur, in der sie leben. Ihr Essen ist nicht zu genießen."

„Wieso sagst du das? Du warst nur einmal in einem europäischen Restaurant und hast ein Gericht bestellt, das dir nicht geschmeckt hat."

„Schnitzel mit Käse - entsetzlich!", ergänzt Jin.

„Es gibt viele Dinge, die besser sind als bei uns."

„Ich kenne keine!", erwidert Jin schnippisch.

Für sie ist alles klar. Was von draußen kommt, ist schlecht. Ausnahmen bestätigen die Regel. Mit meinem versprochenen Ehemann, einem Hongkong-Chinesen, der außerhalb Chinas lebt, ist sie einverstanden.

Zu meiner verräterischen Mitbewohnerin verhalte ich mich reserviert. Sie versucht Jin über mich auszufragen. Vor ein paar Tagen hatte ich sie erwischt, wie sie in meinen Sachen stöberte. Damit sie das nicht wieder tut, behaupte ich, dass mir Geld fehlt und ich sie verdächtige, es genommen zu haben. Seitdem sprechen wir nicht mehr miteinander.

Peter hat keine Ahnung von diesen Schwierigkeiten, mit denen ich zu tun habe. Ich erzähle ihm nicht von dem Gespräch mit Madame Hu. Er fühlt sich zu mir hingezogen und wir genießen jede Minute, die wir zusammen sind.

Weihnachten steht vor der Tür. Für die Ausländer, die mehrheitlich Christen sind, hat das Fest eine große Bedeutung. Es ist vergleichbar mit unserem Frühlingsfest, bei dem die Familien zusammenkommen.

Peter wollte Mitte Dezember nach Hause fliegen. Er entschied kurzfristig, auf der Baustelle zu bleiben. Die Arbeit kann nicht der Grund sein. Ich vermute, dass er wegen mir nicht abreist.

Mit Jin spreche ich darüber, wie ich meine Beziehung zu Peter den Eltern beibringen kann. Ich weiß, dass mein Vater die Langnasen nicht mag und aus diesem Grund sein Einverständnis verweigern könnte. Der zweite Grund ist sein Heiratsversprechen, das gegenüber seinem Freund besteht. Nüchtern betrachtet gibt es keinen Ausweg für mich. Mit der Flucht wäre die Tür zum Elternhaus verschlossen. Wir überlegen uns Lösungen, wie alles gut enden kann.

Eine wäre, dass mein versprochener Ehemann vorzeitig stirbt oder eine Ehe mit mir ablehnt.

Den Tod scheiden wir aus und es bleibt nur seine Verweigerung, mich zu heiraten. Wie kann ich das erreichen?

Ob es ihn stören würde, wenn ich nicht mehr Jungfrau bin, wage ich zu bezweifeln. Am besten wäre es, wenn er sich in eine andere Frau verliebt und die Ehe mit mir nicht mehr eingehen will. Es würde mir, wie meiner zweiten Schwester ergehen, die sich den Mann dann selbst wählen durfte.

An einem Gespräch mit den Eltern werde ich nicht vorbeikommen. Wann dieser Zeitpunkt angebracht ist, weiß Jin nicht zu sagen. Wir verschieben es auf die Tage des Frühlingsfestes, wo die Schwestern in Shanghai sind und mich unterstützen können.

Innerlich bin ich zufrieden und glücklich.

An den Tagen vor Weihnachten reisen viele Experts nach Hause zu ihren Familien. Peters Kollege Toni, mit dem er eng zusammenarbeitet, ist unter ihnen. Seine Frau und die Tochter warten sehnsüchtig auf ihn. Peter sagte mir, dass er ihm zuliebe hiergeblieben ist und ein bisschen wegen mir.

Am Heiligabend sind wir bei seinem Bauleiter und dessen Frau zur Bescherung eingeladen. Ich freue mich, dass Peter sich öffentlich zu mir bekennt und mich zu ihnen mitnimmt.

Manche der Experts sehen wahrscheinlich unsere Beziehung ebenso kritisch wie Madame Hu, andere dagegen haben keine Einwände.

Ich bin die Jüngste in dem Kreis der Festgäste und werde freundlich von allen behandelt. Nach einem wunderbaren Essen gibt es Geschenke und ich muss sie verteilen. Es ist eine schöne Tradition. Als Peter und ich uns verabschieden, drückt mich die Frau des österreichischen Bauleiters kräftig und wünscht uns viel Glück. Ich bin gerührt von dieser Geste.

Peter bringt mich, wie jeden Abend nach dem Training, in meine Unterkunft. Es ist dunkel und wir kommen an dem Tischtennisraum vorbei. Ich habe einen Schlüssel und öffne die Tür. Vorsichtig treten wir in den dunklen Raum und ich ziehe die Tür hinter mir zu.

Durch die Fenster dringt das schwache Licht einer Laterne. Ich stelle mich mit dem Rücken zur Wand. Peter wendet sich mir zu und bleibt, wie eine Säule, starr stehen. Ich umarme und küsse ihn. Jetzt scheint er aufzutauen. Ich spüre seine Finger unter meiner Bluse und wie sie versuchen den komplizierten Verschluss von meinem BH zu öffnen. Es gelingt ihm nicht. Mir wird schwindlig.

Er versucht meinen Rock anzuheben. Das wirkt auf mich wie ein Notknopf bei einer technischen Anlage. Ich schiebe die Hand energisch beiseite und halte ihn auf Distanz. Wir ordnen unsere Kleider und Haare und schleichen uns durch die Tür nach draußen.

Wie gewöhnlich bringt er mich bis zu meinem Raum. Da uns niemand sieht, gebe ich ihm einen flüchtigen Abschiedskuss und verschwinde hinter der Tür.

Die ganze Nacht kann ich nicht schlafen. Ich muss an ihn denken und wünsche, dass wir bald vereint sein werden. Ich träume schwärmerisch von unserer Hochzeit und wie ich in einem weißen Brautkleid mit ihm tanze. Die Gedanken sind schön.

Es ist Samstagmorgen und ich muss zur Arbeit. Ich würde am liebsten länger im Bett bleiben. Abends werde ich Peter beim Tischtennistraining treffen. Darauf kann ich mich den ganzen Tag freuen.

Am Vormittag sehe ich ihn zu meiner Überraschung in der Steuerzentrale. Er spricht mit dem älteren Kanadier. Ich grüße ihn kurz. Wir hätten Zeit zum Plaudern, doch ich will es am Arbeitsplatz nicht. Zu schnell wird darüber geredet und das kann ich nicht brauchen.

Nachmittags fahre ich mit dem Bus zum Camp. Kurz nach der Abfahrt bleibt das Fahrzeug stehen. Der Motor lässt sich nicht mehr starten. Es dauert eine Ewigkeit bis ein Ersatzbus kommt und uns abholt. Peter wird ungeduldig im Tischtennisraum warten und ich kann ihn nicht telefonisch erreichen. Er wird denken, dass ich nicht komme und in sein Apartment gehen. Dort kann ich nicht hin und wir werden uns heute nicht mehr sehen. Ich bin verärgert auf den Busfahrer, dass er sein Fahrzeug nicht besser wartet.

Als wir Hongping erreichen eile ich zum Tischtennisraum im Camp der Ausländer. Peter ist zum Glück noch da und unterhält sich vergnügt mit Madame Hu. Ob sie ihm gesagt hat, dass er sich von mir fernhalten soll. Madame Hu zieht sich diskret zurück. Ich frage Peter, worüber er mit ihr geredet hat.

„Über dich und dass ich dich heiraten will", antwortet er ernst.

Will er mich verulken?

Den Spaß verstehe ich nicht und bin wütend auf ihn. Es ist das erste Mal, dass wir aneinandergeraten und ich mich bissig verhalte. Am Ende bereue ich meine Reaktion. Es ist zu spät. Ich spüre wie Peter sich zurückzieht und wortkarg wird.

Nach dem Training darf ich in seinem Apartment duschen. Auf dem Küchentisch befindet sich eine Schale mit Obst. Hungrig greife ich nach einer Banane und mir geht es besser. Es wird der Hunger gewesen sein, der mich aggressiv macht.

Sein Apartment ist geräumig und ich kann mir gut vorstellen, dass wir bis zum Projektende hier zusammenwohnen könnten. Wir müssten jedoch verheiratet sein.

Ob Peter das mit der Ehe ernst gemeint hat? Er sagt, dass er mich liebt. Ich glaube ihm.

Nach dem Duschen gehe ich in sein Büro. Er erledigt die Post und schreibt ein E-Mail an seinen Arbeitskollegen Toni. Ich versuche ihn nicht zu stören und sehe mich um. Auf dem Tisch entdecke ich eine Weihnachtskarte und nehme an, dass sie von seinen Eltern ist. Sie zeigt einen Weihnachtsmarkt in Wien. Als ich ihn frage, sagt er mir, dass sie von seiner ehemaligen Freundin aus Wien ist. Er erzählt mir die leidvolle Geschichte mit der geplatzten Heirat.

Es tut mir leid, wie er gelitten hat. Ich bin froh, dass er frei darüber redet und habe den Eindruck, dass es ihm jetzt besser geht.

Mir ist bewusst, dass unsere enger werdende Beziehung einschneidende Veränderungen in meinem Leben bewirken.

Er war das Zusammenleben mit einer Frau gewöhnt und wird an mich bald ähnliche Ansprüche stellen. In meiner Unerfahrenheit muss ich ihm wie ein dummes Küken vorkommen. Bisher hat er sich nichts anmerken lassen und ist zurückhaltend geblieben. Es wird der Zeitpunkt kommen, wo ich Farbe bekennen und mich für oder gegen ihn entscheiden muss. Er fragt, ob ich ihn in seine Wohnung begleite. Ich lehne ab. Die Angst, entdeckt zu werden, ist bei mir größer als das Verlangen, mit ihm allein zu sein. Es gibt keine Alternative für mich in Hongping. Peter akzeptiert die Entscheidung. Er begleitet mich, wie jeden Tag, zu meiner Unterkunft.

Ich muss die ganze Nacht an seine unglückliche Beziehung denken und wie er gelitten hat.

Ob der Heiratsantrag von ihm ehrlich gemeint ist? Ich müsste ihm jetzt sagen, dass ich einen anderen Mann heiraten soll. Wie wird er das verkraften? Verstehen wird er es nicht.

Ich möchte ihm die Liebe schenken, die er sich wünscht. Er hat Angst vor einer neuen Beziehung und ist vorsichtig. Ich würde ihn nie betrügen können, wie es seine Verlobte aus einer Laune getan hat. Die Ehrlichkeit und das Vertrauen zueinander finde ich unverzichtbar für eine gute Beziehung. Es ist für mich unverständlich, wie seine frühere Freundin leichtfertig damit umgegangen ist.

7

Bambusbar in Hongping

Zu Silvester beabsichtige ich mit Jin nach Hause zu fahren. Wir wollen das große Feuerwerk zum Millennium in Shanghai miterleben und unsere ehemaligen Studienkolleginnen treffen. Ab Freitag bis Montag bekommen wir von unserem Chef frei, weil wir an den letzten Wochenenden gearbeitet hatten.

Jin erzählt mir, was wir alles an dem langen Wochenende tun wollen und mit wem wir uns treffen und plaudern. Die Tage sind von ihr verplant und erwartungsvoll harren wir der Abfahrt am Freitagmorgen mit dem öffentlichen Bus nach Hangzhou. Viel Gepäck haben wir nicht, nur eine kleine Reisetasche mit ein paar Geschenken für die Lieben daheim.

Der Bus fährt pünktlich ab und Jin hört nicht auf zu erzählen. Ich mache mir Gedanken um Peter und dass er einsam in Hongping sein wird. Ein paarmal habe ich ihn gefragt, ob ich bei ihm bleiben soll. Er hat gemeint, dass ihn das Alleinsein nicht stört.

Jin sagt mir, dass es besser ist, sie nach Shanghai zu begleiten. Es könnte meinen Eltern auffallen, wenn ich an den freien Wochenenden nicht mehr nach Hause komme. Ich entscheide mich mit ihr zu fahren.

In Hangzhou stehen wir vor dem Fahrkartenschalter am Bahnhof und wollen ein Ticket für den Zug nach Shanghai kaufen. Wie ein Blitz schießt es mir durch den Kopf.

„Jin, ich kann nicht mitkommen. Ich muss zurück nach Hongping."

„Wieso das?", erwidert sie empört.

„Ich kann Peter zur Silvesternacht nicht allein lassen. Das würde ich mir nie verzeihen!"

„Er wird sich vergnügen. Es gibt Bars und andere Lokale im Ort."

„Würdest du an meiner Stelle fahren?"

„Nein!", erwidert sie nachdenklich.

„Na siehst du!", sage ich zu ihr und renne den Weg zurück zum Ausgang. Verblüfft sieht sie mir nach.

Das Glück ist bei mir. Mit dem Bus, der uns nach Hangzhou gebracht hat, kann ich in einer Stunde zurückfahren. Es bleibt genügend Zeit eine Flasche Sekt zu kaufen. Ich bin froh über meine Entscheidung und Jin wird sich eine Ausrede für meine Eltern einfallen lassen, warum ich nicht mitkomme.

Spätabends erreicht der Bus Hongping. Ich gehe in mein Quartier und mache mich frisch. Das ganze Camp wirkt wie ausgestorben. Die Leute feiern daheim oder sitzen vor dem Fernseher in irgendeinem Restaurant und sehen sich die großen Shows aus Peking und Shanghai an.

Mit der Flasche Sekt mache ich mich auf den Weg und suche Peter. Er wird in der Bambusbar oder im

Büro sein. Andere Möglichkeiten, wo er sich aufhalten könnte, sind mir nicht bekannt. Ich kann ihn dort nicht finden und sehe zu seinem Apartment hinauf. Es brennt Licht. Wird er zu Hause sein? Das Ausländercamp wirkt wie ausgestorben. Der Pförtner sieht fern und hebt nicht den Kopf als ich durch die Gittertür gehe.

Auf leisen Sohlen steige ich die vielen Stufen bis zur obersten Wohnung hinauf und verschnaufe eine Weile vor der Tür. Von innen höre ich die Ansagerin des Fernsehsenders CNN. Vorsichtig klopfe ich an die Tür. Peter öffnet und ist erstaunt, mich vor sich zu sehen. Damit hat er nicht gerechnet.

Wir sehen uns die Show zur Jahreswende im Fernsehen an, bestaunen das Feuerwerk auf den Straßen von Hongping und tanzen Wiener Walzer barfuß auf dem Teppich. Es ist wie im Sissi-Film. Peter ist charmant, wie der Kaiser Franz Joseph.

Ob den Wienern diese Art angeboren ist?

Ich finde es traumhaft, wie er mich hofiert und bin davon überzeugt, dass es nicht von ihm gespielt ist. Mein Vertrauen zu ihm ist in diesem Moment grenzenlos.

Er fragt mich, ob ich heute Nacht bei ihm bleibe.

„Nur, wenn du weiterhin brav bist!", antworte ich.

Leicht beschwipst gehe ich duschen. Er reicht mir seinen Bademantel und ein großes Handtuch.

Die Dusche auf dem Balkon ist herrlich. Das warme Wasser fließt über mein Gesicht und ich genieße es.

„Wo ist der Fön?" rufe ich ihm zu.

Er hat mich nicht verstanden und kommt. Ich drehe mich nicht verschämt weg. Seine Augen ruhen bewundernd auf meinem Körper.

Nach einer Weile fragt er, was ich benötige.

„Hast du einen Fön?"

Ich trockne mich ab und ziehe seinen Bademantel an.

Er steht vor mir, mit dem Fön in der Hand.

„Willst du mir die Haare trocknen?", frage ich und setze mich in der Diele auf einen Schemel. Er schiebt einen zweiten hinzu und kämmt mich.

„Dein Haar fasst sich schön an. Es glänzt, wie Seide und riecht wie Jasmin", bemerkt er nervös.

„Das macht dein gutes Shampoo", entgegne ich und schüttle den Kopf, damit die Haare locker werden.

Vorsichtig beginnt er sie zu trocknen und streicht mit der Bürste über die wallende Haarpracht. Er massiert mit seinen Fingern meine Kopfhaut. Ich schließe die Augen und genieße es.

Ob ich heute schwach werde und mich ihm hingebe? Lust habe ich.

Ich stehe auf und gehe ins Wohnzimmer. Dort hat er auf der Couch sein provisorisches Nachtlager errichtet. An diese Möglichkeit habe ich nicht gedacht. Enttäuscht begebe ich mich in sein Schlafzimmer und lege mich auf das riesige Doppelbett. Wie verloren komme ich mir vor.

Peter duscht und ruft mir vom Wohnzimmer aus ein „Gute Nacht" zu. Ich kann ihn unmöglich bitten, zu mir zu kommen. Er würde es falsch verstehen.

Von draußen höre ich den Lärm der Knallfrösche und das Grölen der Betrunkenen auf der Straße. Ein ungewöhnliches Geräusch vom Fenster lässt mich aufhorchen.

Vorsichtig taste ich mich in der Dunkelheit dorthin. Mehrere Geckos kleben von außen an den Glasscheiben. Geschwind gehe ich zurück in mein Bett.

„Hilfe! Hilfe!", kreische ich und kauere mich am Kopfende des Bettes zusammen. Peter kommt wie erwartet angestürzt und sieht sich im Schlafzimmer um.

Ich zeige mit dem Finger auf das Fenster. Er schaltet das Licht ein und sieht nach.

„Bleib bei mir!", sage ich im ängstlichen Ton.

„Sei unbesorgt, Sie tun dir nichts!", tröstet er mich und legt sich zu mir ins Bett.

Ich schmiege mich eng an ihn, dass ich seinen Herzschlag spüren kann. Er bleibt wie ein Eisklotz neben mir liegen. Ich überlege was der Grund ist.

Warum berührt und küsst er mich nicht?

Es ist dennoch schön, neben ihm zu liegen und seinen Atem zu spüren. Im Schlaf träumt er stark. Er zuckt zusammen und redet. Ich kann seine Worte nicht verstehen. Bisher hatte ich nur mit meiner Freundin Jin zusammen in einem Bett gelegen. Es ist anders, einen Mann neben sich zu haben.

Ich bleibe lange wach und habe am Morgen das Gefühl, nicht ausgeruht zu sein. Die Müdigkeit ist schnell verflogen. Eine unbekannte Kraftquelle scheint mich zu speisen. Ich frage nicht nach der Ursache. Alles ist neu für mich und ich will es auf mich wirken lassen und genießen.

Peter macht mir den Vorschlag, in die nahegelegene Kreisstadt zu fahren und durch die Altstadt zu bummeln. Ich bin einverstanden und wir beeilen uns zum Taxistand zu kommen. Am Neujahrstag haben viele private Geschäfte geöffnet und laden zum Einkauf ein.

Wir gehen von einem Bekleidungsgeschäft in das nächste. Peter lässt sich nicht anmerken, dass sie ihn nicht sonderlich interessieren. Er kauft mir ein schönes Seidenkleid und für sich einen seidenen Tai-Chi-Anzug. Madame Hu will ihm das „Schattenboxen" beibringen. Ich finde es schön, dass er sich für unsere chinesische

Kultur interessiert und Tai-Chi-Chuan lernen will. Im Gegenzug nehme ich mir vor Deutsch zu lernen.

„Wann willst du mit Madame Hu trainieren? Du hast am Abend keine Zeit", gebe ich zu bedenken.

„Ich stehe früher auf und übe mit ihr ab 6 Uhr, eine Stunde lang."

Ich denke, dass er es verschlafen wird. Er ist ein Abendmensch und in der Früh nicht wach zu bekommen. Peter meint, dass ich ihn wecken werde, wenn wir zusammenwohnen.

„Das geht nicht, mein Lieber", versuche ich ihm klarzumachen.

„Doch! Wenn wir verlobt sind, kann keiner was sagen. Ich will mit dir zusammenleben. Willst du meine Frau werden?"

Jetzt kann ich seine Frage nicht als Scherz abtun und wie beim ersten Mal die Beleidigte spielen. Ich bin davon überzeugt, dass er es ernst meint. Ich möchte gerne „Ja" sagen und es herausschreien.

Von dem Heiratsversprechen meines Vaters habe ich ihm nichts gesagt und will es ihm momentan noch verschweigen. Wenn es sich eines Tages in „nichts" auflöst, wäre die Aufregung umsonst. Zum Glück bemerkt er mein Zögern nicht und ich nicke ihm zu.

Wir gehen zu einem Juwelier, den wir in einer Nebenstraße gesehen hatten und Peter kauft ein Paar Eheringe. Im Hotelrestaurant steckt er mir meinen Ring auf den linken Ringfinger und erklärt ergriffen, dass uns nichts mehr trennen kann.

Ich bin glücklich und sehe ihm an, dass er es auch ist.

Ein ungutes Gefühl habe ich. Es geht mir alles zu schnell. Ich bin ein Hasenfuß. Es gelingt mir nicht, ihn zu bremsen. Ich gebe in allem nach.

Es ist der bisher schönste Moment in meinem Leben und ich weiß, dass wir die Hürden gemeinsam bewältigen werden.

In einem Park kauft mir Peter mehrere Vögel und lässt sie frei. Das soll Glück bringen.

Abends in Hongping gehen wir nach der Ankunft in die Bambusbar und Peter gibt unsere Verlobung bekannt. Wir feiern ein wenig mit den wenigen Gästen. Sie wünschen uns viel Glück und dass wir bald heiraten und zusammenziehen können.

Am nächsten Tag besucht Peter Madame Hu in ihrem Büro und erzählt ihr von unserer gestrigen Verlobung und dass wir bald heiraten wollen. Sie soll verhalten gewesen sein und bat Peter, zuvor mit meinen Eltern zu sprechen.

Am kommenden Wochenende will er sie besuchen. Ich bitte ihn damit zu warten, bis ich den richtigen Zeitpunkt herausgefunden habe. Ich erzähle ihm von der abweisenden Haltung meines Vaters zu Ausländern und dass man bei einem solchen Besuch nichts überstürzen darf. Er hat es eingesehen und will geduldig sein.

Madame Hu bittet mich am Montag in ihr Büro zu kommen. Sie ist aufgeregt.

„Was habt ihr angestellt, Meiling. Musstet ihr euch gleich verloben und deine Eltern wissen nichts davon. Hast du mit ihnen gesprochen?"

„Es war noch keine Gelegenheit. Zum Frühlingsfest will ich es ihnen sagen."

„Ich hoffe, sie willigen ein. Wenn nicht, könntest du von deiner Familie verstoßen werden. Was das bedeutet, brauche ich dir nicht sagen."

„Es wird gut enden. Da jedoch mein Vater keine Ausländer mag, werde ich mit meiner älteren Schwester

Lu sprechen, dass sie mich unterstützt. Er hört mehr auf sie als auf mich."

„Ich hoffe für dich, dass alles gut verläuft. Ich kenne mehrere Frauen, die von ihrer Familie verstoßen wurden und die meisten bereuen, dass sie voreilig und eigenmächtig entschieden hatten. Es würde mir um dich leidtun, wenn du das gleiche Schicksal erdulden müsstest."

„Peter ist ungeduldig. Abwarten ist nicht seine Stärke. Er möchte, dass wir im Camp zusammenleben dürfen."

„Das geht nur für verheiratete Paare", erwidert Madame Hu streng.

„Wenn sie ihm das sagen, würde er unsere Hochzeit nicht länger verschieben wollen und mich ohne die Erlaubnis meiner Eltern heiraten."

Madame Hu erkennt die schwierige Lage, in der ich mich befinde.

„Nun gut, ich werde in eurem Fall eine Ausnahme machen. Du musst mir versprechen, dich zurückzuhalten. Euer Beispiel darf keine Schule machen. Es gibt feste Regeln, die besagen, dass man verheiratet sein muss."

„Ich werde mich diskret verhalten, wie sie es wünschen", verspreche ich ihr.

Freudig verlasse ich das Büro und gehe in mein altes Quartier.

Jin ist angekommen und erzählt aufgeregt, was sie in Shanghai erlebt hat. Nicht nur meine Eltern, sondern alle Freundinnen haben nach mir gefragt und verstehen nicht, dass ich zu Silvester und Neujahr arbeiten muss. Sie hat ihnen gesagt, dass meine Tätigkeit für das Projekt wichtig ist und das haben sie ihr geglaubt.

Nachdem Jin alle Neuigkeiten losgeworden ist, entdeckt sie meinen Ring an der linken Hand.

„Was soll das?", fragt sie erstaunt.

„Ich habe mich am Neujahrstag mit Peter verlobt", erwidere ich kurz.

„Nein! Da bin ich nur ein paar Tage nicht in deiner Nähe und du stellst solche Dummheiten an."

„Beruhige dich! Es wird alles gut ausgehen", beschwichtige ich sie.

Jin ist aufgebracht. Ich schlage ihr vor, mit mir ein Stück spazieren zu gehen und will ihr alles erzählen.

Ich komme nicht zu Wort. Sie jammert und klagt in einem fort als wäre ich dem Untergang geweiht. Zum Schluss wirft sie mir vor, dass ich sie zur Komplizin mache. Alle werden glauben, dass sie von Anfang an eingeweiht ist.

Ihre Schilderung von dem, was mir bevorstehen wird, treibt mir die Tränen in die Augen. Ich sehe das Zerwürfnis mit meinen Eltern und der ganzen Familie vor mir. Einsam werde ich in der weiten Welt umherirren und keinen Frieden finden.

Ich setze mich am Straßenrand auf einen Stein und weine.

Wenn mich mein Vater verstößt, fehlt mir der familiäre Ruhepunkt. Ob mir die Liebe zu Peter genug Kraft gibt?

Mitleid regt sich bei Jin. Sie streicht mir über den Kopf und versucht mich zu trösten. Wir gehen weiter und kommen zufällig an dem Haus der Wahrsagerin vorbei. Wie von einer Geisterhand geführt gehe ich durch die offenen Türen in die Küche. Die alte Frau sitzt am Tisch und zerteilt Gemüse.

„Kommt herein und setzt euch", sagt sie ruhig.
Sie sieht mich an.

„Diesmal bist du es, die einen Blick in die Zukunft werfen will."

Ich nicke ihr zu.

„Gib mir deine Hand!"

Ich strecke ihr den ganzen Arm hin und sie sieht sich die Innenfläche meiner linken Hand an.

„Zeig mir noch die andere!"

Diese unterzieht sie der gleichen Prüfung.

Ohne ein Wort zu sagen, widmet sie sich der Zubereitung des Gemüses.

Ratlos sehe ich sie an.

„Es gibt nichts, was dich zufrieden stimmt, mein Kind. Du wirst starke Turbulenzen erleben und erst spät dein Glück finden."

„Wie soll ich mich verhalten?"

„Es gibt kein Rezept. Höre auf deine innere Stimme. Sie wird dich auf den richtigen Weg führen."

Viel habe ich von der Frau nicht erfahren. Ich reiche ihr einen 50-Yuan-Schein und bedanke mich für die Auskunft.

Wir gehen nach draußen und ich atme kräftig durch.

„Hast du verstanden, was die Alte gemeint hat?", frage ich Jin.

„Nein!"

„Auf meine innere Stimme soll ich hören. Ich habe mehrere! Welche davon ist die Richtige?"

„Du solltest öfter in buddhistische Tempel gehen und dir Erleuchtung holen!"

Ich weiß nicht, ob Jin Recht hat.

Sie hat es aufgegeben, mich mit Vorwürfen zu überhäufen. Wir gehen in die Kantine und essen zu Abend. Jetzt erzähle ich ihr, dass Madame Hu es mir gestattet hat, bei Peter im Apartment zu wohnen.

Erstaunt sieht mich Jin an.

„Du willst aus unserem Quartier ausziehen und mich allein lassen!", sagt sie vorwurfsvoll.

„Ich tue es nicht. Nur an den Wochenenden, wenn du nicht da bist, werde ich bei Peter wohnen."

„Was soll ich deinen Eltern sagen, wenn du nicht nach Hause kommst. Schnell schöpfen sie Verdacht und besuchen dich in Hongping. Sie erfahren alles und mit mir werden sie schimpfen, dass ich sie angelogen habe."

Jin hat nicht Unrecht. Ab und zu muss ich nach Hause fahren, um keinen Verdacht aufkommen zu lassen.

Meine Verlobung hat sich schnell im Camp herumgesprochen. Jetzt gibt es keinen Ärger, wenn ich mich in Peters Apartment aufhalte. Jeder sieht uns als Paar an als wenn wir verheiratet wären.

8

Tischtennisturnier in Hongping

Der Tag des Turniers kommt näher. Feng rechnet mit einem Sieg. Er hat alles aufgeboten und sein Vater unterstützt ihn. In der neuen, großen Lagerhalle soll der Wettkampf stattfinden.

Eine Tribüne ist für die prominenten Gäste, die eingeladen wurden, aufgebaut. Normalerweise wird sie am ersten Mai in der Kreisstadt an der Hauptstraße aufgestellt, damit die Massen an den Parteigranden vorbeilaufen und Fähnchen schwenken können.

Peter wirkt nervös. Er hatte Feng zufällig beim Training zugesehen und ist von seiner Spielweise stark beeindruckt. Er bittet mich, dass ich seine Technik studiere. Feng lässt es nicht zu.

Die Nervosität überträgt sich auf mich. Ich merke, dass ich an manchen Tagen gereizt bin. Jin kennt mich gut und steckt meine Stimmungswechsel leicht weg. Auf Peter versuche ich beruhigend zu wirken. Er ist die Hauptperson und muss sich auf das Turnier konzentrieren.

Für gemeinsame Spaziergänge oder Tagesausflüge bleibt uns keine Zeit mehr. Jede freie Minute wird trainiert. Die Erwartungshaltung bei den Vorgesetzten ist hoch. Ich werde von ihnen gefragt, in welcher Form sich Peter befindet und ob er gegen Feng gewinnen kann.

Gegenüber meinen Leuten halte ich mich zurück. Sie erwarten einen Sieg von Feng. Wenn mich Experts fragen, wage ich zu sagen, dass Peter eine gute Chance hat zu siegen.

Jin erzählt mir, dass im Camp Wetten abgeschlossen werden und ob ich mich daran beteiligen möchte. Das lehne ich ab, da ich in diesen Dingen abergläubisch bin. Sie hat 100 Yuan auf den Sieg von Feng gesetzt.

Das kann ich verstehen, da sie ihn liebt.

Die Tage bis zum großen Wettkampf vergehen schnell. Es sind viele Leute mit ihren Angehörigen gekommen, um sich das Turnier anzusehen. Wie ein Volksfest läuft es ab. Vor der Halle haben kleine Händler Verkaufsstände aufgebaut, in denen sie deftige Speisen, Leckereien, Obst und Getränke anbieten.

Die Halle füllt sich und auf der Galerie, die für die prominenten Gäste reserviert ist, gibt es keinen Sitzplatz mehr. Zuschauer aus Hangzhou und die Experts mit ihren Familien haben auf den vorderen Bänken Platz genommen. Die Ansagen werden zweisprachig, in Chinesisch und Englisch, vorgenommen. Das gibt dem Ganzen einen gewissen internationalen Anstrich.

Mir fällt es schwer, Peter meine Nervosität zu verbergen. Er wirkt ruhig und gelassen. Ich kann es nicht verstehen.

Die Listen mit den Nominierungen, wer gegen wen spielen soll, werden bekanntgegeben. Es gibt zwei

Gruppen. Peter und Feng spielen in einer der beiden. Im K.-o.-System wird der Gruppensieger ermittelt. Die treten im Endspiel gegeneinander an. Wer gewinnt, ist Turniersieger.

Alle Zuschauer gehen davon aus, dass Feng und Peter Gruppensieger werden und im Endspiel aufeinandertreffen.

Die Einzelspiele führen zu dem erwarteten Ergebnis. Feng und Peter sind im Endspiel. Eine Pause wird eingeschoben, in der sich die Zuschauer die Beine vertreten und an den Verkaufsständen stärken können.

Die nicht mehr benötigten Tischtennisplatten werden zusammengelegt und abtransportiert. Nur eine bleibt in der Mitte der Halle stehen.

Ich sitze bei Peter auf der Bank und halte ihm die Hand. Es beruhigt mich mehr als ihn. Er hat die Augen geschlossen als würde er wie ein Buddhist meditieren. Mir ist bekannt, dass er Katholik ist. Ob die auch meditieren? Ich weiß es nicht. Konzentriert denke ich daran, dass Peter gewinnen wird. Es ist heiß in der Halle und Schweißtropfen treten auf seine Stirn. Behutsam trockne ich sie mit einem Handtuch ab.

Mit einem Gongschlag wird die Pause beendet. Die Zuschauer strömen in die Halle und suchen ihre Plätze auf.

Es wird allmählich leise.

Der Ansager gibt das Endspiel bekannt. Feng und Peter gehen auf die Tischtennisplatte zu. Sie stehen sich gegenüber und der Schiedsrichter gibt das Zeichen für den Beginn des ersten Satzes.

Feng schlägt auf. Seine Bälle sind stark angeschnitten. Peter hat keine Chance, sie abzufangen. Den ersten Satz verliert er und Fengs Anhänger, die die Mehrheit in der Halle bilden, jubeln. Für sie ist das Spiel entschieden und begeistert rufen sie Fengs Namen.

Den zweiten Satz kann Peter für sich gewinnen. Er hat sich schnell auf Fengs Topspin eingestellt und begegnet ihm mit Konterblock. Beide Spieler sind gleichstark und ihre Fans rufen ihnen begeistert zu.

Das Glück ist auf Peters Seite. Er gewinnt den letzten Satz und wird Gesamtsieger des Turniers.

Fengs Anhänger kann man die Enttäuschung im Gesicht ablesen. Bei der Überreichung der Siegerpreise fordert Feng seinen Gegner zum Revanchespiel in einem Jahr. Peter nimmt an und lässt sich feiern.

Ich will mich zurückziehen oder zumindest im Hintergrund bleiben. Peter achtet darauf, dass ich nicht von seiner Seite weiche. Überall weist er darauf hin, dass er seinen Sieg nur mir zu verdanken hat, weil ich mit ihm hart trainierte.

Die Leiter der Baustelle hören das gern und machen ein Politikum daraus. Sie werten Peters Sieg als Ergebnis der guten Zusammenarbeit zwischen den Experts und Chinesen.

In den offiziellen Reden bei dem abendlichen Festessen, im Golden Leaf Hotel der Kreisstadt, wurde dies oft betont.

Mir schmeichelt diese Ehrung und sie hat einen praktischen Wert für mich. In Zukunft wird es mir niemand verwehren können, wenn ich mit Peter in seinem Apartment zusammen bin. Wir sind miteinander verlobt und durch den Sieg im Turnier ein Vorzeigebeispiel für gute und erfolgreiche Zusammenarbeit geworden.

Ich bleibe jedoch, wie bisher, mit Jin und den beiden Kolleginnen im gleichen Quartier. Nur an den Wochenenden, wenn Jin nach Shanghai zu ihrer Mutter fährt, bin ich in Peters Apartment.

Wir genießen diese Zeit des Zusammenseins.

Das chinesische Neujahrsfest beginnt Anfang des nächsten Monats. In dieser Zeit ruht die Arbeit auf der Baustelle. Ich werde mit Jin nach Hause fahren.

Peter möchte gern mitkommen und sich meinen Eltern vorstellen. Den Zeitpunkt halte ich nicht für geeignet. Von dem Heiratsversprechen, das mein Vater seinem Freund gegeben hat, habe ich Peter noch nichts gesagt. Ich will mit meiner Schwester Lu darüber sprechen und sie ins Vertrauen ziehen. Sie wird mir bestimmt helfen können.

Für das letzte Wochenende vor dem Frühlingsfest hat Peter mir einen Vorschlag gemacht. Er möchte zum Fotografieren in die nähere Umgebung fahren. Vor ein paar Wochen hatte er den chinesischen Führerschein bekommen und darf sich den Jeep seines Bauleiters ausleihen. Da Jin nach Shanghai fährt, bin ich gern bereit ihn zu begleiten.

Peter schlägt mir vor, dass ich das Ziel unseres Ausflugs bestimme. Ich habe eine Straßenkarte von der näheren Umgebung. Willkürlich wähle ich einen Ort zwischen zwei Tälern aus.

Wir fahren ins Gebirge. Ohne Allradantrieb kämen wir nicht weit. Peter ist ein guter und sicherer Fahrer. Zu keiner Zeit habe ich Angst neben ihm zu sitzen. Die Straßen sind schlecht ausgebaut und an der Hangseite geht es steil bergab. Wir erreichen die höheren Regionen und haben einen schönen Ausblick ins Tal und auf die Reisfelder an den Hängen.

Mulmig wird mir, wenn uns ein Fahrzeug entgegenkommt und wir bis zur Kante des Abgrunds ausweichen müssen. Ich drücke die Augen zu und versuche, nicht in Panik zu geraten.

Die Straße endet unerwartet. Auf der Verkehrskarte ist der Weg weiter eingezeichnet. Ein Bauer kommt uns entgegen. Ich frage ihn wie man zu dem Ort gelangt, den ich als Ziel markiert habe. Er erklärt mir, dass wir das Dorf nur über einen Trampelpfad zu Fuß erreichen können.

„Kehrt lieber um! Der Pfad ist zu schlecht. Nur Einheimische kennen sich aus", sagt er besorgt.

„Kann man abstürzen?"

„Nein, doch mit euren dünnen Sandalen kommt ihr nicht weit."

„Wir versuchen es!", entgegne ich und wir laufen los.

Kopfschüttelnd geht der Mann mit dem Tragkorb weiter. Er kann wahrscheinlich nicht verstehen, warum wir dorthin wollen.

Das Auto lassen wir an einer schattigen Stelle im Bambuswald stehen und machen uns auf den Weg.

Anfangs ist der Pfad leicht zu begehen. Nach einer halben Stunde wird er steiler und felsiger. Ich bereue, dass ich nicht auf den Bauer gehört habe. Peter sieht das anders. Ihn reizt es zu einem Ort zu kommen, wohin sich kein Tourist verirrt. Er hofft, schöne Fotos machen zu können. Ich möchte ihm die Freude nicht verderben und folge ihm.

Wir kommen in eine uralte Siedlung. Wenige Hütten stehen auf felsigem Grund. Es ist nicht zu erkennen, ob sie bewohnt sind. Ein paar Hühner picken am Weg. Sie lassen sich durch uns nicht stören.

Ich sehe in einer der Behausungen eine alte Frau. Sie kommt an die Tür und fragt, was wir suchen. Ich erkläre ihr, dass mein Freund Fotos von der Gegend machen möchte.

Sie lädt uns auf eine Schale Tee ein. Es ist eine allgemeine Geste der Gastfreundschaft und wir können das Angebot der Frau nicht abschlagen. Peter scheint es nicht zu gefallen. Er will den Hügel erklimmen und von oben fotografieren.

Die alte Frau schürt das Holzfeuer an und es dauert nicht lange, bis das Wasser kocht.

Ich fungiere als Dolmetscher und Peter fragt, ob noch andere Menschen hier oben leben.

„Nicht viele! Sie arbeiten, wie meine Söhne, tagsüber unten im Tal. Ich muss auf die Ziegen aufpassen", erzählt die Alte.

„Wieviel Kinder hast du?"

„Drei ledige Söhne."

„Wollen sie nicht heiraten?"

„Es gibt keine Frauen mehr, die das einsame Leben in den Bergen ertragen wollen. Mein ältester Sohn hatte vor einem Jahr ein schönes Mädchen mitgebracht. Als sie sah, wie arm wir hier sind, ist sie nach wenigen Tagen verschwunden. Ich verstehe sie nicht. Wir haben alles, was man zum Leben braucht."

Die Frau schüttelt mit dem Kopf. Sie kann es nicht fassen, dass es der erhofften Schwiegertochter hier oben nicht gefallen hat.

„Sie wird sich einsam gefühlt haben, wenn ihr Bräutigam den ganzen Tag unten im Tal arbeitet und erst spät nach Hause gekommen ist", erkläre ich ihr.

„Ich bin den ganzen Tag da. Sie konnte sich mit mir unterhalten und ich mich mit ihr."

Bedauernd sehe ich sie an. Ich verstehe den Grund, warum die junge Frau zurückwollte. Die Einsamkeit ist auf längere Zeit schwer zu ertragen.

Die Frau gibt aus einer Dose ein paar Blätter Grünen Tee in drei angeschlagene Porzellanschalen und gießt heißes Wasser darüber. Aus einem Regal holt sie eine Holzdose mit Kernen, die ich nicht kenne. Sie steckt einen davon in den Mund und fordert uns mit einer Geste auf, davon zu essen. Peter sieht mich skeptisch an. Er denkt an die Zahnarztkosten, wenn er versucht, die Schale der Kerne zu brechen. Die alte Frau zerbeißt mit den wenigen Zähnen, die ihr geblieben sind, einen Kern nach dem anderen. Mein erster Versuch scheitert und ich schließe mich Peter an.

„Sind euch die Schalen zu hart?", will sie wissen.

Ich nicke ihr zu. Sie geht zu dem Regal und holt einen Stahlhammer.

Was will sie damit, frage ich mich?

Kraftvoll zerschlägt sie die Schale jedes Kerns und reicht den Fruchtteil Peter. Anfangs ist er skeptisch. Bald traut er sich, den essbaren Teil zu verspeisen.

Die Frau knackt die Kerne und erzählt weiter. Eine Antwort erwartet sie nicht von mir. Sie ist froh, dass ihr jemand zuhört. Peter stößt mich mit dem Fuß an. Er will endlich fotografieren. Mir tut die freundliche Frau leid. Ich bitte Peter, ohne mich auf die Höhe zu gehen und bald zurückzukommen. Er ist einverstanden und ich bin froh, nicht weiter bergauf laufen zu müssen.

Eilig zieht er mit der gesamten Fotoausrüstung los. Ich bitte ihn in einer Stunde hier zu sein. Solange werde ich den Monolog der Frau verkraften können.

Die Zeit will nicht vergehen und ich sehe ständig auf meine Armbanduhr. Eine Stunde ist um und Peter noch nicht da. Ich werde unruhig. Eine halbe Stunde ist er überfällig. Er kann gestürzt sein und liegt gehunfähig am Wegrand.

Ich sage meine Befürchtungen der Frau. Sie wehrt mit einer Handbewegung ab und erzählt weiter von ihrem Leben.

Ich höre nicht mehr zu.

Nach einer Weile stehe ich auf und gehe zur Tür. Niemand ist weit und breit zu sehen. Ich rufe nach Peter. Es kommt keine Antwort. Ich suche nach dem Weg, der auf den Berg hinaufführt. Es gibt mehrere Möglichkeiten. Warum habe ich ihn allein fortgehen lassen. Es ist meine Schuld, wenn er sich verirrt hat und den Weg nicht zurückfindet.

Die alte Frau kommt aus dem Haus und hat ein gewaltiges Rinderhorn in der Hand. Sie setzt es an den Mund und bläst kräftig hinein. Es ist laut, dass ich in der Ferne ein Echo höre. Nach kurzen Pausen bläst sie erneut.

Ob es hilft und Peter den richtigen Weg findet?

Bange Minuten durchlebe ich und schwöre mir, Peter nie mehr allein gehen zu lassen, wenn wir uns in einer fremden Gegend befinden.

Meine Verzweiflung ist groß und ich überlege, wo ich Hilfe holen kann. Mir wird bewusst, dass bis zum Abend keiner der Söhne auftaucht.

Die Tränen stehen mir in den Augen und mein Gesichtsfeld ist verschwommen. Schemenhaft sehe ich aus einem Seitenweg jemand heraustreten. Es ist Peter mit einer Schar von Ziegen. Freudig renne ich ihm entgegen und falle ihm um den Hals.

Er hatte sich verirrt. Unterwegs traf er auf die frei herumlaufenden Tiere. Als das Horn erschallte, liefen die Ziegen sofort in die Richtung, aus dem der durchdringende Ton zu hören war.

Die alte Frau erzählt mir, dass sie die Tiere früh aus dem Stall lässt. Sie streifen durch die Gegend und abends oder bei aufkommendem Schlechtwetter ruft sie die Ziegen durch das Horn in den Stall zurück. Sie bekommen zum Lohn ein paar Leckereien aus dem Garten zu fressen und werden gemolken.

Ich bin der alten Frau dankbar, dass sie diesen Einfall mit dem Horn hatte.

Sie fragt uns, ob wir noch zum Essen bleiben möchten. Ich lehne höflich ab. Nach diesem Schreck könnte ich keinen Bissen herunterbringen. Es ist spät und wir müssen noch bis zum Auto den Pfad hinunterlaufen. Ich schenke der Frau zum Abschied mein seidenes Schaltuch. Sie betrachtet es mit strahlenden Augen. Ob sie es tragen wird? Ich glaube nicht, da es für sie zu kostbar ist.

9

Tempel in Shanghai

Das chinesische Neujahrsfest ist für mich das wichtigste Fest im Jahr. Traditionsgemäß trifft sich zu dieser Zeit die ganze Familie und es wird viel gegessen, getrunken und erzählt.

Peter hatte mich gebeten, mitzukommen. Er möchte sich meinen Eltern vorstellen. Ich bin davon überzeugt, dass es keine gute Idee ist und bitte ihn, in Hongping zu bleiben. Nachdem ich ihm versprach, meine ältere Schwester in unsere Heiratsabsichten einzuweihen und sie von unserer Sache zu überzeugen, gab er nach und will sich zurückhalten.

Jin und ich fahren mit dem Zug nach Shanghai. Alle Verkehrsmittel sind überfüllt. Man könnte meinen, dass das gesamte chinesische Volk an diesen Tagen hin und her reist. Zwei Wochen haben wir von unserem Chef frei bekommen. Die Arbeit in den anderen Bereichen geht auf Sparflamme weiter. Den meisten Experts, die in dieser Zeit auf der Baustelle sind, ist diese Zwangspause willkommen.

Sie erledigen verschiedene Arbeiten, die liegengeblieben sind. Peter sagte mir, dass er mit seinem Kollegen Toni Testprotokolle überprüfen will. Mein schlechtes Gewissen meldet sich, weil ich Peter lange Zeit in Hongping allein lasse.

Meine Eltern freuen sich, mich zu sehen und erwarten von mir, dass ich lange bei ihnen bleibe. Sie legen viel Wert darauf, dass das Fest in gewohnter Weise abläuft. Es ist üblich, dass wir zwei Wochen zusammen verbringen, gemeinsam Essen, spazieren gehen, Besuche machen und uns viel unterhalten.

Treffen mit den Freundinnen sind ebenso eingeplant. Die müssen erst noch abgestimmt werden.

Als ich in Shanghai über den Markt gehe und Gemüse für die Suppe einkaufe, bleibt mir vor Schreck das Herz stehen. Ich muss zweimal hinsehen, bis ich begreife, dass Peter an einem Marktstand steht und mit seinem Fotoapparat das Geschehen festhält. Ich bin böse auf ihn, dass er nicht, wie versprochen, in Hongping geblieben ist.

Er versichert mir, dass er nicht meine Familie aufsucht. Das beruhigt mich ein wenig.

In der Freizeit, die mir bleibt, treffen wir uns nur kurz. Ich verrate ihm nicht, dass ich froh darüber bin, dass er nach Shanghai gekommen ist. Es zeigt mir, dass sein Interesse groß ist, mich und meine Eltern zu sehen. Hoffentlich fällt er nicht auf, wenn er sich in der Nähe des Familienclans aufhält.

Ein Zusammentreffen mit meinem Vater muss ich vermeiden. Peter ist zu spontan und ungeduldig. Mein Vater ist starr und unflexibel in seinen Ansichten. Es würde unserem Vorhaben nicht dienlich sein.

Als wir am Vorabend des Frühlingsfestes auf die Straße gehen, um das neue Jahr zu begrüßen, kann ich ihn in der Menge sehen. Er sucht meine Nähe. In dem Gedränge ist es nicht möglich zueinander zu kommen. Er tut mir leid. Alle seine Bemühungen sind erfolglos.

Das neue chinesische Jahr hat begonnen. Am frühen Morgen fahren meine Eltern und der Kern der Familie mit Taxis zum Stadttempel, um den Ahnen zu gedenken und für sie zu beten. Ich bemerke, dass Peter uns folgt. Er verhält sich wie ein Tourist, der die Sehenswürdigkeiten der Tempelanlage betrachtet. In dem Trubel der Menschen fällt er nicht auf.

Als mein Vater auf den Vorplatz geht, um Räucherstäbe in den Sand der vorgesehenen Bronzebehälter zu stecken, sehe ich voller Schreck, dass Peter neben ihm steht und seine Stäbe anzündet. Beide verbeugen sich demutsvoll vor den zu ehrenden Gottheiten. Meinem Vater fallen aus Versehen Stäbe aus der Hand zu Boden. Peter hilft ihm, sie aufzusammeln und die Männer wechseln ein paar Worte, die ich nicht verstehe. Wenn mein Vater wüsste, dass er soeben seinem zukünftigen Schwiegersohn gegenübersteht, würde er nicht freundlich reagieren.

Meine Tante ruft mich zu sich.

„Meiling, es tut mir leid. Ich muss sogleich nach Hause fahren. Begleitest du mich?"

„Was ist mit dir, liebe Tante, du siehst blass aus?"

„Mir ist der Reisschleim zum Frühstück nicht bekommen. Auf der Herfahrt im Taxi spürte ich ein Rumoren im Bauch. Wenn ich nicht gleich nach Hause fahre, passiert mir ein Malheur."

In diesem Moment ist es geschehen. Sie sieht sich ängstlich um. Langsam geht sie in Richtung Taxistand.

Ich folge ihr. Meine Mutter hat mitbekommen, dass die Tante in Not ist und fragt mich, ob sie helfen kann. Sie sieht nach unten und entdeckt eine Spur, wie bei einem verwundeten Wild. Den Rest reimt sie sich zusammen.

Der Ausflug wird abgebrochen und alle begeben sich eilig zu den Taxis.

Der zweite Neujahrstag ist gekommen und die gesamte Familie trifft sich bei uns zu Hause.

Heute Abend feiern wir in einem Restaurant in unserer Straße.

Pünktlich sind alle da. Peter jagt mir einen großen Schreck ein. Er sitzt in dem Restaurant, in dem unser Familienclan das chinesische Neujahrsfest feiert. Mir hatte er vorher nicht gesagt, dass er kommen wird oder ich habe es überhört. Erst spät bemerke ich ihn an einem kleinen Tisch in einer Ecke des Restaurants. Ich fühle mich unbehaglich, dass er da ist. Von meinem Platz kann ich ihn nicht sehen. Ich weiß, dass er uns beobachtet. Zu verbergen habe ich nichts. Es kommt mir vor als würde ihm meine Familie an diesem Abend, wie auf dem Präsentierteller, vorgeführt.

Zum Glück fällt seine Anwesenheit in dem Lokal nicht auf. Niemand nimmt Notiz von ihm. Als ich mit den Kindern meiner Schwester nach draußen zum Spielen gehe, nutze ich die Gelegenheit mit ihm, von einem öffentlichen Telefon aus, zu sprechen. Es ist wie ein Katz- und Mausspiel, bei dem ich mich wie die Maus fühle.

Am dritten Tag fährt die Familie nach Suzhou. Mein Vater will sich den Garten meiner ältesten Schwester ansehen. Peter kann uns nicht folgen. Er reist zurück zur Baustelle und wird mit seinem Kollegen nun doch noch die Testprotokolle überarbeiten können.

Ich finde in Suzhou Gelegenheit, mit Schwester Lu unter vier Augen zu sprechen. Als sie von meinem Vorhaben hört, dass ich einen Österreicher heiraten will, rät sie mir ab. Ich erkläre ihr, dass ich ohne Peter nicht leben kann und eher die Familie verlasse als auf ihn zu verzichten. Sie erkennt, dass ich es ernst meine und lenkt ein. Ich soll mit ihm an einem Wochenende nach Suzhou kommen. Sie möchte meinen Verlobten kennenlernen. Bevor sie mich bei unserem Vater unterstützt, will sie sich ein eigenes Bild von meinem „Auserwählten" machen.

10

Park in Suzhou

Jedes Jahr, zu den Feiertagen des chinesischen Frühlingsfestes, komme ich mit meinen Eltern nach Suzhou. Für mich ist es eine der schönsten Städte in China. Wegen der vielen Wasserstraßen in der Altstadt wird sie „Venedig des Ostens" genannt.

Ab dem 13. Jahrhundert ist die Stadt eine bedeutende Seidenmetropole.

Mein Vater hatte in Suzhou ein Haus mit großem Garten. Der ältesten Schwester Lu schenkte er das Anwesen zur Hochzeit. Zum Frühlingsfest fährt er dorthin und überzeugt sich, ob der Garten gut gepflegt wird.

Peter und ich sind mit dem Bus nach Suzhou unterwegs. Meine Schwester erwartet uns. Ich sagte meinem Verlobten nicht, dass sie ihn begutachten möchte. Das könnte seinen Stolz verletzen. Die Straße ist nicht die beste. Der Busfahrer muss geschickt den großen Schlaglöchern ausweichen. Peter scheint die Fahrt zu ermüden. Er döst vor sich hin und ihm fallen die Augen zu. Ich störe ihn nicht und überlege, was ich mit Lu besprechen will.

Als ich mit meiner Familie zum Frühlingsfest bei ihr war, gab es nur wenige Gelegenheiten mit ihr über die Angelegenheit ausführlich zu reden. Ich hoffe, dass wir eine Lösung finden, wie wir unserem Vater den Schwiegersohn aus Wien schmackhaft machen können.

Abrupt kommt der Bus an der Haltestelle in Suzhou zum Stehen. Wer vorzeitig von seinem Sitz aufgestanden ist, wird in Richtung Frontscheibe geschleudert. Lautes Stimmengewirr ist die Folge. Die Passagiere kritisieren die Fahrweise des Chauffeurs. Der bleibt ungerührt und ist froh, die Strecke ohne Achsenbruch bewältigt zu haben. Entspannt lehnt er sich zurück, um auszuruhen.

Lu steht draußen und erwartet uns. Die Neugier trieb sie pünktlich hierher. Nicht alle Tage hat man einen „Langnasen" zu Besuch.

Als sie Peter sieht, scheint sie nicht enttäuscht von seinem Äußeren zu sein. Eine vornehme Scheu besteht, ihn zu begrüßen. Sie ist bald verflogen als sie miteinander ein paar Worte in gebrochenem Englisch wechseln. Ich bin froh, dass mein Verlobter gut bei ihr ankommt.

Wir fahren zuerst zu ihr und anschließend zu dem Haus des Malers Zang. Meine Schwester stellt ihn als einen guten Freund vor. Er ist mit der Vorbereitung eines besonderen Abendessens beschäftigt und bittet uns, im Wohnzimmer Platz zu nehmen. Überall stehen und hängen Bilder von ihm. Es sieht chaotisch aus. Lu versucht uns die Bilder zu erklären. Sie tut es lieber als in der Küche mitzuhelfen.

„Kann ich dir behilflich sein?", frage ich den Maler.

„Wenn du willst, decke den Tisch. Ich habe heute italienisch gekocht. Das Essen ist bald fertig."

Gern komme ich der Bitte nach. Meiner Schwester gebe ich Gelegenheit, mit Peter in Ruhe über Kunst zu sprechen.

Der Maler reicht mir Teller und Besteck und ich versuche die Messer, Gabeln und Löffel richtig neben den Tellern zu platzieren. Ein paarmal war ich in einem europäischen Restaurant zum Essen eingeladen und kann mich gut erinnern, wie der Tisch dort gedeckt war.

Die Vorspeise ist fertig und ich stelle die vier kleinen Teller auf den Tisch. Auf einem großen Salatblatt erkenne ich eine Scheibe geräucherten Lachs mit einer Blüte obenauf, die der Maler aus seinem Garten gepflückt hat. Ob ich die mitessen kann? Er wird es uns noch sagen.

Auf dem Tisch steht eine Flasche chinesischer Rotwein. Der Maler schenkt ein und bittet uns Platz zu nehmen. Argwöhnisch beäuge ich Lu, die sich gut mit Peter zu verstehen scheint. Sie lachen miteinander wie alte Freunde. Ich kann nicht verstehen worum es geht. Beide setzen sich zu uns an den Tisch. Der Maler erklärt, welche Speisen er vorbereitet hat. Vor uns steht die Vorspeise und Suppe. Das Hauptgericht und der Nachtisch kommen später. Für mich ist diese Menüfolge ungewöhnlich. Das Tischgespräch dreht sich nur ums Essen. Obwohl Peter, wie er sagt, selbst nicht kochen kann, kennt er sich bei italienischen Gerichten und deren geschmacklichen Feinheiten gut aus.

Als Hauptspeise gibt es Spaghetti Bolognese. Parmesankäse mag ich nicht. Er stinkt entsetzlich, dass ich am liebsten meine Nase mit einer Klammer verschließen möchte. Ich verzichte auf diese Zutat und meine Schwester schließt sich mir an. Der Käsegeruch, der von den Tellern der Männer zu mir herüberweht, genügt. Er liegt hart an der Grenze zum Erbrechen.

Eis als Nachtisch versöhnt mich.

Peter und der Maler verstehen sich gut. Mir scheint, dass sie uns Frauen nicht mehr bemerken. Sie sind von der italienischen Esskultur, zur römischen Kunst und Geschichte übergegangen. Da kann ich nicht mitreden. Mit einem Ohr lausche ich dem Gespräch der Männer und finde es interessant.

Nach dem Essen zeigt uns der Maler sein Haus. Er beginnt mit den Räumlichkeiten im Erdgeschoss. Zuletzt gehen wir ins Atelier. Es befindet sich im ersten Stock. An den Wänden hängen dicht gereiht seine Werke. Er hat eine große Anzahl von ihnen aufgehängt, um sie den Kunden präsentieren zu können.

Es sind schöne Bilder, wie ich meine. In einer Ecke stehen großflächige Gemälde, die fertig sind. Für sie gibt es keinen Platz mehr an den Wänden.

Drei Staffeleien stehen im Raum, auf denen sich Keilrahmen unterschiedlicher Größe befinden. Einer ist mit einem Leinentuch verhüllt.

„Malst du an allen gleichzeitig?", will ich wissen.

„Ja! Es kommt darauf an, wonach mir der Sinn steht."

„Warum ist das eine abgedeckt? Kann ich es sehen?"

„Das geht nicht, solange es nicht fertig ist!", entgegnet der Maler kurz und wendet sich von mir ab, um zu gehen. Ich dränge ihn nicht weiter obwohl mich die Neugierde plagt.

In einem Holzregal befinden sich viele Zeichnungen von Vögeln und Landschaften. Die Motive wirken wie hingehaucht. Er erzählt uns, dass er diese Bilder für den Verkauf in Galerien produziert.

Damit bestreitet er seinen Lebensunterhalt. Eine Ausstellung hat er in Vorbereitung und lädt uns zur Eröffnung ein.

Der verhangene Keilrahmen, der auf einer Staffelei steht, geht mir nicht aus dem Sinn. Ich sehe keine Möglichkeit den Maler umzustimmen, mir sein unfertiges Werk zu zeigen. Wir verlassen den Atelierraum und gehen die engen Stufen hinunter ins Wohnzimmer. Es ist schwül. Eine Klimaanlage gibt es nicht.

„Ich glaube, ich habe meinen Fächer auf dem Stuhl im Atelier liegen lassen?", sage ich hilfesuchend zu dem Maler.

„Ich werde ihn dir bringen", entgegnet er kurz.

„Vielen Dank, es ist nicht nötig. Ich kann ihn selbst holen."

Sogleich laufe ich die Treppe hinauf und muss bis zum anderen Ende des Raums gehen, um den Stuhl zu erreichen auf den ich den Fächer absichtlich gelegt hatte. Auf dem Rückweg komme ich an der Staffelei mit dem verdeckten Bild vorbei. Vorsichtig lüfte ich das Leinen an einer Ecke. Das Gemälde ist nicht fertig. Es zeigt eine Aktdarstellung von Lu. Sie hatte ihm Modell gestanden. Jetzt weiß ich, warum der Maler es abgedeckt hat und uns nicht zeigen wollte. Meine Neugierde ist befriedigt.

Wir trinken ein Gläschen Likör und fahren danach ins Haus meiner Schwester. Dort sprechen wir über unser Problem und diskutieren die Möglichkeiten, wie wir den Vater günstig stimmen können. Es werden Vorschläge gemacht und verworfen. Unser Vorhaben scheint auf der einen Seite simpel und zum anderen unüberwindlich zu sein. Meine Schwester verhält sich eher zurückhaltend. Sie meint, dass Eltern das Recht haben, für ihre Töchter den richtigen Lebenspartner auszusuchen und dass es bei einer Heirat nicht um eine Liebesangelegenheit geht. Ihre Ansicht kann ich nicht teilen.

Peter muss das Gähnen unterdrücken und Lu zeigt uns die Zimmer, in denen wir übernachten. Wir dürfen nicht zusammen schlafen, das verbietet die Etikette. Ich bin noch nicht müde und gehe nach einer Weile zurück ins Wohnzimmer.

Lu hat es sich auf der Couch gemütlich gemacht und nippt an einem Gläschen. Sie freut sich, dass ich ihr Gesellschaft leiste und schenkt mir von dem süßen Dessertwein ein.

Die Unterhaltung ohne Peter ist leichter, da wir nicht Englisch sprechen müssen.

Ich möchte von ihr erfahren, wie es war als sie geheiratet hatte.

„Liebst du deinen Mann?", möchte ich wissen.

Sie zuckt zusammen. Mit dieser Frage hat sie nicht gerechnet.

Eine lange Pause entsteht bevor sie antwortet.

„Ich bin kein gutes Beispiel für eine glückliche Ehe", gibt sie kleinlaut zu.

„Ihr seid lange verheiratet. Wenn ich dich mit deinem Mann zusammen sehe glaube ich, dass ihr euch liebt."

Es fällt ihr schwer über ihre Ehe zu sprechen.

„Mit meinem Mann komme ich gut aus, wir haben uns gewissermaßen arrangiert. Jeder geht seine eigenen Wege. Hätten wir ein Kind würde unsere Ehe besser laufen. Es blieb mir leider versagt."

„Kannst du keine Kinder bekommen? Warst du bei einem Arzt?"

„An mir soll es nicht liegen und an meinem Mann auch nicht. Ärzte können sich irren."

„Das tut mir leid für euch. Es ist noch nicht zu spät."

„Ich bin dreißig!"

„Na und? Ein paar Jahre bleiben euch noch zum Ausprobieren. Verliere nicht die Geduld!"

„Es wird nichts mehr werden. Mein Mann ist kaum daheim. Er wurde von Shanghai nach Peking versetzt und wenn er hier ist, schläft er nur. Im Bett tut sich nichts mehr zwischen uns."

„Vielleicht liegt es daran, dass er viele Jahre älter ist als du."

„Das ist nicht der Grund, dass er nicht zu mir kommt. Darüber will ich jetzt nicht sprechen."

Lu presst ihre Lippen zusammen. Mir wird bewusst, dass sie sich wie in einem goldenen Käfig befindet. Materiell geht es ihr bestens, wie jeder sehen kann. Sie hat ein Hausmädchen und einen Gärtner für die Arbeiten im Wohnbereich und Park. Einer Tätigkeit ist sie nie nachgegangen. Geld war genügend vorhanden. Sie konnte sich jederzeit den schönen Dingen des Lebens widmen und tritt gern als Kunstmäzen auf. Ich will mehr über Lus Ehe erfahren.

„Habt ihr euch geliebt?", möchte ich wissen.

„Mein Mann hat es nie getan. Davon bin ich überzeugt."

„Und was ist mit dir?"

„Als ich ihn vor unserer Ehe zum ersten Mal sah, war ich von seiner Erscheinung stark beeindruckt. Er ist groß und ein mächtiger Mann. Ich hatte ihn bewundert. Geliebt, habe ich ihn nicht."

„Wussten das die Eltern?"

„Ja! Bei unserem Vater spielt das keine Rolle. Er hatte ihm ein Heiratsversprechen abgegeben, ohne mich vorher zu fragen."

„Du hättest dich weigern können."

„Das ist in unserer Familie undenkbar. Vater befand sich in einer schwierigen Lage."

„Was kann wichtiger sein als das Glück seiner Tochter?"

„Unsere beiden Häuser."

„Das verstehe ich nicht!"

„Man wollte sie ihm wegnehmen und mein Mann hatte es durch seine hohe Stellung in der Verwaltung verhindern können."

„Du wurdest geopfert?"

Lu denkt nach, als wollte sie das eine mit dem anderen abwägen.

„Das kann man nicht sagen. Ich bekam als Trostpflaster dieses Haus."

„Ob das ein guter Tausch ist möchte ich bezweifeln."

„Einen Mann, den ich geliebt hätte, gab es damals nicht. Ich war und bin nur ein kleiner Baustein in dem großen Familienpuzzle. Niemand kann voraussehen, welche Türen sich öffnen werden."

Betroffen überlege ich, was mir bevorstehen wird und ob sich meine Wünsche mit Peter verwirklichen lassen.

Lu wird augenblicklich still und starrt zur Tür. Dort steht ihr Mann.

„Du hast Besuch", sagt er mürrisch.

Lu geht ihm freundlich entgegen.

„Meiling und ihr Freund sind zu Besuch gekommen."

Schwankend kommt ihr Mann auf mich zu und reicht mir die Hand. Seine Alkoholfahne weht mir auf halber Strecke entgegen.

„Sei willkommen Schwägerin. Wo ist dein Freund?"

„Der schläft schon", entgegne ich unsicher.

Obwohl der Mann offensichtlich angetrunken ist, flößt er mir ungeheuren Respekt ein.

„Ich kann mich nicht lange aufhalten. Mein Fahrer wartet im Auto."

„Möchtest du essen?"

„Nein! Ich komme von einem Diner aus der Nachbarstadt und es ist nur ein kleiner Umweg hierher."
Er sieht auf seine Armbanduhr.

„Ich muss noch ein paar Unterlagen holen und bin gleich weg. Zu Mittag habe ich ein Geschäftsessen mit dem Bürgermeister von Shanghai."

Schwankend geht er in sein Arbeitszimmer. Die Tür ist offen. Er kramt in einigen Schubläden und findet einen schmalen Ordner.

Lu und ich sitzen schweigend auf der Couch und warten bis ihr Mann zurückkommt. Er hat gefunden wonach er suchte. Schwankend läuft er durch das Wohnzimmer zur Haustür. Er nickt uns kurz zu und eilt mit dem Ordner in der Hand nach draußen.

Wir folgen ihm bis zu seinem Dienstwagen. Das ist ein großer Schlitten mit einem Pekinger Nummernschild, wie ihn die hohen Bonzen benutzen. Der Fahrer springt aus dem Auto und öffnet dienstbeflissen die hintere Wagentür. Gleich darauf fahren sie weg und wir Frauen winken verhalten hinterher.

Es ist spät geworden. Ich bin müde und muss gähnen.

Lu bringt mich in mein Zimmer. Es liegt neben dem von Peter. Einen Moment kommt mir der Gedanke, dass ich zu ihm gehe. Lu gibt mir mit Fingerzeichen und einem verschmitzten Lächeln zu verstehen, dass ich nicht das Zimmer wechseln soll.

Ob sie böse wäre, wenn ich es tue, will ich nicht ausprobieren. Ich weiß, dass sie großen Wert auf die Anstandsregeln legt. In dieser Beziehung ist sie altmodisch, wie unsere Eltern.

Die Vögel im Park wecken mich auf. Ich öffne das Fenster und sehe Peter mit meiner Schwester zwischen den Blumenbeeten flanieren. Was soll das?

Eilig mache ich mich fertig und gehe zur Sommerterrasse. Der Frühstückstisch ist gedeckt. Peter und Lu kommen mir entgegen und begrüßen mich gutgelaunt.

„Warum weckst du mich nicht? Seid ihr lange auf?", will ich von Lu wissen.

„Ich habe Peter den Park gezeigt."

„Gern wäre ich mitgekommen", entgegne ich verärgert.

„Du brauchst nicht eifersüchtig sein. Dein Peter liebt nur dich, das hat er mir gesagt. Was bist du für ein Glückskind!"

Aus Lus Worten glaube ich herauszuhören, dass sie neidisch ist. Es kann auch sein, dass ich es mir nur einbilde.

Während wir frühstücken ruft der Maler an. Er wartet am Eingang des Lingering-Parks auf uns. Schnell essen wir und fahren zum Park.

Heute wollen wir uns ein paar der bedeutenden chinesischen Gärten von Suzhou ansehen. Ich weiß, dass sich Peter für die prächtigen Anlagen interessiert. Wenn er sich mit dem Maler unterhält, können wir Frauen unser Gespräch von gestern Abend fortsetzen.

Mich interessiert, wie Lu sich ihr weiteres Leben vorstellt. Wie kann sie Kinder bekommen, wenn ihr Mann nicht das Bett mit ihr teilt oder will sie keine mehr?

Der Maler begrüßt uns am Parkeingang und erkundigt sich wie es uns geht.

Es sind viele Menschen unterwegs die auf den vernetzten Wanderwegen der Parkanlage umherschlendern. Hektik ist keine zu spüren.

Wir erreichen einen kleinen See. Boote liegen am Ufer. Schauspieler, die in traditionelle Kostüme der Peking-Oper gekleidet sind, geben eine kostenlose Vorstellung. Menschen sammeln sich, um sie zu bewundern. Wir haben keine Zeit zu verweilen. Ein weiterer Park wartet auf uns. Meine Füße tun mir weh. Lu scheint ebenso zu leiden. Sie sieht verstohlen zu den Bänken entlang des Weges. Die Männer sind in ihr Gespräch vertieft und achten nicht auf uns. Wir entdecken eine schattige Bank. Die ist unsere Rettung.

Ein altes Ehepaar nimmt neben uns Platz. Sie halten sich an der Hand. Ihre Gesichter strahlen Zufriedenheit und Freude aus. Beide schweigen. Sie brauchen keine Worte, ihr Glücksgefühl dem anderen mitzuteilen.

In vierzig Jahren werde ich mit Peter in ihrem Alter sein. Ob unsere Liebe die Zeit überdauern wird?

Die Männer sind hinter einer Baumgruppe verschwunden. Lu wird unruhig und hat Angst, dass wir sie in dem großen Park verlieren. Sie steht auf und zieht mich mit sich.

11

Huangshan-Gebirge

Shanghai im Regen – so wie das Wetter, ist meine Stimmung. Lu hatte mit unserem Vater über meine Heiratsabsicht gesprochen und mich telefonisch in Hongping vorinformiert. Es ist schlecht ausgegangen. Er ist erbost über mein Ansinnen und hat mir ausrichten lassen, dass ich am Wochenende nach Hause fahren soll. Ich folgte seiner Aufforderung und komme mir wie eine Sünderin vor.

In meinem Zimmer warte ich, bis er mich zu sich ruft.

Große Hoffnung hatte ich durch Lus Vermittlungsversuche. Sie hat sich zerschlagen. Wie sie mir sagte, besteht keine Chance, dass ich Peter heiraten darf.

Meine Gebete an die taoistischen- und buddhistischen Gottheiten und die vielen Räucherstäbchen, die ich in den Tempeln angezündet habe, brachten nichts. Die Götter helfen mir nicht. Meine Mutter ist verschlossen und unsicher. Sie traut sich nicht mit mir zu reden und verweist auf das Gespräch mit meinem Vater.

Endlich ist es soweit. Sie lässt mich wissen, dass ich zu ihm in die Bibliothek kommen soll. Wie eine Hausangestellte empfängt er mich, förmlich und kühl. Ich nehme auf dem Stuhl, der vor seinem Schreibtisch steht, Platz. Er sieht mich eine Weile mit starrem Blick an. Herzlichkeit habe ich bei ihm noch nie erfahren. Sein Handeln ist nur durch den Verstand bestimmt. Ich überlege, ob es Angst oder Respekt ist, was ich für ihn empfinde. Ein wenig von beiden trifft zu. Nachdem er mich genügend lange mit seinem starren Blick eingeschüchtert hat, beginnt er zu sprechen.

„Liebe Tochter! Du bist im heiratsfähigen Alter und ich habe mir mit deiner Mutter Gedanken gemacht, wie wir dich gut vermählen können."

Seine Stimme duldet keinen Widerspruch.

„Vor vielen Jahren habe ich dich dem Sohn meines Freundes, der in Hongkong lebt, versprochen. Dein zukünftiger Ehemann heißt Gehao ist der einzige Erbe eines großen Vermögens. Ich kenne seinen Vater seit der Schul- und Studienzeit. Unsere Familien stehen sich nahe und werden durch eure Ehe noch stärker miteinander verbunden sein.

Heute wird er mit seiner Mutter zu uns kommen. Sie möchten dich kennenlernen. Bereite dich bitte auf den Besuch vor. Wir erwarten sie in zwei Stunden."

Wie versteinert bleibe ich auf dem Stuhl sitzen.

„Hast du noch eine Frage?", will er wissen.

Meine Träume und Wünsche gehen in Nichts auf. Einen letzten Versuch wage ich.

„Ich möchte jemand anderen heiraten. Lu hat mit dir darüber gesprochen."

„Das entscheide ich, wen du heiratest. Übrigens wäre dein Ausländer keine gute Wahl für dich. Er ist nicht aus gutem Hause."

„Du kennst ihn nicht. Ich würde ihn dir gerne vorstellen", wage ich zu bemerken.

„Das, was deine Schwester über ihn gesagt hat, genügt mir. Mein Entschluss steht fest, dass du Gehao heiraten wirst."

„Was ist, wenn ich ihm nicht gefalle und er mich zurückweist?"

„Das kann ich mir nicht vorstellen. Geh jetzt auf dein Zimmer und bereite dich vor!"

Niedergeschlagen verlasse ich die Bibliothek. In meinem Zimmer werfe ich mich aufs Bett. Die Tränen kann ich nicht mehr unterdrücken. Ich sehe keinen Funken der Hoffnung und bin verzweifelt. Es gibt für mich keine Möglichkeit, gegen diesen Entscheid des Vaters zu opponieren. Er hatte sein Wort gegeben. Das muss er unter allen Umständen halten, um nicht sein Gesicht zu verlieren. Es wäre für ihn schlimmer als der Tod.

Ich sehe keinen Ausweg und bin verzweifelt. Peter habe ich gesagt, dass ich ihn heirate, weil ich ihn über alles liebe. Das Versprechen meines Vaters steht meinem gegenüber. Mit einem anderen Mann will ich nicht vermählt werden. Es bleibt mir nur noch ein Weg, der Tod.

Ich gerate in Panik. Hastig suche ich nach Schlaftabletten in der Kommode. Wenn ich eine Überdosis nehme, würde ich sanft einschlafen und nicht mehr aufwachen. Eine Schachtel mit Tabletten finde ich. Sie reichen nicht, um mich umzubringen.

Eine andere Möglichkeit ist aus dem Fenster zu springen oder die Pulsader aufzuschneiden.

Ein Schweizer Taschenmesser ist in meiner Reisetasche. Es ist ein Geschenk von Peter. Ich klappe es auf und prüfe die Schärfe der Klinge.

Wenn ich tot bin, würden sich alle fragen, warum ich das getan habe. Ich muss einen Abschiedsbrief schreiben, einen an meine Eltern und einen an Peter. Ich beginne mit dem Brief an die Eltern. Darin schildere ich die ausweglose Situation für mich. Bei meinem Vater entschuldige ich mich, dass ich undankbar bin und gegen seinen Willen handle und bitte ihn, mir zu verzeihen. Meine Hände zittern. Ich bin nicht zufrieden mit der Formulierung und beschließe, den Brief an Peter zu verfassen. Der Gedanke an ihn macht mich tief unglücklich. Ich brauche geraume Zeit, um aus den tränenüberströmten Augen sehen zu können.

Was soll und kann ich ihm schreiben? Wird er mich verstehen?

Raten würde er mir, das Elternhaus zu verlassen und ihm zu folgen. Wir heiraten und ziehen nach Wien. Es wäre eine Option. Die Lage ist jedoch viel komplizierter. Es geht nicht nur um mich, sondern um meinen Vater, der ein Versprechen abgegeben hat. Sein Ansehen und das der ganzen Familie hängen davon ab. Ich bin ein Teil der Familie und habe mich unterzuordnen. Wenn nicht, werde ich verstoßen und bin verloren.

Eine geringe Chance gibt es noch. Gehao, mein Bräutigam, müsste mich als Ehefrau ablehnen.

Wie eine Ertrinkende klammere ich mich an diesen Gedanken und überlege, wie ich Gehao zu dieser Entscheidung nötigen könnte.

Nach langem Abwägen kommt mir eine Idee.

Das Messer und die beiden Entwürfe für die Abschiedsbriefe verschließe ich in meiner Schmuckschatulle und verstaue sie in der Kommode.

Es ist Zeit sich auf die „Brautschau" vorzubereiten. Ich bin bereit zu kämpfen. Solange noch ein Funke Hoffnung ist, werde ich durchhalten.

Es kommt anders als vorgesehen. Unser Besuch lässt sich kurzfristig entschuldigen und das Zusammentreffen wird auf das erste Wochenende in zwei Monaten verschoben.

Ich lasse mir nicht anmerken, wie froh ich darüber bin. Meine Eltern glauben, dass ich mich mit ihrer Entscheidung abgefunden habe. In meinem Terminkalender vermerke ich das neue Vorstellungsdatum. Meine Mutter gibt mir viele Ratschläge, wie ich mich am besten vorbereiten und präsentieren kann. Ich soll den Schwiegereltern und ihrem Sohn gut gefallen. Ein aktuelles Foto kann sie mir von meinem zukünftigen Bräutigam nicht zeigen. Sie wirkt leicht verstört.

Ich hoffe, dass mein Plan gelingt, von ihm freizukommen. Auf der Bahnfahrt nach Hangzhou überlege ich nochmals alles in Ruhe. Mein Entschluss steht fest. Peter will ich mit dieser schlimmen Nachricht nicht belasten. Er kann mir nicht helfen. In Hangzhou steige ich in den Bus, der mich nach Hongping bringt.

Peter ist erstaunt und sichtlich erfreut, dass ich zeitiger als erwartet zurückkomme. Wir treffen uns im Tischtennisraum, um ungestört miteinander sprechen zu können.

Ich sage ihm, dass Lu noch nichts bei meinem Vater in unserer Angelegenheit erreicht hat. Die Pattsituation ist unverändert. Peter ist enttäuscht und nimmt es wortlos hin. Ich fasse seine Hände und drücke sie an meine Wangen.

„Wirst du mir einen Wunsch erfüllen?", frage ich ihn.

„Welchen?"

„Ich möchte mit dir, am nächsten Wochenende, in das Huangshan-Gebirge fahren."

Sein Gesicht hellt sich auf.

„Du überraschst mich, mein Schatz. Nichts tue ich lieber als mit dir zu verreisen."

Peter ist begeistert. Wir beginnen zu planen, obwohl wir nicht wissen, ob wir frei bekommen.

Alles fügt sich in den nächsten Tagen bestens. Wir erhalten beide ein paar Tage Urlaub und Peter darf mit dem Geländewagen des Bauleiters fahren. Ich kümmere mich um das Quartier, die Kleidung und den Reiseproviant.

An einem sonnigen Morgen starten wir. Die Fahrt verläuft ohne Komplikationen. Die asphaltierte Straße schlängelt sich durch die Täler. Am Nachmittag erreichen wir den Zielort. In einem schönen Hotel, am Rande des Huangshan-Gebirges, habe ich ein Doppelzimmer reserviert. Peter ist überrascht, dass ich nur eines gebucht habe. Er fragt nicht weiter. Ob er vermutet, dass das Hotel ausgebucht ist?

Ich möchte nicht leichtfertig in seinen Augen erscheinen und verhalte mich zurückhaltend. Es kommt bei ihm gut an. Er ist aufmerksam und wir haben viel Spaß zusammen.

Der Alkohol macht mich locker und am ersten Abend reißen wir die selbstgesteckten Grenzen der Enthaltsamkeit vor der Ehe nieder. Die Zone unterhalb der Gürtellinie gebe ich ihm frei. Wir vollziehen die Ehe als wären wir auf unserer Hochzeitsreise. Ich bin glücklich wie nie zuvor.

Jeden Augenblick unseres Zusammenseins genieße ich in vollen Zügen. Ich fühle mich Peter zugehörig ohne Wenn und Aber. Keinen Augenblick denke ich an das, was mich in den nächsten Monaten in meinem Elternhaus erwartet. Ich beginne meine Idee zu verwirklichen. Es ist ein letzter Hoffnungsfunke, einer Ehe mit Gehao entgehen zu können.

Auf einem Berg treffen wir einen alten Mann, der uns anspricht und seine Liebesgeschichte erzählt.

Er durfte seine Geliebte nicht heiraten. Sie haben sich auf diesem Berg, einmal im Jahr, heimlich getroffen. Die Geliebte lebt nicht mehr. Er sitzt jetzt einsam auf der Bank und denkt an sie. Nachdem er seine Geschichte erzählt hat, schenkt er uns ein zweiteiliges Schmuckstück, eine chinesische Monade. Es ist das Yin-Yang-Symbol, das die einander entgegengesetzten und dennoch aufeinander bezogenen Kräfte darstellt. Die beiden Teile passen an der Trennstelle zusammen. Sie haben Ösen, durch die der Mann rote Schnüre zieht, damit wir sie um den Hals tragen können.

Er meint, dass die beiden Hälften uns im Leben verbinden werden auch wenn wir weit voneinander getrennt sind. Es ist eine schöne Vorstellung und berührt mich tief. Tränen laufen mir vor Ergriffenheit über die Wangen. Ich weiß nicht, was die Zukunft für uns bereithält. Ob es uns ähnlich ergeht, wie dem alten Mann und seiner Geliebten? Ich hoffe nicht. Mit Peter werde ich bis ins hohe Alter vereint sein, davon bin ich überzeugt.

Zu schnell sind die Urlaubstage vergangen. Sie waren unbeschreiblich schön. Ich werde immer an diese Zeit denken und Kraft daraus schöpfen. Peter hat viel fotografiert und will mir zu Weihnachten ein Fotoalbum mit all den Aufnahmen schenken. Das Album soll uns an die schöne Zeit auf der Baustelle erinnern.

12

Wohnzimmer in Shanghai

Der Besuchstermin der Familie Zhou naht. Mein Bräutigam und seine Mutter haben sich angekündigt. Jetzt wird es ernst für mich. Ob mein Plan aufgeht und Gehao mich ablehnt, wenn ich ihm mein Geheimnis anvertraue? Ich bin davon überzeugt.

Vom Fenster des Flurs kann ich eine große Limousine sehen, die vor unserem Haus hält. Eine Frau und ein Mann steigen aus. Ihre Gesichter sind nicht zu erkennen, da der Blickwinkel aus dem Fenster ungünstig ist. Ich bin aufgeregt und ringe nach Luft. Es ist gut, dass ich am Anfang nicht anwesend sein muss. Meine Nervosität legt sich hoffentlich bald.

Nach einer geraumen Zeit klopft Jins Mutter an meine Tür und bittet mich, in die Bibliothek zu kommen.

Gehaos Mutter, Madam Zhou, eilt mir entgegen und begrüßt mich in überschwänglicher Weise. Sie ist eine große und gutaussehende Frau, der man ansieht, dass sie in gehobenen Kreisen verkehrt.

„Du bist groß geworden, mein liebes Kind. Als ich dich zuletzt sah, warst du erst zwei Jahre. Wie schnell die Zeit vergeht. Lass dich genauer ansehen."

Sie schiebt mich ein wenig von sich und betrachtet mich wie ein Modellkleid von allen Seiten.

Mein Vater sieht mit ernster Miene dem Treiben zu und meine Mutter strahlt, weil sie ein wunderbares Geschöpf in die Welt gesetzt hat und anpreisen kann.

Ich sehe mich um. Gehao, meinen zukünftigen Bräutigam, kann ich nicht gleich erkennen. Ich entdecke ihn im Schatten des Raumes und er betrachtet sich das Gemälde über dem Kamin. Es ist ungehörig, dass er mich nicht begrüßt und eines Blickes würdigt. Er glaubt wohl, dass er sich durch seinen Reichtum alles erlauben kann. Ich achte nicht weiter auf ihn und lasse mich von den Komplimenten seiner Mutter überhäufen. Sie wirken künstlich und übertrieben.

Madame Zhou fragt mich, welche Schulen ich besucht habe und ist überrascht, dass ich ein Studium erfolgreich absolvierte. Sie fällt mir ins Wort.

„Ich habe über diese Universität in einer Zeitschrift gelesen. Es ist eine der renommiertesten Einrichtungen der Kunst in China und ein Aushängeschild für die ganze Nation."

Es liegt ein Missverständnis vor. Die Lehreinrichtung, über die sie spricht, ist die Kunstakademie und nicht die Technische Universität, an der ich studiert habe.

„Es ist die …", beginne ich den Irrtum aufzuklären. Sie unterbricht mich und redet weiter. Niemand kann sie bremsen. Mein Vater startet einen Versuch und scheitert, wie ich.

Keinen anderen lässt sie zu Wort kommen. Ihr ganzes angelesenes Wissen über die Hochschule tafelt sie uns auf. Warum sie das tut, kann ich mir nicht erklären. Von den Künsten schwenkt sie abrupt zu der Angelegenheit, warum sie hier sind. Sie gibt das Heft nicht aus der Hand.

„Wir haben jetzt genug gesprochen. Lassen wir die jungen Leute kurz allein, damit sie sich kennenlernen können", schlägt sie vor.

Meine Mutter nickt bestätigend und bittet Madame Zhou und meinen Vater ins Wohnzimmer zum Tee.

Wie ausgesetzt und verlassen stehe ich inmitten des Raums. Eisige Stille umgibt mich. Meinen Atem kann ich hören.

Gehao steht wie eine Statue, mir abgewandt, vor dem Kamin.

Ich beschließe ihn anzusprechen, wenn er es nicht tut.

„Darf ich sie begrüßen Herr Zhou, ich bin Meiling", sage ich leise. Sein Verhalten irritiert mich.

„Ich weiß, wer sie sind und bitte um Entschuldigung, warum ich mich von ihnen abwende."

„Sie werden ihre Gründe haben", erwidere ich unsicher.

Es wäre mir am liebsten, wenn er mir gleich den Laufpass gibt, ohne sich umzudrehen. Ich muss ihn nicht ansehen. Von hinten wirkt er plausibel. Er hat eine sportliche Statur und ist größer als ich. Ich möchte das Gespräch bald beenden und mich auf mein Zimmer zurückziehen. Er schweigt. Die Stille kommt mir unheimlich vor. Ob Gehao nach einer Formulierung sucht, mich als seine Frau abzulehnen. Mir genügt, wenn er sagt, dass er mich nicht heiraten will. Was weiß ich über ihn? Nichts!

Die unangenehme Begegnung muss ich schnell beenden.

„Mein Vater hat mir gesagt, dass sie die Absicht haben, mich zu heiraten. Sie müssen es nicht tun. Ich wäre ihnen dankbar, wenn sie auf das Heiratsversprechen unserer Väter verzichten."

Gehao steht unbeweglich vor dem Kamin und schweigt beharrlich. Was soll ich noch sagen, damit er sich äußert.

„Ich habe einen Freund und möchte den heiraten. Sagen sie bitte ihrer Mutter, dass sie mich nicht mögen, damit ich frei in meiner Entscheidung bin."

Ich warte auf eine Antwort.

Gehao hebt den Kopf.

„Das geht nicht!", sagt er in festem Ton.

„Wieso nicht? Ihrem Verhalten entnehme ich, dass sie kein Interesse an mir haben. Sie können es mir direkt sagen. Ich bin ihnen nicht böse."

„Entschuldigen Sie nochmals, dass ich mich ihnen nicht zuwende. Es hat seinen Grund."

„Welchen?", will ich wissen.

„Mein Gesicht ist entstellt. Wenn Sie es sehen, werden Sie erschrecken."

„Zeigen Sie es mir, bitte!"

Langsam dreht er sich um. Gespannt sehe ich ihn an. Entsetzt weiche ich zurück.

Narben überziehen die Stirn und Wangen. Auf der einen Gesichtshälfte ist die Haut durch starke Verbrennungen geschädigt.

Abscheu und Mitleid empfinde ich für ihn.

„Was ist ihnen passiert?"

„Ich war auf einer Schnellstraße mit meinem Auto unterwegs. An die weiteren Einzelheiten kann ich mich nicht mehr erinnern. Man sagte mir, dass sich mein Fahrzeug überschlagen und Feuer gefangen hat. Der Kunst der Ärzte verdanke ich mein Leben."

Voller Entsetzen halte ich die Hände vor mein Gesicht, als wollte ich die Augen damit bedecken, um die Hässlichkeit nicht zu erblicken.

Mit diesem Mann kann ich niemals zusammenleben. Ob meine Mutter von seinem Unfall wusste?

Sein entsetzliches Aussehen kann der Grund sein, dass sie mir ein Foto von ihm vorenthalten hat. Ich empfinde es wie einen Verrat von ihr.

Gehao lässt mir Zeit, dass ich ihn betrachte.

„Wenn sie den Schock überwunden haben, können wir über unsere Angelegenheit sprechen", sagt er mit ruhiger Stimme.

Ich setze mich auf einen Stuhl und starre ihn unentwegt an. Er weicht meinem Blick nicht aus.

Lange Zeit schweigen wir und sehen uns an.

„Sie sind hübscher als ich auf den Fotos erkennen konnte, die mir meine Mutter von ihnen gezeigt hat", sagt er zu mir.

Mit einem verlegenen Lächeln quittiere ich sein Kompliment.

Nachdem ich mich innerlich gefasst habe, will ich unsere Begegnung schnell beenden. Jeder wird verstehen, dass ich die Verbindung mit einem derart entstellten Mann ablehne. Diesen Grund würde ich ihm gegenüber nicht direkt voranstellen. Mein Anstand und Takt verbieten es mir. Ihm wird es selbst bewusst sein. Ich muss nicht extra darauf hinweisen.

„Warum ich keine Ehe mit ihnen eingehen kann liegt daran, dass ich einen anderen Mann liebe. Ich bin mit ihm verlobt und wir wollen bald heiraten", erkläre ich ihm.

„Davon haben mir ihre Eltern nichts gesagt", entgegnet er verwundert.

„Sie wissen es nicht, zumindest nicht alles."

„Ist ihr Vater mit ihrem Verlobten als Schwiegersohn einverstanden?"

„Nein! Mein Verlobter ist Österreicher."

„Eine Langnase! Ihr Vater ist auf diese Leute nicht gut zu sprechen."

„Woher wissen Sie das?"

„Mein Vater hatte es mir erzählt. Der Grund muss lange zurückliegen. Ich müsste ihn fragen."

„Das ist nicht nötig", lenke ich ein.

„Gibt es noch andere Gründe, die einer Ehe zwischen uns im Wege stehen?", will er wissen.

„Dieser dürfte genügen oder sind Sie da anderer Meinung?", entgegne ich in scharfem Ton.

„Nein, das nicht. Wenn Sie mir gestatten, sage ich ihnen meinen Standpunkt. Er unterscheidet sich ebenso von dem unserer Väter."

Hoffnung keimt in mir auf. Ihm scheint nichts an mir zu liegen. Damit ist alles geklärt und ich bin frei und kann Peter heiraten. Freudig lächle ich Gehao an und will ihm sagen, wie schön es ist, dass wir uns einig sind.

Er winkt sachte mit der Hand ab.

„Lassen Sie mir bitte meine Argumente vorbringen. Wie Sie wissen, besitzt mein Vater eine Bank in Hongkong und eine Filiale in London. Die Bank in Hongkong hatte er aufgebaut, nachdem unsere Familie aus Shanghai flüchten musste. Ihr Vater war ihm behilflich, einen Teil des Kapitals zu transferieren. Sie sind alte Freunde und mit unserer Eheschließung will mein Vater das einstmals gegebene Versprechen einlösen und seine Dankbarkeit ausdrücken."

„Was habe ich damit zu tun?", protestiere ich.

„Sehr viel! Ich will es ihnen erklären. Mein Vater beabsichtigt in Shanghai eine neue Filiale zu gründen, die er ihrem Vater anvertrauen möchte."

„Dazu ist unsere Ehe nicht erforderlich."

„Als Geschäftsführer kommt nur ein Familienmitglied in Frage. Durch unsere Ehe wäre das gegeben."

„In ihrer Familie gibt es sicherlich andere geeignete Personen, die die Geschäftsleitung übernehmen könnten."

„Mit dem erfüllten Eheversprechen begleicht mein Vater seine Schuld. Hinzu kommt, dass er für die Zukunft sorgen will und ich als sein einziger Sohn ihm einen legitimen Erben schenken muss."

Verwundert sehe ich ihn an. Bin ich eine Gebärmaschine?

„Wenn ich Sie richtig verstehe, brauchen sie nur ein Kind."

„Einen ehelichen Sohn," antwortet Gehao.

Die Überraschung ist ihm gelungen. In welches Spinnennetz bin ich geraten. Er spricht ruhig und sachlich weiter.

„Wenn es nach mir ginge, müssten nicht Sie die Mutter meiner Kinder sein. Meine Eltern denken jedoch anders darüber."

Gehao betrachtet das Eheversprechen der Väter, wie eine Zusage in einem normalen Geschäftsfall, bei dem Gefühle nicht zählen. Nie könnte ich einen solchen Mann heiraten.

Mir ist unwohl bei dem Gedanken, wie unbedacht ich in diese Mausefalle getreten wäre, wenn ich nicht Peter kennengelernt hätte. Die Karten liegen auf dem Tisch. Versachlichen will ich mich nicht lassen. Ich atme tief durch, als wollte ich Kraft tanken.

Jetzt spiele ich meinen Joker aus. Danach ist nichts mehr zu sagen.

„Eines muss ich ihnen noch mitteilen. Ich bin schwanger!"

Gehao sieht mich für einen Moment fassungslos an, als würde ich bluffen.

„Ist das Kind von dem Österreicher?"

„Ja!", antworte ich kurz.

„Wer weiß davon?"

„Niemand! Gestern habe ich es selbst erst erfahren."

Gehao geht zum Fenster. Damit hatte er nicht gerechnet. Nach langem Überlegen kommt er zurück und sieht mich an. Ich erwarte, dass er aufgibt und aus dem Zimmer geht.

„Wir dürfen jetzt nicht unbedacht handeln. Ich möchte unsere Standpunkte zusammenfassen. Liebe ist zwischen uns nicht im Spiel. Mir geht es einzig um den Willen meines Vaters. Ich habe ihm bisher nie widersprochen. Er verlangt von mir, dass ich Sie heirate. Das gleiche erwartet ihre Familie von ihnen. Somit bleibt uns keine andere Möglichkeit. Wir müssen uns auf eine vernünftige Weise arrangieren."

„Ich sehe keine andere Lösung als die Auflösung des Eheversprechens", erwidere ich heftig.

„Es gibt immer einen anderen Weg, der für beide Seiten annehmbar ist", widerspricht er mir.

Schweigend sitzen wir uns gegenüber.

Meinen Joker mit der Schwangerschaft habe ich ausgespielt und bin enttäuscht, dass er nicht das bewirkt, was ich mir erhofft habe. Ich weiß mir keinen Rat und habe das Gefühl, der Willkür der beiden Familien ausgeliefert zu sein.

Gehaos Augen leuchten auf und er macht einen Vorschlag.

„Meiling, ich erkenne das Kind als meines an. Niemand wird erfahren, wer der wirkliche Vater ist. Es ist und bleibt unser Geheimnis. Das ist der vernünftigste Weg für uns, den ich sehe."

„Wie sollen wir in einer Ehe zusammenleben können, wenn wir uns nicht lieben?", erwidere ich empört.

„Wir werden, wie Bruder und Schwester, in gegenseitiger Achtung unserer Privatsphäre, zusammenleben. Überlegen Sie es sich in Ruhe! Es ist für Sie und für mich die beste Lösung."

Zweifelnd sehe ich ihn an. Ich kann mir nicht vorstellen, wie das gehen soll. Er steht auf und läuft im Raum hin und her.

Ich überdenke die wenigen Möglichkeiten, die mir bleiben. Wenn ich Gehao ablehne und Peter heirate, stelle ich mich gegen meinen Vater und werde aus unserer Familie ausgestoßen. Was das bedeutet, habe ich bei Bekannten gesehen, die darunter leiden.

Die Möglichkeit, mir das Leben zu nehmen, ist keine Option mehr. Ich muss an das Wohl meines ungeborenen Kindes denken. Für dieses Kind will ich da sein. Mein eigenes Befinden muss hintenanstehen. Wenn Gehao es als sein eigenes ausgibt, würde es eine gute Zukunft haben.

Geduldig wartet Gehao auf eine Antwort von mir. Ich schweige. Er macht mir einen Vorschlag.

„Bis morgen früh werde ich einen Ehevertrag aufsetzen, der alle besprochenen Punkte, die ihnen und mir wichtig sind, enthält. Sind Sie damit einverstanden?"
Ich sehe keine andere Möglichkeit und nicke.
Die Standuhr schlägt zur vollen Stunde.

„Unsere Mütter werden auf uns warten. Das Weitere besprechen wir morgen", sagt er bestimmend.

Ohne zu antworten, stehe ich auf und gehe voran in das Wohnzimmer. Alle Augen sind auf uns gerichtet.

Gehaos Mutter ergreift das Wort und erspart uns, Fragen zu beantworten. Meine Mutter bittet zum Tee. Gehao lehnt höflich ab, da er geschäftliche Termine hat.

Ich bin froh, dass ich mir das Geschwätz seiner Mutter nicht länger mit anhören muss.

Die Besucher verabschieden sich. Gehaos Mutter wiederholt die Einladung für morgen zum Frühstück in ihrem Hotel.

Meine Mutter möchte von mir wissen, wie die erste Begegnung mit meinem Bräutigam verlaufen ist. Ich antworte nicht und eile aus dem Raum. In meinem Zimmer werfe ich mich auf das Bett. Die Anspannung löst sich und Tränen rinnen über mein Gesicht. Ich kann sie nicht verhindern und fühle mich unsäglich traurig. Was wird Peter sagen? Er wird mich nicht verstehen und glauben, dass ich unsere Liebe verraten habe.

Wie soll ich ihm zukünftig begegnen?

Nichts fällt mir ein. Es gibt keine Antwort. Ein Gefühl der Ohnmacht und Schuld bleibt in mir zurück.

Jemand klopft an meine Tür.

Ich will niemand sehen und gebe keine Antwort. Meine Mutter tritt ein und kommt an mein Bett. Sie streicht mir über den Kopf.

„Was ist mit dir, Tochter? Warum weinst du? Bist du nicht glücklich?"

„Ihr habt mich verkauft und verraten", presse ich unter Tränen hervor. Jetzt fängt meine Mutter an zu weinen.

Sie wehrt meine Vorwürfe nicht ab, das wirkt wie ein unausgesprochenes Eingeständnis.

„Ich kann dich verstehen, liebe Tochter, mir ging es nicht besser. Ich habe vor meiner Heirat einen Jungen aus unserer Nachbarschaft geliebt und wollte mit ihm fliehen. Weit sind wir nicht gekommen, da haben uns meine Brüder eingeholt und mich zurückgebracht. Den Geliebten wollten sie erschlagen. Ich musste ihnen versprechen ihn niemals wiederzusehen, damit sie ihn verschonen."

Ich richte meinen Oberkörper auf und lehne mich an die Schulter meiner Mutter.

„Was ist aus ihm geworden?", will ich wissen.

„Ich kann es nicht sagen. Niemand hat von ihm gehört. Er wird eine andere Frau gefunden und mit ihr eine Familie gegründet haben."

„Ich dachte, dass du nur meinen Vater geliebt hast."

„Anfangs hatte ich ihn gehasst. Er trägt keine Schuld und weiß nichts von dem Vorfall. Später, als deine Schwester Lu geboren wurde, haben sich meine Gefühle zu ihm geändert. Die Kinder sind das Wichtigste für eine Frau und sie achtet darauf, dass es ihnen gut geht. Wenn du dich jetzt unglücklich fühlst, weil dein Bräutigam unansehnlich ist, gibt sich das mit der Zeit. Er ist reich und deine Kinder werden im Wohlstand leben. Mehr kannst du nicht für sie tun."

Ich höre auf zu weinen. Meine Mutter tut mir leid. Sie musste auf ihre Liebe verzichten und hat das Beste aus ihrem Leben gemacht. Ob meine Schwester Lu die Tochter ihres Geliebten ist? Ich frage nicht.

Meine Zukunft liegt hinter einem dunklen Schleier. Soll ich das gleiche Schicksal ertragen wie meine Mutter. Gefahr für Peters Leben besteht nicht. Ich habe keine Brüder.

Meine Mutter hat den Schmerz und die Trauer überwunden. Sie sagt, dass sie jetzt mit ihrem Leben zufrieden ist.

Nachdem sie sich beruhigt hat, fragt sie nach Peter. Ich sage ihr, dass sie ihn zum Frühlingsfest gesehen hat und ich ihm nicht erlaubte, sich vorzustellen. Ihr war der große junge Ausländer bei dem Tempelbesuch aufgefallen. Sie hatte ihn als Tourist angesehen. Ich gestehe ihr, dass ich ihn über alles liebe und Gehao nicht heiraten will. Es wundert sie nicht. Bevor sie geht, sagt sie mir, dass ich bei meiner Entscheidung keine Rücksicht auf sie nehmen soll.

„Lass dein Bauchgefühl sprechen und würze es mit einer Brise Vernunft. Du wirst den richtigen Weg finden, liebe Tochter."

Sie gibt mir einen Kuss auf die Stirn und verlässt mein Zimmer.

Das Gespräch mit meiner Mutter beruhigt mich ein wenig. Sie wird jeden meiner Entschlüsse akzeptieren, auch wenn er nicht ihrem Wunsch entspricht. Ich hoffe, dass Gehao sich bis morgen besinnt und seine Idee mit dem Ehevertrag verwirft. Eine Vereinbarung zwischen Eheleuten ist nur so gut, wie sich der Mann und die Frau daran halten. Sie verliert an Wert, wenn sie in die Jahre kommt und das Zusammenleben zur Tortur wird. Das möchte ich in meinem Leben nicht erfahren. Mir ist bewusst, dass ich morgen eine wichtige Entscheidung treffen muss, die mein zukünftiges Leben und das meines ungeborenen Kindes bestimmen wird.

13

Fairmont Peace Hotel Shanghai

Zum Frühstück im Fairmont-Peace-Hotel in der Nan-jing-Road-East werden wir von Gehao und seiner Mutter in der Empfangshalle begrüßt. Noch nie war ich in einem solch luxuriösen Hotel gewesen. Geblendet von allem, fühle ich mich unsicher. Gehaos Gesicht wirkt auf mich noch abstoßender als gestern. Es ist die Beleuchtung, die seine Gesichtsnarben stark hervorheben. Ich versuche damit umzugehen.

Im Frühstückssalon ist ein runder Tisch für fünf Personen gedeckt. Gehaos Mutter ist in ihrem Element. Sie versteht es, die Vorzüge des Luxushotels zu präsentieren als wäre sie eine Empfangsdame. Mein Vater kennt die Räumlichkeiten aus seiner Jugendzeit. Er sagt, dass der damalige Bauzustand nicht vergleichbar mit dem heutigen ist. Serviererinnen kommen mit Wagen, auf denen die Frühstücksspeisen angerichtet sind. Unsere Gastgeberin preist die Köstlichkeiten in den höchsten Tönen an. Es kann gar nicht anders sein als dass sie sich bestens auskennt.

Gehao fragt mich, ob er mir nach dem Essen das renovierte Hotelgebäude zeigen darf. Ich willige gern ein, um seiner Mutter zu entfliehen.

Niemand hindert uns daran, dass wir uns entfernen, im Gegenteil. Wir fahren mit dem Aufzug in die oberste Wohnetage und Gehao führt mich in seine Suite.

Soviel Luxus habe ich nicht vermutet. Ich bin geblendet.

„Haben sie über meinen Vorschlag nachgedacht", beginnt er unsere Unterhaltung.

Ich sehe ihn fragend an.

„Er ist für alle Betroffenen die beste Lösung", ergänzt Gehao.

„Ich würde mich gern anders entscheiden", antworte ich trocken.

„Glauben sie mir, sie werden es nicht bereuen. Ihr Vater wird es ihnen danken."

Gehao hat erkannt, dass mein Vater das wichtigste Glied für meine Entscheidung ist. Wenn er der Geschäftsführer der Shanghaier Bankfiliale wird, könnte er sich manche Träume erfüllen und viele Dinge tun, die ihm heute unmöglich sind. Meine Ablehnung würde dies alles zunichtemachen. Mir bleibt keine Wahl.

Gehao zeigt zum Laptop, der auf einem Schreibtisch steht.

„Lesen sie bitte meinen Entwurf des Ehevertrags, wie wir ihn gestern besprochen haben. Wenn sie damit einverstanden sind, drucke ich ihn zweimal aus und wir unterschreiben ihn beide."

Ich setze mich an den Tisch und lese den Entwurf durch. Es sind alle Punkte enthalten, die wir gestern angesprochen haben.

„Der Vertrag ist gut formuliert. Ein paar Sätze sind mir unklar. Was ist, wenn mein Kind kein Junge ist? Sie bestehen hier auf einen männlichen Erben. In einem anderen Satz schließen sie den ehelichen Beischlaf grundsätzlich aus."

„Auf Letzteres haben sie bestanden", erklärt Gehao.

„Es ist richtig", erwidere ich.

„In dem Fall müssten sie durch künstliche Befruchtung weitere Kinder bekommen, bis der ersehnte Stammhalter geboren ist."

Dieser Gedanke erschreckt mich und ich fühle mich als Frau missbraucht. Zum anderen verstehe ich seine Sorge um einen Nachfolger.

An einer anderen Stelle hat er festgelegt, dass die Ehe nach zehn Jahren getrennt wird, wenn ich ihm keinen männlichen Erben schenke. Ein Haus nach eigenem Wunsch und eine Jahresrente von einer Million USD sind mir zugesichert. Das finde ich großzügig von ihm. Daran hatte ich gestern nicht gedacht. Gehao sieht mich abwartend an.

Zustimmend nicke ich ihm zu. Er druckt den Vertrag in zweifacher Ausfertigung aus und wir unterschreiben beide.

„Lassen sie uns darauf anstoßen und als künftige Eheleute ‚du' zueinander sagen!", bemerkt er sichtlich erleichtert.

Am Telefon bestellt er eine Flasche Champagner.

„Hast du keinen Sekt im Getränkeschrank?", will ich wissen.

„Wir legalisieren damit unser ungeborenes Kind."

Fragend sehe ich ihn an.

„Wenn der Ober kommt soll er glauben, dass wir uns im Bett vergnügt haben. Wie ich meine Mutter kenne, wird sie sich über unser langes Ausbleiben Gedanken machen und beim Zimmerpersonal nachfragen, wo wir sind und was wir treiben. Ein Hundertdollarschein als Trinkgeld für den Zimmerkellner ist eine gute Investition, um uns im Gedächtnis zu behalten."

Lachend zieht er sich bis zur Unterhose aus und lässt seine Kleidung verstreut im Zimmer liegen.

„Leg dich bitte ins Bett und deck dich bis zum Hals zu, damit man nicht dein Kleid sieht", weist er mich kurz an.

Ich folge ohne Widerspruch.

An der Tür ertönt die Glocke. Gehao geht und öffnet. Vorsichtig schiebt der Ober den Wagen ins Zimmer. Verschiedene auserlesene Früchte und Süßspeisen befinden sich auf einer pyramidenartigen, gläsernen Vorrichtung.

„Wo darf ich servieren?", will er von Gehao wissen.

„Lassen sie alles stehen. Ich schenke selbst ein."

Der Ober sieht sich verstohlen im Zimmer um und kann sich ein Grinsen nicht verwehren. Gehao reicht ihm einen Hundertdollarschein und schließt hinter ihm die Tür. Er zieht sich an und ich steige aus dem Bett. Seine Weitsicht bewundere ich.

„Wir können uns Zeit lassen. Sollen unsere Mütter noch eine Weile ungeduldig im Frühstücksraum auf uns warten", sagt er entschlossen.

Ich bin einverstanden.

Warum Gehao nicht erfreut ist, mit mir eine Ehe einzugehen, interessiert mich. Ich frage ihn?

„Es hat nichts mit dir zu tun. Ich brauche grundsätzlich keine Ehefrau an meiner Seite, die sich in meine Angelegenheiten einmischt, wie es meine Mutter versucht. Die persönliche Freiheit ist für mich das Wichtigste. Ich bin froh, dass ich in London lebe und meine Eltern in Hongkong sind."

Das kann ich nachvollziehen. Mit seiner Mutter könnte ich nicht unter einem Dach wohnen.

„Darin stimmen wir überein. Erzähl mir aus deinem Leben! Du weißt viel über mich und ich nichts von dir."

„Wird es dich nicht langweilen?", gibt Gehao zu bedenken.

„Das tut es nicht!", versichere ich ihm.

„Mit zwölf Jahren bin ich in ein Schweizer Internat gekommen. Es war das Beste und Teuerste, das meine Mutter finden konnte. Danach kam ich nach London. Dort studierte ich alle Fächer, die ein Bankfachmann für seinen Job benötigt und nach kurzer Zeit hat mir mein Vater die alleinige Leitung unserer Zweigstelle anvertraut."

„Ist es nicht schwer für dich gewesen, lange von zu Hause weg zu sein?", will ich wissen.

„Ein Zuhause, wie du es kennst und verstehst, habe ich nie kennengelernt. Als ich ein kleiner Junge war und noch in Hongkong lebte, hatte mein Vater nie Zeit für mich. Das galt ebenso für meine Mutter. Das Kindermädchen war meine einzige Bezugsperson in der Familie und sie ist es noch heute. Ich lebe in London in einem Penthaus, das die oberen Etagen eines Hotels einnimmt. Um meine Sachen kümmert sich mein Butler und kochen tut mein ehemaliges Kindermädchen und ihre Tochter. Es ist für mich gesorgt und ich habe alle erdenklichen Freiheiten. Eine Ehefrau würde diese Harmonie nur stören."

„Dann liegt es nicht an meiner Person, dass du nicht heiraten wolltest."

„Nein! Du bist eine schöne Frau. Ich kann dich bei Partys und Empfängen gut herzeigen. Darüber hinaus werde ich versuchen, dir aus dem Weg zu gehen. Das Penthaus ist groß genug. Jeder von uns kann machen was ihm gefällt, soweit es dem anderen nicht in der Öffentlichkeit schadet. Zum Glück sind unsere chinesischen Familien weit weg. Sie können uns nicht in ihr Korsett zwingen."

Sein Verständnis des Ehelebens teile ich grundsätzlich. In der Zukunft werde ich mich nur um mein Kind kümmern.

Störend finde ich, dass Gehao alles allein entschieden hat. Ich habe eine eigene Meinung und möchte vorher gefragt werden. Das Gefühl, eine Ware zu sein die gekauft wird, bleibt. Ich will mehr von ihm wissen.

„Wann ist das mit deinem Unfall passiert?"

„Es liegt ein paar Jahre zurück und hat mein Leben verändert. Früher habe ich ausschweifend gelebt, viele Partys gegeben und heute scheue ich die Öffentlichkeit. Es gibt nur wenige Menschen, die mich ohne Mitleid ansehen können."

Gehaos Handy läutet.

Seine Mutter fragt, wo wir bleiben.

Wir stoßen mit unseren Sektgläsern an und wünschen uns für die gemeinsame Zukunft alles Gute.

Zwischen den Müttern gibt es nichts mehr zu besprechen. Die Hochzeitsfeier ist bis ins Detail geplant und ich scheine die einzige zu sein, die nichts davon erfährt und die nicht danach fragt.

Bis gestern habe ich noch geglaubt, dass es nicht zu einer Heirat mit Gehao kommt.

Als Fest der Trauer will ich die Hochzeit nicht ansehen, obwohl sie meinen wahren Gefühlszustand widerspiegelt. Ich werde sie an mir vorübergehen lassen, wie die Handlung in einem Kinofilm.

Wenn ich wegen des Hochzeitskleides oder anderer Dinge angesprochen werde, winke ich ab und überlasse es der Mutter, eine Entscheidung zu treffen.

Aus terminlichen Gründen ist die Heirat kurzfristig angesetzt worden. Die Trauung soll in London stattfinden. Entsprechende Vorbereitungen wegen der behördlichen Genehmigungen sind getätigt.

Allen, die nicht an den Feierlichkeiten teilnehmen, soll gesagt werden, dass wir zu Gehaos Hochzeit nach London eingeladen sind. Flugtickets wurden gebucht und die Zimmer im Londoner Hotel reserviert. Meine Schwestern werden mitkommen. Mit meinen Eltern sind wir zu fünft, die nach London fliegen werden.

Wir verabschieden uns von Gehao und seiner Mutter. Sie bringen uns bis zur Eingangshalle.

Mit der Hotellimousine fahren wir nach Hause. Stumm sitzen wir im Auto. Jeder geht seinen Gedanken nach. Mein Vater wird an die neue Bankfiliale in Shanghai denken und meine Mutter an mein Brautkleid. Niemand scheint es zu interessieren wie ich mich fühle.

Daheim gehe ich auf mein Zimmer. Ich nehme den Ehevertrag aus der Handtasche und lese ihn nochmals in Ruhe durch. Er ist sauber verfasst und berücksichtigt all das, was ich in meiner ausweglosen Situation als wichtig erachte.

Die wenigen Wochen bis zur Hochzeit werden schnell vergehen. Ich überlege, wie ich sie verbringen will. Mein Vater hat mir angeraten, meinen Job auf der Baustelle zu kündigen und nicht mehr nach Hongping zu fahren. Er wünscht, dass ich in seiner Nähe bleibe. Ich bin jetzt für ihn ein wertvolles Kleinod, das beschützt gehört. Ob er mich von Peter fernhalten will?

Wieviel er über ihn und unsere Beziehung weiß, ist mir nicht bekannt. Es würde mich nicht wundern, wenn er sich über mehrere Kanäle Erkundigungen eingeholt hat.

Meine Mutter bittet mich, Jin nichts von meiner Heirat zu sagen. Sie ist meine Freundin und es gab nie Geheimnisse zwischen uns. Offiziell reisen wir zu einer befreundeten Familie nach England, zur Hochzeit.

Mit den Behörden soll es eine Absprache geben, dass wir nichts darüber verlauten lassen. Meine Heirat mit einem Hongkong-Chinesen in London ist keine alltägliche Angelegenheit. Die Genehmigungen und Formalitäten bedurften außerordentlicher Bemühungen durch meinen Vater.

Mich interessiert, ob außer dem kleinen Kreis der Familie, Jins Mutter Details von der Hochzeit kennt. Ich gehe in die Küche und fühle ihr auf den Zahn.

„Willst du mir beim Kochen helfen?", fragt sie und lächelt.

„Was weißt du über unsere Reise nach London?"

„Nicht mehr als du. Frage besser deinen Vater oder deine Mutter."

„Ich will es von dir wissen", beharre ich fest.

„Ich kann dir nichts sagen", erwidert sie ratlos.

„Hast du mit Jin darüber gesprochen?"

„Nein, sie weiß nichts von eurer Reise."

„Warum erzählst du es ihr nicht?"

„Dein Vater sagte zu mir, dass ich mit niemand darüber reden soll."

Sie weicht mir aus. Das merke ich.

„Kennst du die Braut, die Gehao heiraten will?"

Verwundert sieht sie mich an.

„Nein! Frag nicht weiter, ich weiß nichts und kann dir nichts sagen", antwortet sie barsch.

„Ist gut, meine liebe Nanny", beschwichtige ich sie und nehme sie in meine Arme.

Verwirrt steht sie da und wundert sich über mein Verhalten. Ob sie ahnt, dass ich die Braut bin?

Es würde mich wundern, wenn sie nichts mitbekommen hat. Diskret und verschwiegen ist sie. Wenn

Jin und ich in der Schule Unsinn angestellt hatten, erzählte sie es nie meinen Eltern. Meine Beziehung zu ihr, ist vertrauter und enger als die zu meiner Mutter. Sie wird mir in London fehlen, so wie meine Freundin Jin. Ob ich sie nachkommen lassen kann? Wahrscheinlich würden beide ablehnen. Ihre Wurzeln liegen in dem schnell wachsenden Shanghai. Es ist die größte und modernste Stadt, die ich kenne und über London weiß ich nur wenig. Die meiste Zeit im Jahr soll dort nur Nebel herrschen und die Menschen kühl und reserviert sein.

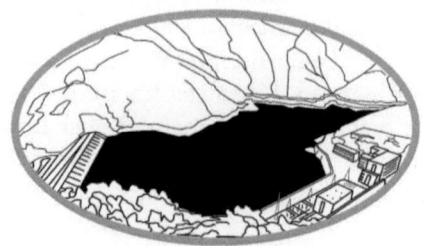

14

Staubecken in Hongping

Ich konnte meinen Vater überzeugen, dass ich meine Arbeiten auf der Baustelle abschließen und übergeben muss. Da er ein korrekter Mensch ist, hatte er Verständnis und ließ mich gehen.

Am späten Nachmittag komme ich in Hongping an. Jin holt mich von der Bushaltestelle ab und will wissen, wie ich das Wochenende in Shanghai verbracht habe.

„Es gibt nichts Besonderes zu berichten", lüge ich sie an.

„Wie geht es meiner Mutter?"

„Sie hat dir diesen Kuchen gebacken. Er schmeckt vorzüglich. Im Zug habe ich davon gekostet."
Ich reiche ihr den Rest des Kuchens.

Jin hat Peter die letzten Tage nicht gesehen. Sie meint, dass er wegen der Tests viel zu tun hat.

„Ich will zu ihm", sage ich bestimmend und meine damit, ohne sie.

„Er wird sich freuen", erwidert sie enttäuscht.
Jin hatte gehofft, dass ich mehr Zeit für sie habe.

Wir trennen uns an der Kreuzung in der Nähe der Kantine und ich gehe durch das Tor des Ausländercamps. Peter finde ich im Büro. Er arbeitet konzentriert an seinem CAD-Arbeitsplatz. Als er mich bemerkt, springt er von seinem Stuhl auf und begrüßt mich. Seine Augen strahlen. Da niemand weiter im Raum ist, drücken und küssen wir uns.

„Hast du mich ein wenig vermisst?", will ich von ihm wissen.

Ich frage ihn, damit er mir ein paar Komplimente zur Begrüßung macht.

„Jede Minute ohne dich, kommt mir wie eine Ewigkeit vor", sagt er lächelnd.

„Du Charmeure! Deine Arbeit ist dir viel wichtiger als ich", tadele ich ihn schmunzelnd.

„Wie geht es deinen Eltern?"

„Gut! Sie haben eine Einladung zu einer Hochzeit nach London bekommen und wir drei Töchter sollen sie begleiten."

„Wann ist das?"

„Schon in ein paar Wochen."

„Ich freue mich für dich. London kenne ich nicht. Es soll eine schöne Stadt sein. Ich gebe dir meine Kamera mit, damit du gute Fotos machen kannst", schlägt er mir vor.

„Das will ich nicht. Sie ist zu kompliziert in der Handhabung. Meine Kompaktkamera genügt mir", erkläre ich ihm.

„Wie du willst, es ist ein Angebot. Du kannst es dir noch überlegen."

Peter schaltet den Computer aus und bittet mich, ihn zu Mama Hong, dem kleinen Restaurant an der Hauptstraße, zu begleiten. Wir sind die einzigen Gäste und die Wirtin begrüßt uns freundlich.

„Ich habe für dich eine Portion Dongpo-Pork gestern vorbestellt. Magst du das Fleisch?"

„Ein wenig kann ich davon essen. Im Zug habe ich
den Apfelkuchen von Jins Mutter probiert und bin noch
satt."

„Ich würde dir raten, Speck anzuessen, bevor du
nach England reist. Das Essen soll dort nicht genießbar
sein."

„Wieso, ist es verdorben?"

„Das nicht, mir wurde gesagt, dass es fad schmeckt.
Salz und Gewürze kennen sie nicht. Ein Freund von mir
war dort und klagte, dass er verhungert wäre, wenn es
nicht in der Nähe seines Hotels einen McDonald gegeben hätte."

„Gut, dass du mich warnst, ich werde ein paar Fer-
tigsuppen mitnehmen."

„Was hältst du davon, wenn ich mitreise. Meine Eltern könnten nach London kommen und wir heiraten
dort. Eine Doppelhochzeit würde mir gefallen."

Es sollte von ihm ein Scherz sein. Mir ist der Appetit
vergangen. Er merkt es und entschuldigt sich.

Ich überlege ob ich ihm jetzt sage, was in den letzten
Tagen bei meinen Eltern passiert ist. Es ist der richtige
Zeitpunkt. Er muss es wissen. Ich zögere.
Wie wird er reagieren?

Wird er mir Vorwürfe machen, dass ich nicht energisch genug gegenüber meinem Vater aufgetreten bin.
Trost und Verständnis kann ich nicht von ihm erwarten.

Mama Hong bringt die beiden Portionen Dongpo-
Pork.

Peter hat großen Hunger. Ich schiebe ihm meine
Schüssel hin, nachdem ich von dem geschmorten
Bauchfleisch gekostet habe. Es macht mir Freude ihm
beim Essen zuzusehen.

„Du wirkst traurig. Hast du Angst vor dem Fliegen?"

„Ja!", sage ich und hoffe, dass er nicht weiter fragt.

„Ich habe ein paar Tabletten, die dir diese Angst nehmen. Du brauchst dich vor dem Flug nicht zu fürchten!", tröstet er mich.

Peter begleitet mich in mein Quartier. Ich bin müde und gehe zeitig schlafen.

Am nächsten Morgen ruft Madame Hu an und bittet mich nach der Arbeit in ihr Büro zu kommen.

Ich vermute, dass sie über das nächste Tischtennisturnier mit mir sprechen möchte.

Pünktlich erscheine ich bei ihr. Sie bietet mir Tee an und fragt mich, wie es mir geht und ob mir meine Arbeit gefällt.

Ich wundere mich, dass sie sich für meine Belange interessiert. Was will sie von mir?
Hat unser Gespräch mit Peter zu tun?

Sie ist für das Wohl der Experts verantwortlich. Warum kommt sie nicht gleich zur Sache? Ich bleibe wortkarg, weil ich nicht weiß worauf sie hinauswill. Sie merkt es.

„Meiling, dein Vater rief mich heute Morgen an und bat mich, auf dich acht zu geben. Von deiner bevorstehenden Heirat mit Herrn Zhou hatte ich vorher erfahren."

„Sie wussten es?", frage ich erstaunt.

„Der behördliche Verfahrensweg lief ein paar Wochen früher ab. Ich habe deinem Vater nichts von Peter erzählt. Das ist deine Sache und da mische ich mich nicht ein. Im Übrigen soll niemand von dem Vorgang wissen. Du hast eine Sondergenehmigung für die Vermählung mit Herrn Zhou erhalten und es ist Stillschweigen darüber vereinbart."

„Wer weiß außer ihnen noch davon?", möchte ich wissen.

„Nur die Personalleitung ist genau informiert. Offiziell reist du zu einer Familienfeier nach England. Das kannst du den anderen sagen, wenn man dich direkt anspricht."

„Wie soll ich mich Peter gegenüber verhalten? Sie wissen, dass wir uns lieben. Ich muss ihm die Wahrheit sagen."

Der Gedanke daran lässt mich verzweifeln.

„Da kann ich dir nicht helfen! Am besten ist, du trennst dich von ihm. Suche nach einer Lösung, die es erlaubt als Freunde auseinander zu gehen! Peter ist ein vernünftiger junger Mann und wird dich verstehen."

Madame Hu nennt mir Beispiele von Chinesinnen und Europäern, deren Ehen unglücklich geendet haben.

Ich kenne selbst eine. Es ist die Ehe des Malers aus Suzhou mit einer Italienerin. Meine Schwester hatte mir seine Geschichte erzählt.

Es ist kein Trost für mich.

Madame Hu steht auf und kommt zu mir. Sie umfasst liebevoll meinen Kopf und sagt leise: „Es wird alles gut ausgehen, mein Kind."

Ich verlasse sie und eile zu Peter in den Tischtennisraum.

„Was ist mit dir, mein Schatz? Hast du Kummer?", begrüßt er mich aufmunternd.

„Mir geht es heute nicht gut", erwidere ich kurz.

„Soll ich dich zum Arzt fahren?"

„Nein, es ist nicht notwendig. Ich brauche nur Ruhe."

„Ist es die Angst vor der Reise?"

Wenn Peter wüsste, wie nah er mit seiner Vermutung an der Wahrheit ist. Ich habe nicht den Mut, mit ihm über die bevorstehende Trennung zu sprechen. Es sind bis zu meiner Abreise nur wenige Wochen. Die will ich mit ihm genießen.

Ich komme mir vor als würde ich ihm eine unheilbare Krankheit verschweigen. Im Stillen will ich mich von allen Lieben in Ruhe verabschieden. Ich weiß, dass es egoistisch ist, nichts zu sagen.

Wir lassen heute das Training ausfallen und planen unseren Ausflug am kommenden Wochenende. Ich mache mehrere Vorschläge und Peter entscheidet, wohin wir fahren. Es sind Orte und Plätze, die ich während meiner Studienzeit in Hangzhou besucht hatte und die ich schön finde.

Meine depressive Stimmung verfliegt. Das Damoklesschwert schwebt noch über mir. Peter wird eines Tages die Wahrheit erfahren. Wie wird er darauf reagieren?

An den nächsten Wochenenden sind wir auf Sightseeingtour in der Zhejiang Provinz unterwegs. Wir besuchen die Hafenstadt Ningbo und verschiedene Orte entlang der Küste. Es ist wunderschön und ich genieße jeden Augenblick, den wir zusammen sind. Seit meiner Rückkehr aus Shanghai schreibe ich meine Erlebnisse in ein Tagebuch. Damit es keiner lesen kann, verwende ich eine Geheimschrift. Die hatte ich mit Jin in unserer Schulzeit entwickelt. Wir schrieben auf Zettel alberne Sachen und schickten sie uns aus Jux gegenseitig zu.

Die Zeit vergeht wie im Flug. Das letzte gemeinsame Wochenende mit Peter ist vorbei. Ich habe jeden Augenblick mit ihm ergiebig ausgekostet. Als wir zurückkommen sagt mir Jin, dass ich am nächsten Morgen zu Madame Hu kommen soll.

Die ganze Nacht habe ich schlecht geschlafen, da ich nicht weiß, was sie von mir will. Nach dem Frühstück suche ich sie in ihrem Büro auf. Sie kommt gleich auf ihr Anliegen zu sprechen.

Mein Vater hatte sie am Samstag angerufen und wollte wissen, wann ich nach Hause komme. Madame Hu hat ihm zugesichert, dass ich am kommenden Wochenende nach Shanghai fahren werde. Mit der Auskunft war er zufrieden. Es bleiben nur noch wenige Tage bis zum Flug nach London.

Die Übergabe meiner Arbeiten an eine neue Kollegin hatte ich vor einer Woche abgeschlossen. Jin glaubt, dass ich nach meiner Reise in eine andere Abteilung versetzt werde und bedauert, dass wir nicht mehr zusammen sind.

Es wird das letzte Mal sein, dass ich mit Madame Hu zusammensitze und spreche. Sie kennt die Geschichte von Peter und mir und ich hoffe, dass sie ihn trösten wird, wenn er von meinem Weggang erfährt.

„Wie hat Peter eure Trennung aufgenommen?", will sie wissen.

Ich zucke zusammen.

„Ich muss gestehen, dass ich noch nicht den Mut gefunden habe, es ihm zu sagen", flüstere ich.

Erschrocken hält sie die Hand vor den Mund.

„Du hast nicht mehr viel Zeit. Am Wochenende reist du für immer von Hongping ab."

„Ich habe mich entschlossen, ihm einem Brief zu schreiben", entgegne ich.

„Du musst selbst wissen, was richtig ist. Mich würde es an seiner Stelle verletzen, wenn ich es nicht aus deinem Munde erfahre."

Betreten sitze ich da und senke den Blick.

„Ich weiß nicht, wie er darauf reagiert. Er soll unsere letzten gemeinsamen Stunden in guter Erinnerung behalten."

Madame Hu schüttelt den Kopf. Sie ist anderer Meinung.

„Ab Morgen bin ich für eine Woche in Hangzhou. Ich möchte dir jetzt Lebewohl sagen und alles Gute für deinen neuen Lebensabschnitt wünschen", sagt sie gerührt.

Sie kommt auf mich zu und umarmt mich. Ich weiß nicht warum ich weinen muss. Sie trocknet die Tränen mit ihrem gestickten Seidentaschentuch ab und gibt es mir.

„Behalte es als kleines Andenken an deine Zeit in Hongping."

Ich verlasse ihr Büro und eile zur Toilette. Niemand soll mein verweintes Gesicht sehen.

Als ich mich gefasst habe, fahre ich mit dem Bus zur Baustelle.

Jin sitzt mir gegenüber an ihrem Schreibtisch und will wissen, was Madame Hu von mir wollte.

„Sie hat sich nach Peter erkundigt."

„Die schnüffelt überall herum. Man sagt, dass es nichts gibt, was sie nicht weiß."

„Wenn es niemand schadet, kann es egal sein. Ich denke, dass sie eine gute Frau ist und nichts Böses im Schilde führt."

„Davon bin ich nicht überzeugt. Unseren Abteilungsleiter hat sie stets in Schutz genommen obwohl es bekannt ist, dass er den Programmiererinnen laufend nachstellt", beklagt sich Jin.

„Mir hat er nichts getan."

„Du bist seine beste Kraft. Bei den anderen hält er sich nicht zurück. Ich habe es selbst erlebt, wie aufdringlich er wurde."

„Weise ihn hart zurück, dann wird er es sein lassen", rate ich ihr.

„Jetzt, wo du in eine andere Abteilung kommst und wir getrennt sind, wird er Oberwasser bekommen und mich mit seinen schwabbeligen Fingern überall betatschen. Am liebsten würde ich mit dir zusammen wechseln. Kannst du da nichts machen?"

„Ich weiß selbst noch nicht, was auf mich zukommt. Du musst dich gedulden."

Jin tut mir leid. Es kann sein, dass sie ihren Arbeitsplatz verliert, wenn sie auf sich gestellt ist. Sie ist unselbständig und wird nicht das Leistungspensum bringen können, was man von ihr erwartet. Ich kann ihr nicht mehr helfen. Wenn sie die Wahrheit wüsste, dass ich nicht auf die Baustelle zurückkehre, würde sie verzagen. Ihr wird die Trennung von mir schwerer fallen als Peter. Wir sind seit unserer Kindheit zusammen gewesen. Ich kann für sie nichts tun.

Unser Chef taucht auf. Er behandelt mich wie ein rohes Ei seitdem er von meinem Weggang weiß. Ich passe nicht in eines seiner Beutemuster. Ihm ist die Verunsicherung deutlich anzumerken. In allem lässt er mir jetzt freie Hand. Wie ich die Arbeiten an die Neue übergebe, kontrolliert er nicht.

Jin und die anderen merken es und glauben, dass ich nach meiner Rückkehr in eine hohe Führungsposition wechseln werde und möglicherweise rangmäßig über unserem Chef stehe. Diese Vorstellung lässt meine Kolleginnen mir gegenüber zurückhaltend werden. In ihre alltäglichen Gespräche werde ich nicht mehr mit einbezogen. Ich fühle mich ausgegrenzt, was mich schmerzt.

Wie würden sie reagieren, wenn sie die Wahrheit wüssten? Innerlich verspüre ich den starken Wunsch, ihnen alles zu sagen.

Am Freitag ist es das letzte Mal, dass ich ins Büro gehe. Ich werde mich von ihnen verabschieden und weiß, dass es kein Wiedersehen gibt. Ein Abschnitt in meinem Leben erreicht sein Ende und ein neuer, unbekannter, wird folgen.

Mittags fahre ich nicht zurück in die Kantine und besuche Peter in der großen Maschinenhalle. Er steckt tief in der Arbeit und bemerkt mich nicht. Ich will ihn nicht stören und schaue ihm von weitem eine Weile zu. Er wird mir am meisten fehlen. Noch nie habe ich einen Menschen mehr geliebt als ihn. Es ist eine andere Art von Liebe als die zu meinen Eltern, den Schwestern oder Jin. Sie ist grenzenlos.

Wie wird er reagieren, wenn er meinen Abschiedsbrief liest? Ob er mir verzeihen kann?

Für ihn dürfte es leichter sein, sich von mir zu lösen als ich es tue. Er lebt hier in einer fremden Welt und wenn das Projekt in Hongping beendet ist, geht er heim, in sein gewohntes Umfeld.

Ob ich mich in Wien einleben könnte? Es ist schwer zu sagen.

Ich war nie im Ausland und habe keine Erfahrung, in einer fremden Kultur zu leben. Der Maler aus Suzhou ist ohne seine Frau zurückgekommen. Er konnte in Italien keine zweite Heimat finden.

Unbemerkt gehe ich zurück ins Büro. Die anderen haben noch Mittagspause. Vom Fenster aus sehe ich auf den See hinab. Die Sonne spiegelt sich auf der Oberfläche. Von Anfang an fühlte ich mich in diesem Raum wohl. Die Arbeit gefällt mir und ich bin stolz, an der Fertigstellung eines wichtigen Projektes beteiligt zu sein. In meinem neuen Leben werde ich wahrscheinlich keine solchen Herausforderungen haben. Sie werden mir fehlen. Es ist für mich schwer vorstellbar, wie meine Zukunft sein wird.

Jin kommt zurück und bringt mir meine Portion des Mittagessens in einem Frühstücksbeutel mit. Sie hat den Reis mit Gemüse und Fleisch zusammengegeben. Sie ist stets um mein Wohl besorgt. Was mache ich nur ohne sie?

Es naht der Abschied von Peter. Wir haben in den letzten Wochen viel Zeit miteinander verbracht. Ich blieb jeden Tag über Nacht in seinem Apartment und wir lebten wie ein Ehepaar zusammen. Seinen Verlobungsring trage ich an meinem Finger und werde ihn behalten. Er wird mich an die glückliche Zeit mit ihm erinnern.

Jin möchte mich am Samstagmorgen zum Bus bringen. Ich bitte sie, zu bleiben, da Peter mich begleitet. Wir verabschieden uns und ich wünsche ihr Glück.

Viel Gepäck besitze ich nicht. Die wenigen Habseligkeiten hatte ich Wochen zuvor mit nach Hause genommen oder verschenkt.

Peter erwartet mich am Tor, vor der Kantine. Entlang der Hauptstraße stehen Obst- und Gemüsehändler. Sie verkaufen ihre Waren, die sie zeitig aus den schwer zugänglichen Tälern herbeigeschafft haben. Es ist viel Betrieb.

Wir erreichen die Bushaltestelle in einer Nebenstraße. Der Bus nach Hangzhou ist halb leer. Ich besetze mit meiner Reisetasche einen Sitz an der rechten Fensterseite und steige aus. Abfahrt ist erst in zehn Minuten. Der Abschied fällt mir schwer. Ich muss mich zusammennehmen und darf nicht weinen. Ein fester Händedruck und ein liebes Wort, mehr ist nicht erlaubt, um kein Aufsehen zu erregen. Peter schiebt mich in den Bus. Ich sehe aus dem offenen Fenster. Freundlich lächelnd steht er draußen und wünscht mir eine gute Reise nach London.

„Komm gesund zurück und melde dich, sobald du in Shanghai gelandet bist. Ich nehme ein paar Tage Urlaub und besuche dich."

Mir ist als würde ich ihn ins offene Messer rennen lassen und sehe untätig zu, wie er verblutet. Ich fühle einen starken Schmerz als würde man mir das Herz aus der Brust reißen. Tränen laufen mir über die Wangen. Ich versuche sie Peter gegenüber zu verbergen.

Der Bus fährt los und wir winken uns zu, bis die Hauptstraße eine Kurve macht. Es ist ein schrecklicher Abschied. Alles um mich herum löst sich in Nichts auf. Erst in Hangzhou, auf dem Busbahnhof, komme ich zu mir. Die Fahrerin rüttelt mich an der Schulter und fragt, ob mir schlecht ist. Ich schüttle verneinend den Kopf und gehe zum Bahnsteig.

Der Zug wird hier eingesetzt. Es sind nur wenige Fahrgäste unterwegs. Ich suche mir einen Platz wo ich ungestört bin und meinen Gedanken nachgehen kann.

Die wichtigsten Ereignisse der letzten Wochen lasse ich an mir vorüberziehen.

Ich habe in Hongping das Glück gefunden und heute verloren, dessen bin ich mir bewusst. Ob es sich in Zukunft in meine Nähe traut wage ich zu bezweifeln. Damit muss ich mich abfinden.

Am nächsten Morgen besuche ich den Tempel der Stadtgötter und bitte meine Ahnen, sich um das Wohl von Peter und unserem ungeborenen Kind zu kümmern. Ich habe es ihm nicht gesagt, dass ich schwanger bin.

Mit diesem Besuch der heiligen Stätte mache ich einen endgültigen Strich unter meine Vergangenheit.

Ob mir die Ahnen helfen?

Wirklich religiös bin ich nicht, doch komme ich gern hierher. Mein Vater praktiziert den Ahnenkult und ich habe ihn, wie jeder in unserer Familie, angenommen. Ich kann nicht sagen, was dieser Glaube für mich bedeutet. Zu den Frühlingsfesten und vor den Prüfungen in der Schule habe ich unseren Vorfahren Früchte gebracht und Räucherstäbchen angezündet. Ich spreche mit ihnen, doch sie haben mir nie geantwortet. Alle Prüfungen bestand ich und das hat ein Vertrauen zu ihnen aufgebaut. Warum helfen sie mir diesmal nicht? Ich kann es nicht verstehen.

15

Abflughalle am Flughafen Shanghai

Mit meinen Eltern und den beiden Schwestern sitze ich in der Abfertigungshalle des Shanghaier Flughafens. Viel zu früh sind wir hier.

Mein Vater kann seine Nervosität nicht verbergen. Mit zwei Taxis fuhren wir zum Flughafen und warten auf das Einchecken in die Maschine nach London. Ich sitze in einem breiten Sessel und denke über die Ereignisse der letzten Tage nach.

Meine beiden Schwestern waren vorgestern angereist und haben in unserem Haus übernachtet. Ihre Ehemänner blieben daheim. Sie hätten die Unruhe in der Familie nur verstärkt. Mich hat alles kalt gelassen. Aus innerer Unlust und Verstimmung verhalte ich mich absichtlich passiv. Es ist nicht mein Wunsch gewesen, zu dieser Hochzeit nach London zu reisen. Ich zeige es deutlich durch mein Verhalten.

Um dem häuslichen Trubel aus dem Weg zu gehen, bin ich in den letzten Tagen viel in der Stadt unterwegs gewesen. Ich habe die Plätze, an die ich mich gern erinnere, fotografiert. Es war ein Abschied nehmen auf ungewisse Zeit.

Jins Mutter habe ich einen Brief an Peter übergeben. Ihre Tochter soll ihn persönlich aushändigen.

Mit dem Verfassen des Textes tat ich mich schwer. Zuletzt blieben nur wenige Zeilen, die nicht alles beschreiben was ich ausdrücken wollte. Ich hoffe, dass mir mein Geliebter verzeiht. Wenn ich an ihn denke, schnürt es mein Herz zusammen und ich fange an zu weinen. In dem Kreis der Familie versuche ich es zu vermeiden. Niemand soll ahnen was in mir vorgeht, vor allem nicht meine ältere Schwester Lu, der ich mich anvertraut hatte.

Gestern Abend konnte ich ungewollt ein Gespräch zwischen ihr und meinem Vater belauschen. Ich hörte, dass mein Vater nach meiner Heirat beide Häuser, das in Shanghai und Suzhou, von Grund auf sanieren will. Das Geld bekommt er von Gehaos Vater geschenkt.

Mir ist klargeworden, dass Lu ein starkes Interesse daran hat, dass die Heirat zwischen mir und Gehao zustande kommt.

Die Bedenken meines Vaters schob sie weg. Er erzählte ihr von seinen Sorgen, die mich betreffen. Gefühlsmäßig glaubt er, dass ich mit einem solch hässlichen Mann nicht glücklich werde. Lu sagte, dass es ihr einst nicht besser ergangen sei. Er dürfe nicht mit zweierlei Maß messen. Sie war der Ansicht, dass ich es viel besser getroffen habe als sie. Mein Bräutigam ist reich, im Vergleich zu ihrem, der bei ihrer Heirat ein unbedeutender Politfunktionär war.

Bezüglich der Beziehung zwischen mir und Peter, wusste sie nur Schlechtes über ihn zu sagen. Sie meinte, dass Peter nicht in unsere Familie passe und ein Habenichts ist.

Mir stockte der Atem als ich das hörte. Ich könnte sie der Falschheit bezichtigen. Es würde nichts ändern. Die Entscheidungen waren getroffen. Ich hoffe, dass ich später die Möglichkeit bekomme, ihr das heimzuzahlen, was sie mir angetan hat. Aus tiefstem Herzen hasse ich sie.

Die Reisetabletten von Peter helfen. Das anfängliche Unwohlsein im Taxi ist vorbei. Meinen beiden Schwestern geht es offensichtlich nicht gut. Sie sind käseweiß im Gesicht und halten sich ständig ein Riechfläschchen unter die Nase. Mit meiner Hilfe können sie nicht rechnen.

Unser Direktflug mit British Airways wird aufgerufen. Der Flug soll mehr als 13 Stunden dauern. Am späten Nachmittag müssten wir in London ankommen. Lu führt Regie. Sie ist die Einzige von uns, die sich auskennt und bereits zwischen Shanghai und Peking geflogen ist.

Das Einchecken und die Passkontrollen haben wir hinter uns. Es kommt die Endphase und bald werden wir in dem Flieger sitzen. Ich bin, dank Peters Tablette, ruhig und amüsiere mich über die gestressten Gesichter meiner Familie. Sie sind bis aufs Höchste angespannt und nervös. Lu, die die Überlegene herauskehrt, scheint an ihre Grenzen zu kommen. Ich habe kein Mitleid mit ihr. Soll sie sich abstrampeln, wie eine Glucke, die Enteneier ausgebrütet hat und sich bemüht, ihre Küken aus dem Teich zu locken.

Ständig rennt jemand von uns davon und verlässt die Gruppe. Sei es, um auf die Toilette zu gehen oder sich die Auslagen in den Geschäften anzusehen. Wie schwer muss es für eine Reisegruppenleiterin sein, die viele Schäflein zu hüten hat. Ich schließe mich bei dem Treiben nicht aus, mit dem Unterschied, dass ich es gezielt tue, damit Lu noch mehr die Nerven verliert.

Diese bösartige Seite, hatte ich früher bei mir nicht festgestellt. Es ist die Reaktion auf die Erkenntnisse, die ich gestern Abend gewonnen habe. Meine Rache ist süß.

Wir haben First-class Tickets und dürfen als erste einsteigen. Neidisch machen uns die Wartenden der Economy-Class Platz und gehen ein wenig beiseite.

Mehrere Flugbegleiterinnen begrüßen uns und sind in jeder Hinsicht behilflich. Ich habe einen Fensterplatz und sehe nach draußen.

Der Blick aus dem Bullauge weckt mein Heimweh bevor wir gestartet sind. Am liebsten wäre ich jetzt in Hongping an meinem Arbeitsplatz zusammen mit meinen Kolleginnen, Jin und Peter. Sie fehlen mir und da kann der große Luxus, der mich erwartet, nicht hinwegtrösten.

Ein Glas Sekt reicht mir die Flugbegleiterin. Meine Familie prostet mir zu. Sie sind froh, dass ich unbeschadet in der Maschine sitze und bald als Präsent meinem neuen Herrn und Gebieter übergeben werde.

Das ungute Gefühl steigt in mir auf, dass ich für sie eine reine Tauschware bin. Die freundlichen Gesichter meiner Schwestern und Eltern wirken auf mich wie grinsende Masken.

Der Sekt schmeckt mir und ich bekomme ein zweites Glas gereicht. Nach einem dritten muss ich eingeschlafen sein. Ich wache auf als wir Europa erreicht haben.

Es ist ruhig, alle scheinen zu schlafen. Die Jalousien an den Fenstern sind zugezogen und lassen das Tageslicht nicht herein. Ich sehe auf den Bildschirm, der vor mir ist. Auf ihm wird der Ort angezeigt, wo sich unser Flugzeug momentan befindet. Ich schalte auf die Kamera um, die zum Boden zeigt und kann deutlich die Berge und Täler erkennen, über die wir fliegen.

Die Flugbegleiterin merkt, dass ich munter geworden bin und begleitet mich zum Waschraum. Die anderen schlafen tief und mein Vater schnarcht, wie ein Holzfäller. Ich mache mich frisch und gehe zu meinem Platz zurück. Dort liegt die Speisekarte und ich wähle ein paar Köstlichkeiten aus. Alkohol will ich keinen mehr trinken. Orangensaft genügt mir.

Vorsichtig hebe ich die Jalousie und sehe durch das Fenster nach draußen. Eine riesige dunkle Gewitterwolke liegt seitlich vor uns. Sie sieht bedrohlich aus. Der Pilot scheint sie zu umfliegen. Am Bildschirm zeigt die Flugroute einen kleinen Knick.

Ich bin mit dem Essen fertig. Das Flugzeug beginnt zu vibrieren. Kurze Stöße folgen aufeinander. Aus dem Lautsprecher kommt eine Ansage, dass sich jeder anschnallen und seine Rückenlehne senkrecht stellen möchte. Die Flugbegleiterin ist behilflich. Ich frage sie, ob die Gewitterfront für uns gefährlich werden könnte. Sie beruhigt mich und meint, dass wir bald daran vorbei sind.

Das Rütteln nimmt zu. Sie muss sich geirrt haben. Ich sage ihr, dass mir übel ist und sie bringt mir eine Tablette, die meine Beschwerden augenblicklich verschwinden lassen. Lu sitzt vor mir. Ihr Gesicht ist kreideweiß.

Zu ihr gewandt, berichte ich von dem Flugzeugunglück, über das der TV-Sender CNN berichtet hatte. Die Maschine war ins Meer gestürzt und es konnten keine Überlebenden geborgen werden. Sie wusste nichts davon und schüttelt entsetzt mit dem Kopf.

„Hör auf damit! Ich will nichts darüber hören", schreit sie mich an.

Ihr steht die Angst im Gesicht. Es macht mir Freude, ihr das Fürchten zu lehren.

„Wir stürzen gleich ab. Ich werde zu unseren Ahnen beten, damit sie uns helfen und wen wirst du bitten, dass er dich rettet."

„Schweig! Du siehst wie schlecht ich mich fühle!"

„Wieso bist du nicht Buddhistin geworden?", frage ich sie.

„Was soll das?"

„Du hättest eine Chance, nach deinem Tod wiedergeboren zu werden, in eine Spinne oder eine Schlange."

Ich weiß, dass es ihr vor diesen Tieren graut.

„Sei still! Ich will jetzt nicht darüber mit dir reden. Mir ist schlecht, dass ich sterben könnte."

Die Schadenfreude und Bösartigkeit hat von mir Besitz ergriffen. Ihr soll der Hochzeitsflug lange in Erinnerung bleiben. Tausende kleine Stiche werde ich ihr versetzen, dass sie sich wünschen wird, nie mitgekommen zu sein. Auf sie habe ich mich fokussiert. Ich sehe sie als die Hauptschuldige für mein Unglück an. Sie hat mich hintergangen und durch ihre Falschheit das Messer in den Rücken gestoßen. Meinen Vater hätte ich eventuell noch umstimmen können. Er hatte ihr seine Bedenken geäußert. Ihm war bewusst, dass ich mit einem solch hässlichen Mann niemals glücklich werden kann. Andere werden jetzt sagen, dass er bei dieser Hochzeit nicht das Wohl seiner jüngsten Tochter im Auge hatte, sondern eigennützig gehandelt hat.

Lu sieht man an, dass ihr übel ist. Sie will aufstehen und zur Toilette gehen. Eine Flugbegleiterin reicht ihr eine Tüte, in die sie sich erleichtert. Das löst bei denen, die in ihrer Nähe sitzen, die gleiche Reaktion aus. Schadenfroh beobachte ich das Geschehen. Die Flugbegleiterin hat damit zu tun, neue Tüten zu verteilen und die alten zu entsorgen. Aus den Sitzen darf sich niemand erheben, um zu den Toiletten zu gehen. Als Trost gibt es feuchtheiße Tücher. An Schlaf ist nicht mehr zu denken. Verängstigt warten alle, was weiter geschieht. Ich will Lu mehr von dem Absturz des Flugzeugs erzählen. Sie winkt erbost ab.

Die Gewitterfront liegt hinter uns und das Flugzeug gleitet wieder ruhig dahin. Vor den Toiletten entsteht ein großer Stau. Jeder will sich frisch machen.

Auf dem Monitor wird angezeigt, dass wir bald in London landen werden. Ich bin froh, mehrere Stunden geschlafen zu haben. Der Flug kommt mir nicht lang vor.

Ich bestelle ein Stück Torte und starken Mokka. Entgeistert sieht mich Lu an. Sie hat erneut mit dem Brechreiz zu kämpfen und ich genieße den Ausblick aus dem Fenster.

Das Wetter ist gut. Es gibt freie Sicht über der Nordsee. Die Küste ist zu sehen und ich kann kleine Orte erkennen. London ist nicht mehr weit. Die Stadt liegt im Dunst. Wir verlieren an Höhe. Meine Schwester sieht vorsichtig aus dem Fenster. Die Angst bei dem Landeanflug ist ihr anzusehen.

Das Flugzeug setzt auf und wir rollen langsam zur Fluggastbrücke.

Durch die Zoll- und Passkontrolle kommen wir schnell und sehen in der Ankunftshalle von weitem Madam Zhou mit einem steif wirkenden Herrn an ihrer Seite. Es ist der Fahrer, der sich um unser Gepäck kümmert. Madame Zhou begrüßt uns auf ihre mondäne Art und weist uns den Weg zum Ausgang.

Wir fahren mit einer Stretch-Limousine zu unserer Unterkunft. Das Gepäck folgt in einem anderen Auto.

Es ist Rushhour und ein zügiges Vorankommen nicht möglich. Madame Zhou scheint dieser stockende Verkehr als Frau von Welt nicht zu stören. Sie stellt Fragen und lässt uns nicht zur Antwort kommen. Zwischendurch versucht sie, die großen Bauten zu beschreiben, an denen wir vorbeifahren. Sie will damit punkten, wie gut sie sich in London auskennt.

Endlich haben wir das Hotel erreicht, in dem wir wohnen werden. Es liegt nicht weit vom Zentrum der Stadt entfernt. Drei Hotelpagen kommen, um uns beim Aussteigen zu helfen. An der Rezeption erhalten wir die Zimmerschlüssel.

Gehao und sein Vater sind nicht da, das wundert mich. Wir können uns in Ruhe auf das Diner vorbereiten. Es ist um 20 Uhr in einem der Hotelrestaurants angesetzt.

Wir sind in der vierten Etage untergebracht. Von meinem Zimmer aus kann ich auf die Straße sehen. Die Ausstattung ist altmodisch. Meine Eltern und Schwestern haben die Räume neben mir.

Es sind noch zwei Stunden bis zum Diner. Ich dusche ausgiebig und beschließe, mir das Hotel näher anzusehen. Auf dem Schreibtisch liegt in der Briefmappe ein Prospekt des Hotels. Darin sind alle Restaurants und Serviceeinrichtung des Hauses beschrieben. Der Weg ist angezeigt, wie man zu ihnen gelangt. Es gibt ein Schwimmbad und eine Sauna im Keller, Beautyräume für verschiedene Anwendungen und anderes mehr.

Mit einem der Aufzüge fahre ich in die Hotellobby und von dort versuche ich die Restaurants zu finden. Einem der Pagen ist meine Orientierungslosigkeit aufgefallen und er fragt mich, ob er mir helfen kann. Ich nehme gern seine Hilfe in Anspruch und er zeigt mir die einzelnen Restaurants und die Einrichtungen im Keller. Mein Trinkgeld nimmt er dankend entgegen und ich warte die wenigen Minuten, die mir bis zum Diner verbleiben, auf meinem Zimmer.

Lu klopft an und sammelt alle Schäfchen ein, um gemeinsam in das China-Restaurant in der ersten Etage zu gehen. Sie findet nicht den richtigen Weg. Ich gehe ihr grinsend hinterher, ohne zu sagen, wo es langgeht. Sie ist verzweifelt. Endlich entdeckt sie das Restaurant.

An einem großen runden Tisch sitzen Gehao und seine Mutter. Die anderen Personen aus seiner Familie und dem Freundeskreis kenne ich nicht. Sein Vater kommt uns entgegen und heißt uns herzlich in London willkommen. Er fragt, ob wir eine gute Reise hatten. Wir plaudern im Stehen kurze Zeit über belanglose Dinge. Madame Zhou hat entschieden, wo wir sitzen. Ich werde zwischen Gehao und seinem Vater platziert. Es ist mir angenehmer als seine Mutter an meiner Seite zu haben.

Gehaos Vater wirkt ruhig und ausgeglichen auf mich. Das gefällt mir. Er redet nicht viel und stellt mir keine Fragen. Ich fühle mich von ihm angenommen und eine unerklärliche Vertrautheit geht von ihm aus. Gehao ist eher abweisend. Es verwundert mich nicht. Er hatte mich in Shanghai wissen lassen, dass diese Heirat für ihn nur eine Formsache ist und ich ihn als Frau nicht interessiere. Er hat es deutlich ausgedrückt und ich weiß, woran ich bei ihm bin. Wenn er meine Selbständigkeit und Unantastbarkeit akzeptiert, werde ich zufrieden sein.

Am Tisch dominiert die Stimme von Madame Zhou. Sie stellt alle Gäste vor und sagt ein paar freundliche Worte über jeden.

Mit Gehao und mir beendet sie die Vorstellungsrunde. Ich bin gespannt, was sie zu berichten hat. Sie beginnt von unserem Besuch im Shanghaier Hotel zu sprechen und dass ich mich plötzlich mit Gehao entfernt habe. Große Sorgen hatte sie sich angeblich um unser langes Fernbleiben gemacht. Vielsagend sieht sie zu ihrem Sohn, der ihren Blick lächelnd erwidert. Sie wollte damit ausdrücken, dass ich mich von Beginn an stark zu Gehao hingezogen fühlte. Soll sie es denken, mich stört es nicht. Mir ist die Meinung der anderen vollkommen gleich.

Die fremden Gäste sind Verwandte von Gehaos Sippe und Geschäftsfreunde. Die meisten leben in Hongkong.

Es werden die Speisen aufgetragen. Sie sind vorzüglich und stehen denen in Shanghai um nichts nach. Das Vorurteil von der schlechten englischen Küche wird nur dummes Gerede sein, denke ich.

Ein Herr informiert uns über den organisatorischen Ablauf in den nächsten Tagen. Madame Zhou hat eine Hochzeitsagentur beauftragt, die sich um alles kümmern soll. Mir schwirrt der Kopf von den Details, die mich im Grunde nicht interessieren. Das Ganze erscheint mir, wie die Inszenierung einer riesigen Theateraufführung. Wir befinden uns kurz vor der Generalprobe. Gehao unterdrückt das Gähnen. Auf mich wirkt es ansteckend. Sein Vater und er nutzen die erste Gelegenheit zu verschwinden.

Ich sitze verlassen zwischen zwei leeren Stühlen und sehe gelangweilt in die Runde.

Übermorgen soll die Trauung sein. Für Morgen ist eine Sightseeingtour für meine Mutter, meine Schwestern und mich in der Stretch-Limousine durch London vorgesehen. Anschließend muss ich zur großen Anprobe der Brautkleider. Die soll mehrere Stunden dauern. Mich lässt das kalt. Ich verspüre keine Freude in mir, eher kommt es mir vor als würde ich wie ein Pferd vor der Versteigerung schön herausgeputzt. Mir fallen noch andere Vergleiche ein und ich muss darüber lächeln. Meine Mutter sieht es.

„Endlich machst du ein freundliches Gesicht", sagt sie zu mir.

Den wahren Grund verschweige ich.

„Ist gut Mama, ich werde froh sein, wenn das alles vorüber ist."

„Es ist der schönste Tag in deinem Leben, wenn ihr euch die Ringe ansteckt. Glaube mir, meine Tochter, du wirst es noch begreifen!"

„Wenn ich meinen Bräutigam ansehe, weiß ich, was ich euch wert bin!", entgegne ich zynisch.

Betroffen sieht sie mich an.

„Gehe nicht nach Äußerlichkeiten! Die verbleichen im Laufe der Zeit. Wichtig ist, dass ihr beide euch versteht und zusammenhaltet, in guten wie in schlechten Zeiten."

Dieser Spruch kommt mir bekannt vor. Ich habe ihn in einem von den westlichen Filmen gehört, die in den Kinos in Shanghai gezeigt werden. Meine Mutter muss ihn dort aufgeschnappt haben. Er wirkt fremd aus ihrem Mund. Ich sehe, dass es keinen Sinn hat, sich mit ihr darüber zu unterhalten.

Meine Schwestern sind hocherfreut, dass für sie ein schönes Festkleid abfällt. Geld scheint für Madame Zhou keine Rolle zu spielen. Die kleinste Bemerkung von ihnen, dass sie das eine oder andere Accessoire in der Schaufensterauslage schön finden, führt zum Kauf. In dieser Rolle scheint sich meine zukünftige Schwiegermutter wohlzufühlen. Sie tritt wie eine Glücksfee auf, die ihr goldenes Füllhorn ausschüttet. Die Hochzeit bietet ihr die Möglichkeit, auf überschwängliche Weise die Gönnerin zu spielen und alle reich zu beschenken. Untröstlich ist sie, dass ich keine Wünsche habe und sie nicht weiß, womit sie mir eine Freude machen kann. Geschickt überspielt sie das ungute Gefühl, dass durch meine Ablehnung aller Geschenke in ihr aufkommt. Sie beklagt sich bei meiner Mutter, die mein Verhalten auf die bevorstehende Hochzeit und innere Anspannung zurückführt.

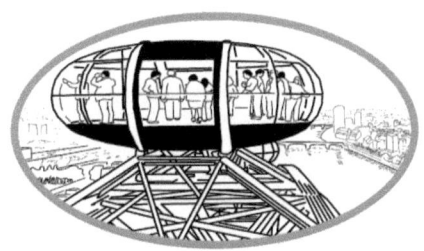

16

Riesenrad in London

Der Tag meiner Vermählung ist gekommen. Am späten Vormittag fahren wir zu einem großen Riesenrad, dem London Eye. Dort soll in einer der Gondeln in 130 Metern Höhe die Eheschließung stattfinden.

Trauzeugen sind ein Geschäftsfreund von Gehao und meine zweite Schwester. Lu war darüber gekränkt, dass ich nicht sie auserwählt habe.

Wir fahren in einer gläsernen Gondel in die luftige Höhe. Das Wetter ist gut und die Aussicht wunderbar. Nachdem sich alle Gäste von dem schönen Anblick Londons sattgesehen haben, nimmt der Standesbeamte die Trauung vor.

Es wird Sekt gereicht und das Buffet mit feinen Leckereien eröffnet. Eine Dame von der Heiratsagentur erzählt uns amüsante Geschichten, die sich hinter den Mauern, der vor uns liegenden Gebäude, zugetragen haben sollen.

Am Fuß des Riesenrads wartet ein Team von Fotografen auf uns für das Fotoshooting.

Auf einer transportablen Bühne stellen sich alle auf und lächeln in die Kameras. Es ist ein richtiges Blitzlichtgewitter. Ständig korrigiert Madame Zhou an Gehaos Kleidung und schiebt seinen Kopf in die günstigste Position für die Aufnahmen.

Mit einem kleinen Teil der Gäste fahren wir in den Hyde Park. Von dort geht es weiter zu einem anderen schönen Fotoplatz in der Stadt. Ich steige in den geschmückten Dienstwagen von Gehao und wir fahren dem Fotografenteam hinterher.

Meinem frisch gebackenen Ehemann ist es sichtlich zu viel. Er schnauft als wollte er im nächsten Moment explodieren.

„Es reicht mir! Das hat nichts mit dir zu tun", bemerkt Gehao verärgert.

„Wir könnten woanders hinfahren?", schlage ich vor.

„Du kennst meine Mutter noch nicht. Sie würde zur Furie werden und ihren Ärger an dir auslassen."

„Das stört mich nicht! Die Fronten wären dann geklärt."

„Du bist naiv! Wenn sie wütend ist, rennt sie umher, wie ein Elefant im Porzellanladen. Sie zerstört alles, was ihr vor die Füße kommt und das gründlich. Gehe ihr lieber aus dem Weg, wenn sie verärgert ist."

Die Warnung ist gut gemeint. Mir war gleich aufgefallen, dass sie das häusliche Regiment führt und alle vor ihr kuschen. Ich werde es nicht tun. Eher würde ich weggehen.

Wir erreichen den zweiten Punkt auf der Karte mit den besten Fotoplätzen. Eine Maskenbildnerin stürzt sich auf Gehao und versucht seine Narben und Verbrennungen im Gesicht zu kaschieren. Mich sieht sie nicht an, weil keine Zeit mehr bleibt. Der Profifotograf arbeitet wie im Akkord und wenn er seine Bilder geschossen hat, lässt er seine Assistenten an uns heran. Sie fotografieren uns wahllos von allen Seiten. Ich komme mir vor wie ein großer Fußballstar mit dem Unterschied, dass ich von dem Spiel nichts verstehe.

Mehrere Stunden müssen wir die Fotografen ertragen. Wir fahren von einem Ort zum anderen.

Das Fotoshooting ist beendet.

Ich weiß nicht, in welchem Teil der Stadt ich mich befinde. Es geht zurück in unser Hotel. Gehao ist erleichtert, dass alles vorbei ist. Wir fahren in die Tiefgarage. Der Fahrer sichert den Weg bis zum Fahrstuhl und öffnet die Tür mit einem Funkschlüssel. Er sieht sich ständig um als würden wir verfolgt oder müssten jeden Moment mit einem Bombenanschlag rechnen.

„Ist diese Vorsicht notwendig?", will ich von Gehao wissen.

„In meinem Job ist das unerlässlich. Die Garage ist einer der gefährdetsten Bereiche für den Personenschutz. Du brauchst dir keine Sorgen machen. Harry, mein Fahrer ist ein Profi auf seinem Gebiet."

Ich traue mich nicht weiter zu fragen. Wenn Gehao eine gefährdete Person ist, was bin ich? Wie wird meine Bewegungsfreiheit eingeschränkt sein? Daran habe ich nicht gedacht.

Wir fahren mit dem Aufzug nach oben. Die Kabine des Lifts hält an und die Tür öffnet sich. Vor uns befindet sich ein geräumiger Vorraum.

Das Hauspersonal steht aufgereiht vor uns.

Gehao geht auf den älteren Herrn zu. Der trägt einen dunklen Anzug und weiße Handschuhe. Nach einer dezenten Verbeugung gratuliert er meinem Mann zur Eheschließung.

„Dies ist unser Butler James. Er achtet darauf, dass im Penthaus alles in Ordnung ist und wird dir in allen Dingen behilflich sein."

Der Butler verbeugt sich vor mir und wünscht mich herzlich willkommen.

Gehao wendet sich der Frau zu, die neben dem Butler steht.

„Dies ist Charlotte, unsere Köchin, die eine Meisterin der Kanton Küche ist und es täglich versteht, mir Gaumenfreuden zu bereiten."

Die Frau strahlt über ihr breites Gesicht. Dieses Lob hat ihr sichtlich gutgetan.

Als letztes stellt er die junge Frau vor, die unbeholfen und eingeschüchtert wirkt.

„Dies ist Isabella, das Zimmermädchen. Sie ist die Tochter von Charlotte, unserer Köchin."

Sie macht einen unbeholfenen Knicks und stammelt ein paar Worte hervor, die ich nicht verstehe.

Die beiden Frauen sind Chinesinnen. Woher sie kommen, kann ich später erfragen.

Gehao zeigt zum Fahrer.

„Meinen Chauffeur Harry kennst du. Er ist nicht nur Fahrer, sondern sorgt für unsere Sicherheit. Darf ich dir das Penthaus zeigen, das jetzt dein Zuhause ist. Ein befreundeter Innenarchitekt hat es nach meinen Wünschen gestaltet."

Ich nicke ihm zu.

Er geht nach rechts auf die Spiegelwand zu. Sie öffnet sich automatisch, nach beiden Seiten. Ich sehe in einen großen Raum hinein, mit einem Kamin an der Stirnseite. Es ist ein Salon, in dem man Bälle geben könnte. Er ist modern und zweckmäßig gestaltet. Rechts von der Stirnwand befinden sich das Speisezimmer und links die Bibliothek. Beide führen zu einem Raum, der gleich groß ist wie der Salon. Im Unterschied zu diesem sind die drei Außenwände verglast.

Wozu dieser Raum vorgesehen ist, kann ich nicht erkennen. Es gibt Sportgeräte, eine Grünpflanzenzone mit Liegen und eine Insel mit bequemen Sesseln, die um einen Springbrunnen gereiht sind.

Gehao erahnt, dass ich mir die Bedeutung dieses Raums nicht erklären kann.

„Hier entspanne ich mich nach der Arbeit. Du kannst die Einrichtung nach deinem Belieben ergänzen."

Zwischen den Türen zum Speisezimmer und der Bibliothek sind drei weitere Türen. Er öffnet sie. Zwei WC-Räume und einen Dusch-Raum sehe ich. Wir gehen durch die Bibliothek in die Diele. Ich sehe mich um. Ein beidseitiger Treppenaufgang führt zur Empore. In der Mitte ist ein Lichtschacht, der von der Empore umschlossen ist. Tageslicht dringt durch ein kreisförmiges Fenster an der Decke. Die Wände sind mit Marmor und Spiegeln verkleidet.

Gehao zeigt zu der Spiegelwand, die sich gegenüber dem Wohnbereich befindet.

„Hier sind die Zimmer des Personals, die Küche und die Lagerräume. Wenn du sie sehen möchtest, zeige ich sie dir."

„Ein andermal bitte. Ich möchte mich ausruhen, bevor das Diner beginnt. Würdest du mir bitte mein Zimmer zeigen?"

Er geht mir voran, den rechten Treppenaufgang hinauf. Auf der Empore bleibt er stehen.

„Im Südflügel, oberhalb des Wohnbereichs, befinden sich unsere Schlafzimmer und im Nordflügel, die der Gäste."

Ich folge ihm.

Die Spiegeltüren öffnen sich und ich betrete einen breiten Gang. An der zweiten Tür bleibt er stehen.

„Links vom Gang sind deine Privaträume und rechts davon meine."

Er wirkt nervös.

„Einem alten Brauch zufolge, trägt der Bräutigam die Braut über die Schwelle. Wenn du gestattest würde ich das tun."

Ich blicke den Gang zurück und sehe, wie das Personal uns von der Empore aus beobachtet.

„Gern", sage ich und schließe die Augen. Er hebt mich mit seinen starken Armen hoch und trägt mich in mein Zimmer.

Ich öffne die Augen und bin erstaunt wie luxuriös es ausgestattet ist.

Gehao geht in den linken Raum. Ich folge ihm zaghaft.

„Dies ist dein Kleiderzimmer."

Ich öffne einen Schrankteil und sehe mit Erstaunen meine Kleidungsstücke und Wäsche, die ich im Koffer hatte.

„Das Zimmermädchen hat deinen Koffer aus dem Hotelraum in der vierten Etage geholt und ausgepackt."

Ich folge Gehao ins Bad. Es ist ebenso groß, wie die anderen beiden Räume. In der Mitte steht eine gläserne Badewanne, die Platz für vier Personen hat.
Spiegel und weißer Marmor bestimmen den Raum.

„Ich sage dem Zimmermädchen Bescheid, dass sie dir ein Bad einlässt. Wenn du weitere Wünsche hast, sage sie ihr. Sie wird dir in allem zu Diensten sein. Ruhe dich aus! In drei Stunden hole ich dich zum Diner ab."
Er verschwindet und ich stehe staunend im Bad.

Ich kann nicht begreifen, dass das mein neues Zuhause sein soll.

Isabella klopft mehrmals an die Tür. Erst als ich antworte kommt sie herein.

„Der Herr hat mich gebeten, ihnen ein Bad einzulassen, Madam."

„Später! Ich will mich umziehen und mir den übrigen Teil des Penthauses ansehen", antworte ich.

Isabella ist mir beim Umkleiden behilflich. Ich fühle mich in meinem Sommerkleid wohler als in dem weißen Brautkleid.

„Darf ich ihnen die anderen Räume zeigen?", fragt das Zimmermädchen.

Ich folge ihr auf den Flur und zum Treppenhaus.

„Ich möchte zuerst die Küche sehen", sage ich ihr.

Leichtfüßig schwebt sie die Stufen zur unteren Etage hinab. Wir betreten den Nordflügel. Ein breiter Gang führt zu den linksseitigen Zimmern für das Personal. Rechts befinden sich die große Küche und dahinter die Lagerräume. Am Ende des Gangs sehe ich eine Wendeltreppe.

„Wo führt die hin?", will ich wissen.

„Es ist die Nottreppe zur Orangerie."

„Hier oben?", frage ich erstaunt.

„Möchten sie sie sehen, Madame?"

Ich nicke ihr zu und will zum Ende des Gangs laufen.

„Nicht da lang! Ein Lift geht vom Vorraum hinauf. Den können wir verwenden."

Wir gehen zurück in den Vorraum. Neben der Tür zum Hauptlift befinden sich zwei weitere Türen. Eine führt zum Treppenhaus und die andere gehört zum Lift, der am Dach des Penthauses endet. Wir fahren nach oben. Der Ausgang des Aufzuges hat zwei gegenüberliegende Glastüren. Durch die eine gelangt man auf eine offene Terrasse und durch die andere in die Orangerie.

Isabella öffnet die Tür zum Gewächshaus. Mir kommt es vor als wäre ich in einem Urwald, der sich unter einer Glaskuppel verbirgt. Verschiedene subtropische Pflanzen stehen in Kübeln beidseits eines schmalen, gewundenen Weges.

„Das habe ich nicht erwartet. Es ist wunderschön", rufe ich begeistert aus und betrachte genauer die Blüten an den Sträuchern und die Früchte an den Zitrusbäumen.

Das habe ich noch nie gesehen.

„Soll ich ihnen den Pool zeigen?", fragt mich Isabella.

Wir gehen den Weg zurück, zu dem Aufzugsraum. Durch die zweite Tür gelangen wir ins Freie. Der Wind wirbelt mein Kleid hoch und Isabella versucht vergeblich das Lachen zu unterdrücken.

Sie hat ein kindliches Gemüt.

Vor uns ist der Pool auf dem Dach des Hotels. Das Wasser ist klar und ich würde gern hineinsteigen. Heute geht es nicht. Ich muss mich für das Diner zurechtmachen. Das Zimmermädchen zeigt mir noch die Zimmer im Gästetrakt. Jedes ist anders ausgestattet. Es entspricht dem Stil des Malers, von dem Bilder an der Wand hängen. Ich finde es eine gute Idee.

In der Küche treffen wir Charlotte, die eine Torte kunstvoll garniert. Wir halten uns nicht lange auf und Isabella zeigt mir ihr Zimmer. Es hat die gleiche Größe, wie die Gästezimmer und ist mit Bad und WC ausgestattet. Die Einrichtung scheint für sie maßgeschneidert zu sein. Sie passt nicht zu ihrem wahren Alter. Überall liegen Puppen und Stofftiere herum.

Wir gehen zusammen in mein Zimmer.

„Möchten sie jetzt ein Bad nehmen, Madame?", fragt Isabella mit ihrer kindlichen, piepsigen Stimme. Ich nicke ihr zu. Sie lässt mir ein Schaumbad ein und prüft stetig das Wasser, damit es nicht zu heiß ist. Aus einem Fach in der Frisierkommode entnimmt sie eine Badehaube und reicht sie mir. Meine Frisur darf nicht leiden. Sie hilft mir beim Einsteigen in die Wanne.

Das nach Rosen duftende Wasser belebt meine Sinne.

„Möchten sie allein sein?", fragt Isabella.

„Du kannst bleiben! Erzähle mir von dir!"

Sie setzt sich auf einen Schemel und bewegt verlegen ihren Oberkörper hin und her.

„Über mich gibt es nicht viel zu sagen, Madame."

„Wo lebt deine Familie?"

„Ich bin nur mit meiner Mutter zusammen. Sie ist die Köchin von Herrn Zhou und ich das Zimmermädchen."

„Ich verstehe! Gefällt dir die Arbeit?"

„Sehr, Madame!"

„Seit wann ist deine Mutter bei der Familie Zhou?"

„Sie hat bei ihnen in Hongkong als Kindermädchen angefangen und als ich zur Welt kam, durfte sie bei der Familie Zhou bleiben."

„Hast du keinen Vater?"

„Ich kenne ihn nicht. Meine Mutter sagt, dass er ein Seemann war und seinen Namen hat er ihr nicht gesagt."

„Wann seid ihr nach London gekommen?"

„Als mein Herr vor vier Jahren den schweren Unfall hatte. Meine Mutter und ich haben ihn gesund gepflegt."

„Bist du traurig, dass du nicht mehr in Hongkong bist?"

„Am Anfang hatte ich große Sehnsucht. Jetzt gefällt es mir gut in London, bei meinem Herrn."

Ich steige aus dem Wasser und sie hilft mir beim Abtrocknen, ohne dass ich sie darum bitte. An ein Dienstmädchen muss ich mich erst noch gewöhnen. Meine Freundin Jin lebte ebenso in unserer Familie. Sie hatte ich nie als Dienstperson angesehen.

Isabella fragt mich, welches von den Brautkleidern ich anziehen will.

Ich folge ihr in das Kleiderzimmer. Sie öffnet die Tür von einem der Schiebeschränke. Hier hängen drei Brautkleider in verschiedenen Farben. Ich wähle das Rote aus und probiere es an. Es passt. Verwundert nehme ich es zur Kenntnis.

„Weißt du, wie die Kleider hierhergekommen sind?", frage ich Isabella"

„Sie wurden von dem Geschäft, in dem sie ihr weißes Brautkleid anprobiert haben, geliefert."

Madame Zhou wird ihre Hände im Spiel haben, vermute ich.

Ich spüre eine starke Müdigkeit. In ein Badetuch gehüllt lege ich mich auf das Doppelbett.

„Sie können noch ein Weilchen ruhen, Madam. Das Diner ist erst in zwei Stunden."

Den Vorschlag von Isabella finde ich gut und schließe die Augen.

„Wecke mich rechtzeitig!", sage ich zu ihr und decke mich zu.

„Ja, Madame! In einer Stunde komme ich zurück."

Es ist still, um mich herum. Der Straßenlärm kann nicht durch die großen Fenster dringen. Ich komme mir wie in einem Traum vor. Schlaf finde ich nicht. Die Ruhe und Entspannung tun mir gut. Heute war ein anstrengender Tag. Gehao erschien mir gestresst. Das Fotoshooting hatte ihn genervt. Wenn seine Mutter nicht darauf bestehen würde, gäbe es wahrscheinlich keine Bilder von uns.

Jetzt finde ich Zeit an Peter zu denken. Ob er meinen Brief erhalten hat?

Wird er mich verfluchen oder bald vergessen?

Ich werde es nie erfahren. Er ist mit meiner Vergangenheit gestorben. Die Zukunft ist mir bedeutungslos geworden. Nur das Kind, das in mir heranwächst, gibt mir die Kraft weiterzuleben.

Mehr als zuvor, spüre ich eine innere Leere in mir und daran kann der mich umgebende Glanz nichts ändern. Ich bin abhängig von dem Mann, den ich heute geheiratet habe und den ich nicht liebe. Ob er sich an die Abmachungen in unserem Heiratsvertrag hält oder patriarchalisch über mich herrschen wird, kann ich nicht voraussehen. Gehaos Mutter scheint in dem Spiel der innerfamiliären Kräfte die Schlüsselposition einzunehmen. Das kann sie nur tun, wenn Gehao und sein Vater es zulassen. Sie tun es, wie ich gesehen habe. Welchen Platz in der Familie nehme ich ein? Nur ein Stammhalter kann meine Position erhöhen und mir erlauben, der Schwiegermutter eines Tages Paroli zu bieten. Ich muss lernen zu kämpfen und mich durchzusetzen.

Isabella schleicht in mein Zimmer und streicht mir zart über den Arm. Ich habe sie gleich bemerkt und halte die Augen geschlossen.

„Madam, es ist Zeit aufzustehen", flüstert sie mit zarter Stimme.

Langsam richte ich mich auf und Isabella hilft mir beim Ankleiden. Sie kämmt mir die Haare, massiert mir leicht die Schultern und hilft mir in das rote Brautkleid hinein. Isabella ruft begeistert: „Es ist wunderschön! Nein, Madame, sie sind es zusammen mit dem Kleid!", verbessert sie sich sogleich.

„Ich schenke es dir, wenn der Abend vorbei ist."

„Was soll ich damit anfangen. Ich werde nie heiraten."

„Sag das nicht. Du findest eines Tages einen Mann, den du liebst."

„Was ist, wenn der verheiratet ist?"

„Dann suche dir einen anderen."

Lachend streicht sie über den seidenen Stoff des Kleides.

Gehao klopft an meine Zimmertür. Er kommt herein und sieht mich mit strahlenden Augen an.

„Du wirst meinen Geschäftsfreunden gefallen", sagt er triumphierend.

„Wie meinst du das?"

„In den Banken geben die Männer den Ton an. Eine Frau bewirkt da Wunder, wenn es in den Verhandlungen nicht weitergeht. Ich gehe manchmal zu Partys und du wirst an meiner Seite eine Augenweide und meine Geheimwaffe sein. Ich sehe, dass du fertig bist. Können wir gehen?"

Ob das von ihm als Kompliment gemeint ist?

Zumindest sieht er mich nicht wertlos an. Ich bin für ihn eine teure Investition, die sich auszahlen muss.

Er reicht mir seinen Arm und wir gehen zum Aufzug. Die Hochzeitsfeier ist in der ersten Etage im chinesischen Restaurant. Der ganze Raum ist für die Feier reserviert und ich sehe keinen freien Sitzplatz mehr. Die meisten Gäste sind mir fremd. Sie scheinen nicht zur Familie zu gehören. Meine Eltern und Schwestern sitzen an einem der runden Tische neben dem bühnenartigen Podest. Die Musikband spielt den Hochzeitsmarsch und wir schreiten langsam auf unseren Tisch zu.

Ich bin froh, dass wir es geschafft haben und ich mich setzen darf. Ein Entertainer übernimmt die Vorstellung des „glücklichen" Brautpaars und führt durch den weiteren Abend. Er spricht nur englisch. Schadenfroh sehe ich zu meinen Eltern und Schwestern. Sie verstehen wenig von dem, was er sagt.

Die Speisen werden aufgetragen und in feiner englischer Manier beginnt das Diner. Es ist nicht zu vergleichen, mit denen in Shanghai, an Vielfalt und Geschmack.

Nach dem Essen lockert sich die Stimmung auf.

Der Entertainer unterhält die Gäste zwischen den Musikstücken. Es sind lustige Einlagen über die alle herzhaft lachen, außer mir und Gehao.

Madame Zhou verhält sich während des Essens zurückhaltend. Ich vermisse ihre laute Stimme. Das ändert sich nach ein paar Gläsern Sekt. Der Entertainer hat es ihr angetan. Es ist nicht seine Person, auf die sie sich konzentriert, sondern sein Mikrofon. Sie steigt auf die Bühne und nimmt es ihm aus der Hand.

Zufrieden lächelnd beginnt sie zu sprechen. Im Restaurant wird es leise. Sie erzählt Episoden von ihrem Sohn als er noch ein Kind war. Ich blicke zu Gehao und erkenne, dass ihm das peinlich ist. Wenn er die Möglichkeit hätte das Mikrofon abzustellen, würde er es tun. Seine Mutter findet kein Ende.

Das Licht wird abgedunkelt. Vier Ober schieben die beleuchtete Hochzeitstorte zu unserem Tisch. Die Aufmerksamkeit der Gäste hat sich der Torte zugewandt.

Madame Zhou merkt es und steigt von der Bühne herab. Auf der letzten Stufe stolpert sie und fällt nach vorn. Ihre Perlenkette zerreißt und die Kugeln verteilen sich im Raum. Verletzt hat sie sich nicht. Kavaliere helfen ihr auf. Sie hat die Aufmerksamkeit zurückgewonnen.

Nach dem Anschnitt der Torte beginnt für mich die Schwerstarbeit. Gehao und ich gehen von Tisch zu Tisch. Wir bedanken uns für das Kommen und die Glückwünsche. Ein Großteil der Gäste sind Geschäftsfreunde und er wechselt mit jedem ein paar belanglose Worte. Entsetzlich finde ich, dass ich zum Trinken aufgefordert werde. Ich führe mein halbvolles Glas an die Lippen und nippe daran. Gehao ist schlechter dran. Er muss sein Glas mit mehreren Gästen auf ex austrinken. Als Zeichen, dass es leer ist, hält jeder sein Glas verkehrt herum über den Kopf.

Ein paar seiner Freunde haben Spiele vorbereitet, die wir lösen müssen, um zu zeigen, dass wir als Ehepaar gut miteinander auskommen. Mit fortschreitender Dauer des Festabends werden die Spiele zotiger. Ich bitte Gehao, gehen zu dürfen. Er nutzt die Gelegenheit, um mit mir zu verschwinden. Als Grund gibt er an, in der Hochzeitsnacht für den ersehnten Stammhalter zu sorgen und alle zeigen Verständnis für unseren frühen Abgang.

Im Aufzug atmen wir beide tief durch und müssen lachen. Gehao hatte beim Sturz seiner Mutter gesehen, dass das Interesse der jungen Kavaliere zuerst den Perlen galt. Sie suchten fleißig danach und hoben Madame Zhou spät auf.

Unser gemeinsamer Weg endet vor meiner Tür. Gehao macht keinen Versuch mit in mein Zimmer zu kommen. Ein kurzer Gutenachtgruß ist alles, was er sagt. Ich bin froh, dass er sich an unsere Abmachung hält.

Obwohl ich nicht mehr als zwei Gläser Sekt getrunken habe, spüre ich die gleiche Müdigkeit, wie auf dem Flug von Shanghai nach London. Isabella hilft mir beim

Auskleiden und deckt mein Bett auf. Sie fragt, ob ich sie noch brauche. Ich winke ab.

„Vergiss das rote Brautkleid nicht", erinnere ich sie.

„Madame, das kann ich unmöglich annehmen", erwidert sie zurückhaltend.

„Es gehört dir, das sagte ich dir bereits. Ich will es nicht länger haben."

Isabella hebt vorsichtig das Kleid auf und verschwindet damit durch die Tür. Ich denke, dass sie sich den ganzen Abend damit vor ihrem Spiegel bewundert.

17

Tower Bridge in London

Zum gemeinsamen Frühstück haben sich die Verwandten in unserem Speiseraum eingefunden. Sie sprechen darüber, was für ein schönes Paar wir sind und wie gut wir harmonieren. Die gestrigen Glückwünsche werden wiederholt. Gehao gibt bekannt, dass wir nach dem Frühstück unsere Hochzeitsreise starten. Es kommen Fragen, wohin und wie lange. Zwei Wochen soll die Reise dauern und das Ziel sind Hauptstädte in Europa. Genaueres verrät er nicht.

Ich bin froh, dass wir gleich verreisen. Wenn wir nach London zurückkehren, werden alle Hochzeitsgäste weg sein. Gehaos Mutter bedauert den Entschluss ihres Sohnes mit mir allein wegzufahren. Ob sie vorhatte uns zu begleiten?

Ihre Aufgabe in London ist noch nicht beendet. Viele Verwandte bleiben mehrere Tage und lassen sich gern von ihr die Sehenswürdigkeiten der Stadt zeigen. Sie wird nach der Gästebetreuung eine Heilkur für ihr strapaziertes Mundwerk benötigen, bemerkt Gehao im

Aufzug zu mir. Ihn scheint ihre Stimme ebenso aufzuregen wie mich.

„Was soll ich auf die Reise mitnehmen?", frage ich ihn.

„Dein Reisepass genügt! Unsere erste Destination ist Berlin. Dort kaufst du dir, was du benötigst!"

In wenigen Minuten sind wir abreisebereit. Harry trägt unser Handgepäck zum Auto und fährt am Hoteleingang vor. Wir verabschieden uns von der Hochzeitsgesellschaft unter großem Applaus.

Ich sehe durch das Heckfenster der Limousine und erkenne meine Schwestern wie sie lange nachwinken. Es geht direkt zu einem kleinen Flughafen, dem London City Airport, der nur wenige Kilometer von der Innenstadt entfernt ist. Gehao sagt mir, dass wir mit einem Leichtflugzeug fliegen werden. Zum Glück habe ich an die Reisetabletten gedacht.

Das Auto parkt Harry auf einem Platz, der sich neben einer Halle befindet. Wir gehen in ein Büro und Gehao erledigt die Formalitäten. Aus einem Spind nimmt er eine wattierte Jacke, die ich überziehen soll. In der Halle steht eine viersitzige Maschine. Es ist ein Flugzeug des Typs Cessna 172 Skyhawk, wie mir Gehao erklärt. Er setzt sich ans Steuer. Harry hilft mir beim Einsteigen und nimmt am Copiloten Sitz Platz.

Interessiert beobachte ich was weiter passiert. Ich bin froh nicht vorn sitzen zu müssen. Gehao könnte auf die Idee kommen, mir das Steuer der Maschine zu überlassen.

Durch die Frontscheibe kann ich wenig erkennen. Sie liegt zu hoch. Die Seitenfenster erlauben eine gute Sicht.

Es geht los.

Langsam rollen wir vorwärts.

Wir erreichen das Ende einer Betonpiste und warten. Über den Lautsprecher bekomme ich mit, wie wir uns verhalten sollen. Endlich ist der Start freigegeben. Gehao lässt den Motor aufbrausen und die Maschine schnippt nach vorn. Die Geschwindigkeit nimmt merklich zu und ich spüre nicht mehr das Holpern der Räder auf der Betonbahn. Wir müssen abgehoben haben.

Zunehmend gewinnen wir an Höhe. Ich kann deutlich die Häuser, Autos und Menschen unter mir erkennen. Es ist ein wunderbares Gefühl. Störend empfinde ich die Lautstärke. Das Dröhnen des Motors geht durch Mark und Bein. Ohrstöpsel habe ich keine. Zusammengeknüllte Stücke von einem Zellstofftaschentuch stecke ich mir in die Ohren. Sie dämpfen das starke Geräusch des Motors ein wenig.

Die Männer unterhalten sich über technische Dinge des Flugs, wie Reisegeschwindigkeit, Flughöhe und vieles mehr, wovon ich nichts verstehe. Aus dem Gespräch mit der Flugleitzentrale kann ich entnehmen, wo wir uns befinden. Vor uns liegt eine große Wasserfläche. Es ist die Nordsee. Überall ist nur Wasser zu sehen, bis weit am Horizont. Ich habe ein mulmiges Gefühl, obwohl ich eine Tablette genommen habe. Als wir das Festland erreichen geht es mir besser.

Nach mehreren Stunden sehen wir Berlin. Es ist eine weit ausladende Stadt. Der große Baumbestand und die zahlreichen Teiche und Seen sind ein schöner Anblick.

Vom Wetter haben wir es gut getroffen. Kein Wölkchen zeigt sich am Himmel und es scheint windstill zu sein. Wir erreichen einen Flughafen und Gehao setzt zur Landung an. Angst habe ich keine. Unbeschadet hat er uns hierhergebracht und an eine Bruchlandung denke ich in diesem Moment nicht.

Ich bin abergläubisch und versuche immer positiv zu denken. Die Konzentration auf eine bestimmte Sache lässt diese oft zur Wirklichkeit werden. Sei es, dass ich mir einen Sitzplatz im vollen Zug vorstelle oder ein leeres Taxi am späten Abend. Ich glaube, dass ich mir manche Dinge herbeiwünschen kann. Es funktioniert leider nicht jedes Mal. Bei Peter hatte es nicht funktioniert. Ich hatte fest daran geglaubt, dass es mit uns gut ausgehen wird, doch es kam anders.

Als wir das Ende der Rollbahn erreichen, schwenken wir zu den abseits liegenden Hallen wo Privatflugzeuge geparkt sind. Die Abfertigung ist kurz und ohne Kontrolle. Ein gemietetes Auto steht bereit und Harry fährt uns zu dem Hotel, in dem er Zimmer reserviert hatte.

Ich bin überrascht, dass es nicht in der City, sondern außerhalb an einem See liegt. Es ist ein Wellnesshotel und gut geeignet, sich von den Strapazen der letzten Tage zu erholen.

Wir gehen zur Rezeption und Harry erledigt das Einchecken. Ein Hotelboy führt uns in die oberste Etage. Gehao und ich sind in der Hochzeitssuite mit einem zweiten Schlafzimmer für Schnarcher, untergebracht. Harry hat ein spartanisch ausgestattetes Zimmer am Anfang unseres Gangs.

Der Page öffnet die Tür zu unserer Suite und bittet mich einzutreten. Gehao steht mit Harry am Gang und spricht mit ihm. Der Hotelboy wartet auf Trinkgeld. Ich habe kein Geld bei mir. Das ist mir peinlich. Gehao kommt zur rechten Zeit und gibt ihm einen 50-Dollarschein. Ich finde es zu viel.

„Dieses Beauty-Hotel habe ich dir ausgesucht, damit du dich entspannen kannst. Wir werden ein paar Tage bleiben und fliegen weiter nach Wien. Ich werde hier arbeiten und du kannst tun und lassen was du willst.

Kaufe dir schöne Sachen zum Anziehen. Harry wird dich fahren und beraten. Hier hast du eine Kreditkarte, die auf deinen Namen ausgestellt ist. Du kannst damit ohne Limit einkaufen. Geh, Harry wartet auf dich!"

Ich habe den Eindruck, dass Gehao mich loswerden und ungestört sein will. Schnell verlasse ich die Suite.

Harry steht im Gang und wir gehen zum Auto. Bis zur Innenstadt ist es ein weiter Weg. Ich habe keine Orientierung und weiß nicht wo wir uns befinden, obwohl ich auf den Stadtplan sehe. Zunächst steuern wir eine Boutique an. Harry berät mich. Er wählt mehr aus als ich brauche. Zuletzt soll ich mir einen Koffer aussuchen, in dem er die Sachen verstaut. Ich kann mich nur schwer daran gewöhnen nicht auf das Preisschild zu sehen und habe ein schlechtes Gewissen, soviel Geld für mich auszugeben. Die Sparsamkeit steckt tief in mir. Harry fährt zu einem Café, in dem wir uns nach der anstrengenden Einkaufstour stärken.

Ich beginne ihn auszufragen und erfahre, dass er bei einer Security-Firma in London angestellt war, sich selbständig machte und von Madame Zhou angestellt wurde. Er hat für die Sicherheit ihres Sohnes zu sorgen.

„Ich dachte Sie sind Chauffeur?"

„Ich muss meist fahren, weil ihr Gatte zu stark auf das Gaspedal tritt."

„Wie lange sind Sie bei ihm?", möchte ich wissen.

Er überlegt eine kurze Zeit.

„Es sind jetzt vier Jahre, zwei Monate und acht Tage."

Ich bin erstaunt, wie schnell er das errechnet hat. Dumm scheint er nicht zu sein. Ich frage mich, warum er einen gefährlichen Job ausübt.

Es ist die gute Bezahlung, gesteht er mir.

Ich will mehr über ihn erfahren. Bereitwillig erzählt er aus seinem früheren Leben.

„Als Konstrukteur habe ich die Lehre abgeschlossen. In dem Beruf wurde ich schlecht bezahlt und die Arbeit gefiel mir nicht. Ich habe mich bei einer Security Firma beworben und bin nach einigen Anläufen eingestellt worden. Es folgte eine lange Zeit der Ausbildung und Jahre mit langweiligem Wachdienst, bis ich zum Personenschutz kam. Viele Jahre arbeitete ich in meinem Traumberuf. Vor sechs Jahren habe ich mich selbständig gemacht. Madame Zhou hat mir dann einen Job als Fahrer und Bodyguard für ihren Sohn angeboten."

Er berichtet von ein paar gefährlichen Begebenheiten, in den letzten zehn Jahren und seine Augen strahlen.

„Ist mein Mann gefährdet, dass er beschützt werden muss?", will ich wissen.

„Meines Erachtens nicht. Seine Mutter ist anderer Ansicht. Sie glaubt, dass sein Autounfall ein Anschlag auf sein Leben war."

„Hat mein Mann Feinde?", will ich wissen.

„In seinem Job kann man die nicht ausschließen."

„Was ist, wenn in diesem Moment ein Anschlag auf ihn verübt wird? Sie sind bei mir und können ihn nicht beschützen."

„Die Wahrscheinlichkeit ist gering. Er geht nicht ohne mich aus dem Haus."

„Woher wollen Sie das wissen?", provoziere ich ihn.

„Wir haben es vereinbart."

Harrys Gesicht verfinstert sich. Diese Fragen scheinen ihm nicht zu gefallen.

Augenblicklich hat sich Harry in die Rolle des Fahrers verwandelt. Seine Lockerheit ist verflogen. Wir gehen zum Auto und er fährt mit mir ins Hotel.

Es stimmt, dass Gehao an seinem Laptop arbeitet. Er sitzt im Wohnzimmer am Schreibtisch. Ein flüchtiger Blick auf den Bildschirm verrät mir, dass er sich über irgendwelche Aktienkurse informiert. Erfreut ist er nicht, dass wir nicht länger geblieben sind. Meine Anwesenheit stört ihn bei der Arbeit.

„Ich werde mir das Hotel ansehen und komme nach dem Rundgang zurück. Wann wollen wir zum Diner gehen?", frage ich ihn.

„Wenn du mit mir essen möchtest, bin ich um 8 Uhr zum Frühstück und 19 Uhr zum Diner, im Restaurant."

Freundlich war die Antwort nicht. Es klang gleichgültig. Er scheint keinen Wert auf meine Gesellschaft zu legen. Verstimmt verschwinde ich aus dem Raum. Gehao hat mir das Hochzeitszimmer überlassen. Ich packe meine Schätze vom Einkauf aus. Eines der Kleider probiere ich an und stelle fest, dass Harry einen guten Geschmack mit der Auswahl bewiesen hat. Ich lasse es an und gehe auf Erkundungstour.

An der Rezeption frage ich, welche Möglichkeiten das Hotel in Sachen Wellness bietet. Eine Rezeptionistin bittet mich, sie zu begleiten und zeigt mir die vielseitigen Einrichtungen des Hauses.

Neben dem Swimmingpool im Innen- und Außenbereich gibt es eine große Saunalandschaft mit verschiedenen Dampfbädern und Trockensaunen. Im Wellnessbereich bieten sie die schönsten Beauty-Anwendungen aus Bali, dem Orient und Hawaii an. Wie mir die Begleiterin sagt, werden die Angebote nicht nur von Hotelgästen genutzt. Wer jedoch hier wohnt hat den Vorrang und einen besseren Preis.

Es ist Zeit ins Restaurant zu gehen. Mein Mann ist noch nicht da. Der Ober fragt mich, ob er mir einen Drink bringen darf. Ich verneine und warte. Pünktlich 19 Uhr erscheint Gehao und kommt zu meinem Tisch.

„Wartest du schon lange?"

„Nein! Ich habe mir den Beautybereich des Hotels angesehen und bin soeben erst gekommen"

„Entspricht es deinem Geschmack?"

„Ich kenne die meisten Anwendungen nicht."

„Dann wirst du in den kommenden Tagen genügend Gelegenheit haben, sie auszuprobieren. Ich habe dieses Hotel ausgewählt, weil es als Schönheitsfarm bekannt ist."

Meint er, dass ich das brauche?

Ich wechsle das Thema und bitte ihn, mit mir in die Stadt zu fahren. Er wehrt ab, da er angeblich viel zu tun hat.

„Harry wird dich begleiten. Ich brauche ihn nicht. Sage ihm, wohin du möchtest und er wird dich fahren. Ich habe mit ihm gesprochen."

Verwundert nehme ich es zur Kenntnis. Warum ist Gehao hierher geflogen, wenn er sich nichts ansieht? Verstehen kann ich ihn nicht.

Nach dem Diner folge ich Gehao zur Bar. Dort sitzt Harry an der Theke und plaudert mit dem Barkeeper.

Wir gehen zu ihm und bestellen einen Drink. Eine gesellige Runde bilden wir nicht. Ein Gespräch kommt nicht zustande. Gehao ist mit seinen Gedanken woanders. Er kippt seinen Whisky runter und entschuldigt sich, dass er weiterarbeiten muss.

Für Harry scheint dieses Verhalten normal zu sein. Er nickt ihm zu und erzählt mir eine seiner interessanten Geschichten aus vergangenen Zeiten. Ich höre ihm gern zu.

Andere Gäste kommen zur Bar und suchen Zerstreuung. Harry analysiert mit Kennerblick die Personen. Es amüsiert mich, wie er sie unauffällig mustert und einschätzt. Er erklärt mir, worauf man bei der Beobachtung achten muss. Mir sind diese Details früher entgangen. Ich besitze keine gute Menschenkenntnis und habe bisher wenig darauf geachtet. Eine alleinstehende Dame, die um die vierzig sein könnte, sieht verstohlen zu uns herüber. Sie ist ohne Begleitung. Wie ein Raubvogel späht sie nach Beute. Ob sie hofft, dass ich ihr einen Happen meines Begleiters überlasse?

Über sie spricht Harry eigenartigerweise nicht, obwohl ihm ihre Blicke nicht entgangen sein dürften. In die Innenstadt will ich nicht mehr fahren. Harry hat zu viel getrunken. Es ist Zeit für mich, schlafen zu gehen. Ich trinke mein Glas aus und verabschiede mich von ihm. Er erinnert mich, dass er mir morgen die Innenstadt von Berlin zeigen will.

Der Drink und das Gespräch haben mir gutgetan. Gern wäre ich noch durch die Parkanlage spazieren gegangen. Es ist jetzt zu spät. Gehao sitzt im Wohnraum in unserer Suite am Schreibtisch und starrt konzentriert auf den Bildschirm des Computers. Er scheint mit den Analysen, die zu sehen sind, nicht zufrieden zu sein. Heftig diskutiert er am Handy. Es geht um Aktienpakete. Ich verstehe nichts davon, setze mich in einen Sessel und betrachte eine Zeitschrift.

Als er eine Pause macht, scheint er wahrzunehmen, dass ich da bin. Gedankenverloren sieht er mich an.

„Wie war es an der Bar? Hast du dich amüsiert?"

Sein Blick fällt auf den Bildschirm. Die Zahlenkolonnen gefallen ihm nicht und er äußert sich verärgert.

Auf dem Tisch liegen drei Handys. Eines läutet. Die Zahlendiskussion geht weiter.

An einer Unterhaltung wird mein Mann heute Abend nicht interessiert sein.

Ich gehe ins hochzeitliche Schlafgemach. Das Bett ist von dem Zimmermädchen aufgedeckt worden und eine Praline liegt auf den Kopfkissen. Es ist eine nette Geste. Ich nehme ein Bad und lege mich nieder. Sofort schlafe ich ein.

Gegen Mitternacht werde ich munter und habe Durst. Auf dem Nachttisch steht eine kleine Flasche Mineralwasser und ein Glas. Im Wohnraum höre ich Gehao telefonieren. Ich glaube, dass er ein Arbeitssüchtiger, ein Workaholiker, ist.

Lange Zeit liege ich wach und muss an viele Dinge denken. Peter kommt mir in den Sinn. In China ist es bald Mittag. Er wird auf der Baustelle sein. Gern wäre ich in seiner Nähe. Ob er fühlt, dass meine Gedanken bei ihm sind?

18

Museumsinsel in Berlin

Mein Reisewecker summt. Es ist früh am Morgen. Da ich mit Gehao zusammen frühstücken will, stehe ich zeitig auf und mache mich fertig. Es bleiben mir noch ein paar Minuten der Ruhe. Diese nutze ich für einen kleinen Spaziergang im Park.

Die Vögel singen vergnügt und die Eichhörnchen äugen neugierig zu mir. Futter habe ich keines bei mir. Ich gehe in den Frühstücksraum. Dort sitzt Harry an einem Tisch und trinkt Kaffee. Ich setze mich zu ihm.

„Haben Sie gut geschlafen?", fragt er mich.

„Ja, Harry und Sie?"

„Bei mir ist es spät geworden. Ich brauche nur wenig Schlaf."

„Sind Sie an der Bar aufgehalten worden?", beginne ich ihn vorsichtig auszufragen und bin gespannt, ob er mir ausweicht oder von der späten Barbekanntschaft berichtet.

„Sorry Madam, darüber kann ich nicht sprechen", entgegnet er lächelnd.

Ich gehe nicht weiter darauf ein und frage ihn nach dem Programm für heute. Gehao kommt mit einem Glas Orangensaft zu uns. Ich hatte ihn nicht bemerkt. Harry informiert mich über das heutige Tagesprogramm. Gehao schmunzelt.

„Wenn ich höre, was ihr vorhabt, bekomme ich Lust, mich euch anzuschließen."

„Komm mit! Es wird dir guttun.", versuche ich ihn zu bewegen.

„Heute geht es nicht. Morgen habe ich vormittags eine Besprechung in der Innenstadt. Wenn du willst, kannst du mich begleiten."

Ich sage gleich zu und freue mich, dass er mich in seine geschäftlichen Dinge mit einbezieht. Ob ich ihm bei der Besprechung nützlich sein kann wage ich zu bezweifeln.

Wir inspizieren das Frühstücksbuffet und wählen aus. An unserem Tisch wird während des Essens nicht gesprochen. Gehao antwortet nur wortkarg auf meine Fragen und lässt keine Unterhaltung aufkommen. Harry kennt diese Eigenheit meines Mannes.

Nach dem Frühstück ziehe ich mich um und treffe Harry in der Eingangshalle. Wir fahren zum Alexanderplatz. Dort parken wir das Auto und laufen zum Berliner Dom, dem Rathaus und gehen zurück zum Auto.

In der Nähe des Brandenburger Tors stellt Harry das Auto in einer Nebenstraße ab und zeigt mir das Regierungsviertel mit dem Bundeskanzleramt und dem Reichstagsgebäude. Er kennt sich gut aus und erzählt mir von der bewegten Geschichte Deutschlands, nach dem Zweiten Weltkrieg.

Es ist Mittag und meine Beine tun mir weh. Harry fährt zurück ins Hotel und ich genieße die Ruhe im

Wellnessbereich. Nach einer balinesischen Massage werde ich müde und schlafe im Ruheraum ein.

Im Pool gehe ich schwimmen und nehme ein Sonnenbad, obwohl das bei den meisten Chinesinnen verpönt ist. Sie wollen nicht bräunen, weil die helle Hautfarbe vornehmer wirkt. Harry kommt zu mir und erinnert mich, dass es Zeit ist, mich für das Diner vorzubereiten. Ich hatte ihn gebeten, darauf zu achten, dass ich mich nicht verspäte. In der Suite fährt Gehao seinen Laptop herunter. Er wirkt entspannt und gut gelaunt.

„Die Aktien sind gestiegen und ich habe heute große Gewinne gemacht", berichtet er mir stolz.

„Leider verstehe ich von diesen Geschäften nichts", entgegne ich bedauernd.

„Wenn es dich interessiert, erkläre ich dir das Wesen des Aktienhandels und die Möglichkeiten, wie du in wenigen Minuten mehr Geld machst als du in deinem früheren Job im ganzen Jahr ausgezahlt bekamst."

„Gern möchte ich es lernen. Sage mir, wann wir beginnen."

„Nicht auf der Hochzeitsreise!", antwortet er kurz.

Ich sehe Gehao skeptisch an. Will er mich in seine Angelegenheiten einbeziehen oder nicht? Eine gelangweilte Frau eines Bankers zu sein, die nur bei Partys in Erscheinung tritt, ist mir zu wenig.

„Du brauchst Zeit, dich an das Leben an meiner Seite zu gewöhnen. Wir sind offiziell verheiratet, aber nur auf dem Papier."

„Wie meinst du das?"

„Es war dein Vorschlag, dass wir nur partnerschaftlich, wie Bruder und Schwester, miteinander verkehren. Es ermöglicht jedem von uns, nach seiner Fasson zu leben. Ich werde dir helfen und dich unterstützen, wenn ich Zeit habe."

Wie ich sehe, hat er die nicht. Ob er auf meine Wünsche eingehen wird?

Es ist denkbar, dass er mich in seinem Penthaus in London verkümmern lässt.

Ich muss meinen eigenen Weg finden, der nicht an meinen Ehemann gebunden ist. Gehao ist seine Freiheit in unserer Beziehung ebenso wichtig, wie mir. Zweifel bestehen, ob ich es schaffen werde. Ohne seine Hilfe wird es schwer sein.

In den letzten Tagen habe ich bemerkt, dass mich Gehaos Anblick nicht mehr abstößt wie am Anfang unserer Begegnung. Ob ich mich an sein entstelltes Gesicht gewöhnen kann? Was hässlich ist oder schön, liegt eng beieinander. Es ist unser Empfinden ohne wirklichen Bezug. Warum denke ich, dass eine Spinne unansehnlich ist? Meine Mutter hat sich vor ihnen gefürchtet und meine Abneigung gegen diese Tiere geprägt.

Ich blicke auf meine Armbanduhr und erschrecke. Gehao liebt Pünktlichkeit beim Diner, das sagte mir Harry.

„Gleich bin ich fertig!", bemerke ich und gehe in mein Schlafzimmer. Die Tür habe ich in der Eile vergessen zu schließen. Ich ziehe mich aus und suche im Schrank nach einem passenden Kleid. Im Spiegel sehe ich, dass mir Gehao zusieht. Mein halbnackter Körper scheint ihn nicht aufzuregen. Er sieht weg. Ich bin nicht sein Typ, sagte er mir vor unserer Ehe. Peter würde anders reagieren, wenn er mich in diesem Moment sehen würde. Bei ihm müsste das Diner ausfallen.

Nach dem Essen leiste ich Harry, wie am Vortag, Gesellschaft an der Bar. Er erzählt mir Geschichten aus seiner Kindheit. Die Dame vom Vortag erscheint am Tresen und ich räume ihr das Feld. Meine Abendlektüre ist eine Zeitschrift, die sich speziell mit Aktien auseinandersetzt. Ich lese verschiedene Beiträge, ohne sie zu verstehen. Es hilft mir, müde zu werden und schnell einzuschlafen.

Zeitig stehe ich auf. Heute werde ich Gehao zu einer Besprechung begleiten. Ich ziehe ein dunkles Kostüm an und betrachte mich im Spiegel. Wie eine Sekretärin sehe ich aus und nicht wie eine jung verheiratete Frau auf Hochzeitsreise. Harry fährt uns in das Kempinski Hotel Bristol.

Im Restaurant wartet der Geschäftsfreund von Gehao mit seiner Gattin und einer jungen Frau, die in meinem Alter sein könnte. Sie begrüßen uns auf Deutsch. Ich verstehe kein Wort und sehe Gehao hilfesuchend an. Er merkt es scheinbar nicht.

Wir setzen uns an ihren Tisch und ein Ober schenkt uns Sekt ein. An den Gesten versuche ich zu erraten, worum es geht. Die Atmosphäre wirkt entspannt und freundlich. Ich lächle, mehr hilflos als bewusst. Die Ehefrau fragt mich und ich bitte sie auf Englisch das Gesagte zu wiederholen. Unverstanden schweigen wir. Die Männer unterhalten sich unberührt in Deutsch weiter.

Gehao entnimmt aus seinem Aktenkoffer ein Schriftstück und reicht es seinem Gegenüber. Der verzieht das Gesicht zu einer ernsten Miene. Ich erkenne, dass er das vorgelegte Dokument nur widerwillig unterschreibt. Seine Hand zittert. Die beiden Frauen sehen ihn mitleidig an.

Die Ehefrau ergreift das Wort und schreit Gehao an. Er bleibt gelassen und antwortet ruhig. Ihre Stimme überschlägt sich und sie steht wütend auf. Ob sie Gehao schlägt?

Er lächelt sie an. Sie verzieht ihr Gesicht zu einer Grimasse. Flüche scheint sie auszustoßen und streckt ihm drohend den Zeigefinger entgegen, als würde sie ihn damit durchbohren wollen.

Was passiert hier? Eine Besprechung mit einem Geschäftsfreund habe ich mir anders vorgestellt. Die Frau wendet sich ab und strebt dem Ausgang zu. Der Geschäftsmann und die junge Frau erheben sich von ihren Stühlen und sehen Gehao enttäuscht an. Er wirkt überlegen und unbeugsam.

Wir beide stehen von unseren Stühlen auf und deuten zur Verabschiedung eine Verbeugung an. Bedrückt verlassen der Mann und die junge Frau den Raum.

Ich setze mich hin und nehme einen kräftigen Schluck aus meinem Sektglas.

Fragen tue ich jetzt nicht. Ich will, dass Gehao mir das Geschehen von sich aus erklärt. Warum hat er mich hierher mitgenommen, wo er weiß, dass ich die deutsche Sprache nicht verstehe und somit nichts von dem Gespräch mitbekomme. Wollte er mir seine Überlegenheit damit beweisen oder mich demütigen?
Wir sitzen lange da und schweigen.

Harry erscheint im Restaurant und fragt, ob wir fahren wollen. Gehao bezahlt die Rechnung. Wir verlassen das Restaurant und gehen zum Auto. Ich beobachte meinen Mann, wie er sich verhält, ob er gereizt oder traurig ist. Nichts kann ich feststellen. Er gibt sich ruhig und überlegen.

Harry fährt uns direkt in unser Hotel. Gehao geht zum Pool, um zu schwimmen. Ich folge ihm und lege mich am Rand des Beckens auf eine Liege.

Das Taschenbuch, das ich am Flughafen in Shanghai gekauft hatte, ist spannend. Äußerlich ist es ein wenig mitgenommen. Das stört mich nicht. Ungeduldig blättere ich die Seiten um, bis ich die Stelle finde, bei der ich mit dem Lesen aufgehört hatte. Es ist eine Liebesgeschichte, bei der es ständig Verwicklungen gibt. Die Personen, um die es geht, sind mir ans Herz gewachsen. Freud und Leid teile ich mit ihnen. Schnell habe ich mich eingelesen und erinnere mich an die spannenden Handlungen ein paar Seiten zuvor.

Ab und zu sehe ich zu Gehao, wie er eine Runde nach der anderen im Becken zurücklegt. Es kommt mir vor als müsste er seinen Aggressionsstau im Wasser entladen. Beim Kraulen ist sein Gesicht wenig zu sehen. Die großen Narben auf dem Rücken entstellen ihn nicht. Sie machen ihn eher interessant. Er hat einen athletischen Körper und gibt eine gute Figur ab. Als meinen Bruder kann ich ihn akzeptieren und scheue mich nicht, mit ihm in der Öffentlichkeit gemeinsam aufzutreten.

Eine Stunde ist er im Wasser und strampelt sich ab. Ich bestelle beim Ober ein Sandwich und ein Glas Orangensaft. Gehao scheint sein Pensum erreicht zu haben. Heftig atmend kommt er aus dem Wasser und stellt sich zu mir.

„Möchtest du ein paar Runden schwimmen?", fragt er mich.

„Ich habe jetzt keine Lust!", erwidere ich.

Der Ober bringt das Sandwich und ohne mich zu fragen nimmt Gehao es vom Teller und beißt hinein. Verblüfft reiche ich ihm das Glas Orangensaft.

„Hier hast du zu trinken", sage ich mit leicht ironischem Unterton.

„Nein, danke! Das Sandwich ist saftig genug. Du musst eines probieren!"

Jetzt muss ich laut lachen und er sieht mich verwundert an. Er lacht verhalten mit, ohne zu wissen, worüber. Seine anerzogene englische Steifheit verfliegt. Er wirkt frohgelaunt.

Ich hatte an ihm bemerkt, dass er sich mehr wie ein Engländer als ein Chinese verhält. Das muss mit seiner Erziehung zu tun haben. Ihm hat in der Kindheit ein Bruder oder eine Schwester gefehlt, gegenüber denen er sich ungezwungen hätte geben können. Er ist als Einzelkind aufgewachsen, viel mehr weiß ich nicht über ihn.

„Kann ich dir eine Frage stellen?", wende ich mich an Gehao.

Er nickt mir zu und kaut genüsslich auf meinem Sandwich.

„Wie und wo hast du deine Kindheit verbracht?"

„Ich habe es dir schon erzählt", sagt er lächelnd.

„Ich möchte es noch einmal von dir hören", bekunde ich mein echtes Interesse an seiner Vergangenheit.

„Bis zur Schulzeit bin ich zu Hause gewesen. Charlotte, mein Kindermädchen hat mich behütet. Ich ging in Hongkong in eine englische Schule und wechselte mit 12 Jahren in ein Schweizer Internat."

„Wie war es dort? Ich kann mir nicht vorstellen als Kind solange von zu Hause fern zu sein."

„Was ein Zuhause im herkömmlichen Sinn ist, kenne ich nicht. Meine Eltern hatten nie Zeit für mich und erst nach dem Studium verbesserte sich unsere Beziehung. Ich arbeitete in verschiedenen Bankhäusern und auch in dem von meinem Vater. Ein paar Jahre später übernahm ich als Geschäftsführer die Filiale in London."

Ich möchte ihn weiter befragen. Er wendet sich von mir ab. Mein Sandwich hat er gegessen und zieht sich schnell in unsere Suite zurück.

Am anderen Ende des Pools sehe ich Harry. Ich winke ihm zu und bitte ihn, mich in die Innenstadt zu fahren.

Zu einem Besuch der Museumsinsel habe ich Lust. In einem Prospekt konnte ich mich darüber informieren.

In unserer Suite ziehe ich mich um. Erwartungsgemäß sitzt Gehao vor seinem Computer. Ich bitte ihn, uns zu begleiten.

„Fahrt ohne mich. Ich habe zu arbeiten", wehrt er kurz ab und ist froh, dass ich ihn nicht mit weiteren Fragen belästige.

Harry scheint ebenso wenig begeistert von meinem Museumsbesuch zu sein. Auf der Fahrt startet er einen Versuch, ihn mir auszureden und in den Tierpark auszuweichen. Ich lasse mich nicht davon abbringen und bereue es nicht.

Die Lage der neobarocken Gebäude auf einer Insel inmitten des Spree-Flusses ist beeindruckend. Es wird nicht genügend Zeit sein, dass ich mir alles ansehen kann. Ich konzentriere mich auf das Pergamon Museum, über das ich in einem Prospekt gelesen hatte.

Von dem Pergamonaltar, Markt-Tor von Milet, Ischtar-Tor mit Prozessionsstraße von Babylon und der Mschatta-Fassade bin ich überwältigt. Harry, der anfangs nicht begeistert schien, sieht bewundernd auf die imposanten Rekonstruktionen dieses archäologischen Bauensembles.

Er will die Stufen zum Altar hinaufsteigen. Da stolpert er und kann sich nicht fangen. Zu meinen Füßen liegt er und reibt sich die Schienbeine. Ich muss laut lachen.

Verwundert inspiziert er die Stufen. Sie sind höher als er vermutete. Diese Fehleinschätzung brachte ihn zu Fall. Die Verletzungen sind nicht ernst. Er traut sich weiterzugehen. Ich muss mich konzentrieren, damit es mir nicht ähnlich ergeht. Als ich oben angekommen bin, werde ich für die Mühen belohnt.

Harry kann es nicht fassen, dass er gestolpert ist. Ich lache nicht mehr über sein Missgeschick. Ich merke, dass es ihn kränkt.

Rechtzeitig zum Diner treffen wir im Hotel ein. Gehao hat mich in der Suite erwartet. Ich muss mich noch umziehen.

Es ist schön, viele Kleider und Kostüme zu besitzen. Schwierig ist die Auswahl. Im Hotelrestaurant sind nicht viele Gäste. Die Ober konzentrieren sich auf uns. Bevor das Weinglas leer ist wird nachgeschenkt. An diese Zuvorkommenheit und die vielen Regeln muss ich mich noch gewöhnen. Diesbezüglich sind die Europäer viel komplizierter als wir Chinesen. Ob es nur die Regeln und Gewohnheiten sind, die uns unterscheiden?

Gehao scheint Freude daran zu haben, mir gute Essmanieren beizubringen. Er korrigiert mich diskret, in einem fort. Ich habe den Eindruck, dass es die beiden Ober in unserer Nähe bemerken und schäme mich. Er ist mit diesen feinen Essmanieren aufgewachsen. Wo sollte ich das lernen?

Ich war zuvor nie im Ausland. Ein Knigge-Buch, das die deutschen Benimmregeln beim Essen beschreibt, habe ich in unseren Buchhandlungen und Bibliotheken nicht gesehen.

Als der Nachtisch verspeist ist und ich mein Weinglas ausgetrunken habe, fragt mich Gehao, ob ich einverstanden bin, dass wir gehen. Die Arbeit wartet auf ihn. Ich bin froh, dass ich aufstehen darf.

An der Bar finde ich Trost bei Harry. Ich erzähle ihm von meinen kleinen Patzern beim Diner. Als waschechter Engländer kennt er sich aus und erzählt mir, dass seine Mutter auf solche Dinge viel Wert legt. Lustig berichtet er darüber.

„Die Hälfte aller Mädchen, die ich als junger Mann zum Essen mit nach Hause gebracht habe, sind durch das Auswahlraster meiner Mutter gefallen, weil sie die komplizierten Regeln nicht beherrschten."

„Ist sowas wichtig?"

„Heute weniger als früher. Bei Geschäftsessen oder Banketts ist es gut, sich auszukennen."

„Wo kann man das lernen?", will ich wissen.

„Wenn Sie gestatten, bringe ich es ihnen bei. Ihr Gatte wird sich wundern, wenn er morgen mit ihnen zu Tisch sitzt und sie keinen Fehler machen. Meinen früheren Freundinnen hatte ich ebenso geholfen, damit sie bei meiner Mutter bestehen."

Ein Lächeln gleitet über mein Gesicht.

„War die Hilfe selbstlos von ihnen?", frage ich skeptisch.

„Natürlich nicht! Bei ihnen mache ich eine Ausnahme."

Harry geht mit mir in den Wintergarten und wir setzen uns an einen der Tische, die eingedeckt sind. Ein Ober kommt eilig auf uns zu. Harry macht ihm klar, dass wir nichts bestellen wollen.

Der Ober verschwindet. Harry erklärt mir, wozu die einzelnen Esswerkzeuge dienen, die den Teller umsäumen. Ich erfahre, was zu beachten ist, wenn ich Wein oder andere Getränke zu mir nehme und wie ich die Stoffserviette gebrauche.

Nach diesem Schnellkurs gehen wir zurück zur Bar und ich spendiere ihm einen Drink als Dankeschön.

Ich bitte ihn, mir von seinem Leben zu erzählen. Es ist amüsant, ihm zuzuhören, was er mit seinen Freundinnen bei sich zu Hause alles erlebt hat. Nicht nur die Tischmanieren waren wichtig. Seine Mutter hatte besonderen Wert auf gute Konversation, ein gepflegtes

Äußeres und vieles andere mehr, gelegt. Am Ende bestand keine der Freundinnen. Die Anforderungen waren zu hoch.

„Ihre Mutter hat ihr Ziel erreicht."

„Wieso?", fragt er verwundert.

„Ihre Mutter wollte Sie nicht verlieren. Es ist ihr gelungen. Sie sind nicht verheiratet und gehören noch ihr."

Verlegen sieht Harry mich an.

„Ich darf feststellen, dass sie eine scharfsinnige Frau sind. Mein Kompliment, Madam."

Von einer dieser Freundinnen erzählt er Einzelheiten, bevor ich gehe. Es war ein Mädchen, bei der er das Gefühl hatte, in sie verliebt zu sein.

„Den ersten Antrittsbesuch bei meiner Mutter bestand sie mit Bravour. Bald darauf lief ihr ein anderer Mann über den Weg, den sie mehr mochte als mich."

„Haben Sie sie wiedergesehen?", möchte ich wissen.

„Ja, vor drei Jahren. Sie ist mit dem Mann verheiratet, der sie mir weggenommen hat."

„Ist sie mit ihm glücklich?", will ich wissen.

„Das habe ich sie nicht gefragt. Als sie vor mir stand war ich froh, dass ich nicht ihr Mann bin."

„Nanu?", bemerke ich überrascht.

„Sie hat eine riesige Kinderschar und viele Enkel. Von ihrem Aussehen will ich nicht sprechen. Ich lege Wert auf ein gutes Äußeres."

Ich bestätige ihm, dass er gut aussieht und das freut ihn sichtlich.

„Was missfiel Ihnen noch an ihr?", will ich wissen.

Ich merke, dass er nicht darüber reden will und ziehe meine Frage zurück.

19

Tierpark in Berlin

Als ich zu Gehao in die Suite komme, informiert er mich, dass ich ihn übermorgen zu einer Betriebsbesichtigung begleiten kann, wenn ich Interesse daran habe. Zuerst kommt mir in den Sinn, dass es ähnlich unangenehm enden könnte, wie das heutige Treffen. Er scheint meine Gedanken zu erraten und wendet ein, dass die Herren, mit denen wir sprechen, die englische Sprache beherrschen und er mit ihnen bisher nur in Englisch korrespondiert hatte. Sie sollen nicht wissen, dass er Deutsch versteht.

„Mein Vater hatte nach der politischen Wende in Deutschland ein wenig Geld investiert und mehrere kleinere Unternehmen gekauft. Sie sollten wettbewerbsfähig werden und eine gute Rendite abwerfen."

„Was sind das für Unternehmen?", möchte ich wissen.

„Sie sind unterschiedlich. Wir besuchen morgen einen Zulieferbetrieb der Elektroindustrie. Hierin kennst du dich besser aus als ich und kannst mir sagen, ob ich den Betrieb behalten oder besser verkaufen soll. Mir bedeutet dieses Unternehmen nicht viel."

Es freut mich, dass er mich um Rat fragt und sage zu, ihn zu begleiten. Er starrt auf den Bildschirm und ich ziehe mich ins Schafzimmer zurück.

Müde bin ich nicht. Ich zappe durch das Fernsehprogramm. Gelangweilt sehe ich mir einen Film an. Es ist ein deutscher Sender und ich verstehe den Wortlaut nicht. Die Handlung und Gestik verrät viel. Es muss sich um ein Liebesdrama handeln, bei dem die Hauptakteure am Ende sterben. Es ist eine traurige Filmgeschichte, wenn ich sie richtig deute. Mir kommt in den Sinn, ernsthaft Deutsch zu lernen. Ich hatte einst damit begonnen, aber der Lerneifer hielt nicht lange an. Das Beispiel bei Kempinski hat mir gezeigt, wie wichtig es ist, mehrere Sprachen zu beherrschen.

Es war eine gute Idee von Harry, mit mir in den Berliner Tierpark zu fahren. Er liegt im ehemaligen Ostberliner Stadtteil Friedrichsfelde und hat eine Größe von mehr als 160 Hektar. Als ich auf den Plan sehe, ist mir bewusst, dass wir heute nur einen kleinen Teil davon besichtigen können. Harry kennt sich gut aus. Bei früheren Reisen nach Berlin hatte er den Park besucht. Es gibt kein Tier, von dem er nicht wüsste, zu welcher Gattung es gehört. Bei manchen kann er mir die lateinische Bezeichnung sagen. Soviel Fachwissen habe ich ihm nicht zugetraut. Es ist eines seiner Hobbys, Tiere zu filmen und zu fotografieren.

Unterwegs erzählt er mir Geschichten aus seiner Kindheit und fragt mich, wie es mir ergangen ist.

Meine Kindheit war schön und über angenehme Dinge spricht man gern. Vieles kann er sich nicht vorstellen, da das Leben in Shanghai anders ist als in London. Er war noch nie dort und ist erstaunt, wie groß die Stadt sein soll. Verwundert ist er über das Schulsystem und das harte Auswahlverfahren, um an eine gute Lehranstalt zu kommen.

Jetzt, wo ich an Jin denke, vermisse ich sie. Eine Freundin zu haben, mit der man über alles sprechen kann, ist ein wertvolles Geschenk, das ich erst jetzt richtig einschätzen kann. Zum Glück ist Harry ein guter Zuhörer, mit dem man sich nett unterhalten kann. Er ist um viele Jahre älter und scheint Geheimnisse für sich behalten zu können. Ich fühle mich behütet in seiner Nähe.

Bis zum Nachmittag wandern wir durch die vielen verschlungenen Wege und bewundern die Flora und Fauna.

Froh gelaunt kehre ich ins Hotel zurück und bereite mich auf das Diner vor.

Gehao wechselt das Restaurant. Heute speisen wir in der Pizzeria des Hotels. Dementsprechend sind wir leger gekleidet. Das Restaurant ist gut besucht. Für uns ist ein schöner Tisch in der Nähe des Panoramafensters reserviert. Ich sehe nach draußen und entdecke ein Eichhörnchen im Baum. Ob es das gleiche ist, das mich bei meinem Spaziergang beobachtet hatte?

Ich zeige es Gehao. Er schaut lieber auf die Speisekarte. Es stört mich an ihm, dass er für die schönen Dinge im Leben, wenig Interesse hat. Außer seinem Job, Bilanzen, Aktien und irgendwelchen mysteriösen Zahlen, kann ihn nichts begeistern. Ich finde es sind die vielen kleinen Dinge, die das Leben lebenswert machen.

Der Ober nimmt die Bestellung auf. Ich brauche nicht auf die Karte sehen. Ich bestelle Pizza Hawaii. Jede gute Pizzeria hat sie in ihrem Angebot und mir schmeckt sie am besten.

Gehao formuliert seine Sonderwünsche. Der Ober notiert sie auf einem Zettel und eilt davon.

„Wie war dein Ausflug mit Harry?", möchte er wissen.

„Sehr schön! Du hättest mitkommen und entspannen sollen."

„Mir gibt das Betrachten von Tieren nicht viel. Eher würden mich die Pflanzen interessieren."

„Da gab es viele, die ich nicht kannte. Harry hat sie mir alle beschrieben", informiere ich ihn.

„Ich wusste nicht, dass er sich für Pflanzen interessiert. Im Übrigen sei vorsichtig im vertrauten Umgang mit ihm!"

Verwundert sehe ich Gehao an.

„Wieso? Wird er aufdringlich?"

„Das nicht! Was du ihm sagst, erfährt ungefiltert meine Mutter. Er ist ihr Spion an meiner Seite."

„Warum hast du ihn nicht entlassen?"

„Meine Mutter hat ihn für meine Sicherheit engagiert und bezahlt ihn. Als Gegenleistung erwartet sie von ihm Informationen über mich und meine Umgebung."

„Warum sollte sie es tun?"

„Du kennst sie noch nicht. Sie ist eine typische Intrigantin, wie die berühmte Pompadour am Hofe des französischen Königs Ludwig XV. oder die Gräfin Cosel vom Sachsenkönig August, dem Starken. Ich könnte die Reihe solcher Frauen fortsetzen, die über Männer Macht ausüben wollen."

„Es ist deine Mutter, die dich liebt", entgegne ich verwundert.

„Meine Mutter liebt nur sich und niemand anderen. Nie hatte sie Zeit für mich. Ich war eine ihrer Schachfiguren."

„Hat dein Vater davon gewusst?"

„Ich nehme es an. Er war zu stark beschäftigt und meine Mutter hatte ihm viele der unbequemen, notwendigen Dinge abgenommen. Ein Kind bedeutete für sie eine zusätzliche Belastung. Sie wusste nichts mit mir anzufangen."

„Ich hatte den Eindruck, dass du dich mit deiner Mutter gut verstehst."

„Nach meinem Unfall ist unser Verhältnis besser geworden. Sie hat erkannt, was wäre, wenn es mich nicht mehr gibt. Seitdem versucht sie mich ständig auszuspionieren."

„Wie steht es mit dem anderen Dienstpersonal in deinem Londoner Penthaus?"

„Mein Butler ist der Einzige, dem ich vertraue. Die anderen sind auf der Seite meiner Mutter, doch nicht um zu schaden. Sie glauben, dass sie mir durch den Spitzeldienst indirekt helfen und Gefahren abwenden können."

„Es ist schwer zu verstehen", erwidere ich überrascht.

„Vielleicht bist du von ihr ebenso angeworben worden."

„Das glaubst du von mir?", entgegne ich entrüstet. Am liebsten würde ich aufstehen und gehen.

„Entschuldige! Ich wollte dich nicht kränken. Ich denke, du bist nicht der Typ Frau, die sich von ihr vereinnahmen lässt."

Die Pizzas werden serviert. Mir ist der Appetit vergangen.

„Trink einen Schluck Wein und spüle das Gesagte hinunter", rät mir Gehao.

Während des Essens sprechen wir nicht miteinander. Mir gehen seine Worte nicht aus dem Sinn. Wenn ich meine Situation analysiere komme ich zu dem Schluss, dass ich für seine Mutter eine fiktive Gegnerin sein muss. Mit einem männlichen Erben würde ich mit ihr im Familienclan gleichgestellt sein und ihre Position einnehmen können. Sie wird versuchen mich klein zu halten, um sich zu behaupten.

Nach dem Essen unterhalten wir uns nicht weiter. Ich muss die neuen Erkenntnisse verkraften und Gehao ist gedanklich bei seinen Zahlen.

Aus der Brotschale nehme ich eine Scheibe Weißbrot und gehe hinaus auf die Terrasse. Von dort führt eine Treppe in den Park. Das Eichhörnchen kann ich nicht erspähen. Eine Bank steht in der Nähe einer Baumgruppe. Ich setze mich nieder und gehe meinen Gedanken nach.

Ein paar Meisen kommen zu mir geflogen und hüpfen auf der Lehne der Bank hin und her. Sie halten einen Sicherheitsabstand, um jeden Moment entfliehen zu können. Neugierig betrachten sie die Brotscheibe in meiner Hand. Ich breche ein paar kleine Stücke ab und streue sie auf den Weg. Im Nu flattern sie hin und picken die Krumen auf. Es kommen drei weitere, die wahrscheinlich auf den Ästen der Bäume saßen und auf diesen Moment gewartet haben. Sie beanspruchen ihren Anteil. Kleine Stücke werfe ich ihnen zu und sie fliegen mit dem Ergatterten davon.

Vorsichtig nähert sich das Eichhörnchen. Es ist dreister und zutraulicher als die Vögel. Flink springt es auf die Bank und tastet sich zu meiner Hand, knabbert an dem restlichen Brot und zeigt keine Angst. Es ist ein schönes Gefühl, wenn ein freilebendes Tier aus der Hand frisst. Ob das Eichhörnchen es nur bei mir macht? Es muss großes Vertrauen in meine Friedfertigkeit haben und spüren, dass ich ihm nichts Böses antun werde.

Das Brot ist aufgefressen und die Tiere ziehen sich auf die Bäume zurück. Ich gehe ins Hotel. Harry sehe ich durch die Glasscheibe wie er an der Bar steht und einen Drink nimmt. Heute wird er vergeblich auf mich warten. Ich muss erst die Warnung von Gehao verkraften, bevor ich mich mit ihm unterhalten werde. In diesem Moment erscheint mir alles logisch und klar. Ich war naiv, wie eine dumme Gans.

Gehao sitzt, wie gewohnt an seinem Computer und reagiert nicht als ich in das Zimmer komme. Ich wünsche ihm eine „Gute Nacht" und will mich in meinen Schlafraum begeben.

„Einen Moment!", ruft er mir nach.

Ich gehe zu ihm und er hält mir eine Mappe entgegen.

„Was ist das?", frage ich verblüfft.

„Das sind die Unterlagen für morgen. Wenn du dich informieren willst, kannst du sie studieren."

Ich öffne den Deckel und werfe einen flüchtigen Blick darauf.

„Es sind Bilanzen, wie ich erkennen kann. Bei diesen Dingen weißt du besser Bescheid als ich", erkläre ich ihm.

„Ich habe die Absicht, den Betrieb zu liquidieren. Das Unternehmen hat in den letzten Jahren keinen Gewinn erwirtschaftet. Wenn du mir einen Grund nennen kannst, dass ich dies nicht tun soll, warte ich noch ein Jahr ab."

Es ist Gehao gelungen, mich zu überraschen. Ich habe geglaubt, dass ich mich in dem Elektrounternehmen nur umsehen werde. Jetzt verlangt er von mir, dass ich über das Schicksal des Betriebes und damit die Existenz von vielen Beschäftigten entscheiden soll. Das ist unfair.

Die Mappe nehme ich als Nachtlektüre mit ins Schlafzimmer. Mir ist klar, dass ich die Unterlagen komplett durchlesen muss. Zum Glück sind es nur zwanzig Seiten, das dürfte nicht schwierig sein.

Die Bilanzen lassen sich schlecht lesen. Ich bin nicht geübt darin und weiß nicht, worauf es ankommt. Eines erkenne ich, dass der Umsatz seit Jahren stagniert. Verschiedene Produkte sind im Minus. Woran das liegt kann ich mir nicht erklären. Es handelt sich um Zulieferteile der Elektrotechnik. Morgen werde ich hoffentlich mehr darüber erfahren. Ich notiere mir die Fragen, die ich stellen will, wenn man mich zu Wort kommen lässt.

Nach dem Frühstück fährt uns Harry zu dem Elektrobetrieb. Er liegt in einem alten Industrieareal, das wahrscheinlich in der DDR-Zeit stark heruntergekommen war. Wie frisches Grün sprießen neue oder renovierte Firmengebäude zwischen den verfallenen Gemäuern hervor.

Vorher muss hier ein Großbetrieb gestanden haben, der nach der Wende eingegangen ist.

Einen Hallentrakt, mit strahlender Fassade, steuern wir an. Vor dem Gebäude steht eine Menschengruppe, die uns empfängt. Ein korpulenter, älterer Herr begrüßt uns. Er stellt die Mitarbeiter der Geschäftsleitung kurz vor und bittet uns, ihm zu folgen. Wir gehen durch einen schmalen Gang, die Treppe hinauf in einen hellen Besprechungsraum. Dort warten weitere Herren, die er uns ebenfalls einzeln vorstellt. Mit einer langen Ansprache werden wir glücklicherweise nicht gequält. Ich merke, dass sich der Betriebsleiter mit dem Englischen schwertut. Er gibt das Wort weiter an den kaufmännischen Leiter, der sich besser ausdrücken kann.

Eine kurze Vorstellung des Unternehmens folgt mit Hilfe einer PowerPoint-Präsentation. Am Ende folgt eine Pause.

Der Betriebsleiter glaubt, dass ich mich als Frau in der Männerrunde langweile. Er bietet mir an, dass mich ein Mitarbeiter in ein Café begleitet und Sehenswürdigkeiten in der näheren Umgebung zeigt. Ich sage ihm, dass ich mir lieber den Betrieb ansehen würde. Erstaunt sieht er mich an und vermutet, dass er mich nicht richtig verstanden hat. Ich wiederhole meinen Wunsch und er diskutiert mit einem der Herren, die neben ihm stehen.

„Sie können gern den Betrieb ansehen. Es ist uns eine große Freude. Wenn sie einverstanden sind, begleitet sie der Prüffeldleiter und zeigt ihnen alles, was sie sehen möchten."

Ich nicke ihm zu.

Er ruft den Prüffeldleiter an und sagt ihm, dass er mich begleiten soll. Der Mann scheint nur wenig älter als ich zu sein. Er spricht gut Englisch und macht einen offenen, sympathischen Eindruck. Ich sage Gehao Bescheid, der damit einverstanden ist und verlasse mit meinem Begleiter die Männerrunde.

„Was darf ich ihnen zeigen?", fragt mich der Prüffeldleiter.

„Alles möchte ich sehen."

„Wie viel Zeit haben Sie?", will er wissen.

„Etwa zwei Stunden."

„Das genügt!", entgegnet er heiter und lächelt mich an als wollte er mir sagen, dass ich nach einer Stunde müde werde und den Wunsch äußere, in ein Caféhaus zu gehen.

Die riesige Halle ist durch Wände unterteilt. Wir beginnen in der Wareneingangs-Abteilung und ich sehe, wie das Materiallager gut bestückt ist. Von dort erreichen wir den Fertigungsbereich. Zahlreiche Maschinen stehen da, angefangen von Metallbearbeitungsmaschinen bis hin zu Spulenwickelmaschinen. Daran angeschlossen ist die feinmechanische und elektronische Fertigung. Ich habe Gelegenheit mit den Arbeitern an den Maschinen zu sprechen und mein Begleiter übersetzt. Ich merke ihm an, dass er überrascht ist von meinen technischen Kenntnissen und ertappe ihn, dass er nicht ausreichend meine Fragen beantwortet. Er bekommt einen hochroten Kopf und sieht mich verlegen an. Vom Fertigungsbereich gelangen wir zur Montage und nach einer Stunde in das Prüffeld.

Dies ist sein Bereich und hier kann er punkten. Es macht ihm sichtlich Freude, wenn er mir das eine oder andere, bis ins Detail erklärt. Ich möchte noch die EDV- und Konstruktionsabteilung sehen. Wir müssen zurück in das Eingangsgebäude gehen. Dort befindet sich eine Pausenecke mit einem Kaffeeautomaten.

„Wenn Sie einverstanden sind, trinken wir hier unseren Kaffee. Laden Sie mich ein?", frage ich ihn.

„Das geht nicht! Mein Chef hat mir gesagt, dass ich Sie in das Caféhaus in der Nähe des Betriebsgeländes fahren soll."

„Was für ihre Mitarbeiter gut ist, wird mir genügen", sage ich in bestimmten Ton, der keinen Widerspruch duldet.

Der Prüffeldleiter kommt mit zwei vollen Plastikbechern in der Hand zu dem Tisch, an den ich mich gesetzt habe. Ich nippe von dem Kaffee.

„Er schmeckt gut. Viel besser ist der im Caféhaus nicht."

Unsicher lächelt er mir zu und denkt, dass es nur eine Höflichkeitsfloskel meinerseits ist.

„Haben Sie noch Fragen zu der Besichtigung?"

„Zunächst bedanke ich mich für die Führung bei ihnen. Die meisten Fragen sind beantwortet. Ein paar habe ich noch."

Gespannt sieht er mich an.

„Mir ist aufgefallen, dass nur ein Drittel der Maschinen genutzt werden. Gibt es hierfür einen Grund?", möchte ich wissen.

„Es ist leicht zu erklären. Die Produkte, die wir herstellen, sind unterschiedlich. Es gibt verschiedene Fertigungsstrecken für ein Endprodukt. Diese wechseln mehrmals im Monat."

„Warum sind manche stillstehenden Maschinen in schlechtem Zustand. Bei einer Drehmaschine habe ich alte Späne und Roststellen gesehen."

„Das habe ich der Betriebsleitung bereits gemeldet. Bisher hatte ich keinen langanhaltenden Erfolg damit. Hierfür ist der Fertigungsleiter zuständig."

Ich verziehe das Gesicht zu einem Bedauern.

Langsam schlürfe ich den heißen Kaffee.

„Sie sind der Prüffeldchef!"

Er nickt mir zu.

„Sie wissen am besten, was in einer Firma gut oder schlecht läuft. Bitte nennen Sie mir aus dem Stehgreif heraus drei positive und drei negative Dinge in ihrem Unternehmen."

Verdutzt sieht mich der Mann an und verschluckt sich an dem Getränk. Zögernd beginnt er.

„Gut ist, dass unsere Mitarbeiter stark motiviert sind. Zweitens sind unsere Produkte wegen ihrer hohen Qualität am Markt gefragt und drittens würde ich sagen, dass wir …"

Er fängt an zu stottern. Ihm fällt im Moment kein dritter Punkt ein.

Ich nicke ihm verständnisvoll zu.

„Was meinen Sie, was schlecht oder verbesserungs-fähig wäre?"

Er kommt ins Stocken und Schwitzen.

„Das ist nicht leicht zu sagen. Bei manchen Produkten ist die Ausfallquote zu hoch. Ich glaube, dass wir noch mehr für die Entwicklung tun müssten, da uns die Konkurrenz davonläuft. Sie haben unseren Maschinenpark gesehen und festgestellt, dass viele Maschinen alte Bestände sind. CNC-Maschinen oder Automaten würden uns auf längere Sicht wettbewerbsfähiger machen. Hierfür sind Investitionen notwendig. Das Geld fehlt für solche Anschaffungen."

Er hat gut ausgedrückt, was ich bei unserem Rundgang gedacht habe. Die Werkzeugmaschinen sind zu alt. Warum das ist, muss ich noch herausfinden. Ich habe nicht eine einzige CNC-Maschine gesehen, geschweige einen neuen Wickelautomaten. Die EDV-Abteilung scheint nur dem Namen nach zu bestehen. Die wenigen Computer, die ich entdecken konnte, waren veraltet.

„Wie sieht es mit der Weiterbildung bei ihnen aus?"

Verlegen sieht er mich an.

„Die wird stiefmütterlich behandelt, weil sie zu viel Geld kostet. Jeder von uns, ist auf sich gestellt."

„Sie wissen, dass man einen Betrieb nach seinen Bilanzen und dem erzielten Gewinn beurteilt. Was würden Sie sagen, wie ihr Unternehmen diesbezüglich dasteht?"

„Das kann ich ihnen nicht beantworten, darüber wurden wir vom Betriebsleiter nicht informiert. Ich denke, es steht zum Besten."

Ich sage nichts dazu.

„Sind Sie bereit, mit mir ein kleines Gedankenspiel zu machen?", schlage ich ihm vor. Verwundert sieht er mich an. Auf Grund der vorherigen Fragen ist er vorgewarnt und sagt nur zögerlich „Ja".

„Wenn Sie Betriebsleiter wären, was würden Sie in der Firma verändern."

Diese Frage erscheint ihm hypothetisch. Er lacht verlegen auf und sieht mich ungläubig an.

„Das ist nicht leicht zu beantworten", stottert er.

„Trauen Sie sich nicht, mir diese Frage zu beantworten?"

„Das hat nichts mit trauen zu tun, darüber muss man lange nachdenken."

„Wer zu lange überlegt, verliert das Spiel", dränge ich ihn.

Verblüfft sieht er mich an und glaubt, den Satz nicht richtig verstanden zu haben.

„Was meinen Sie bitte damit?"

„Es ist nur ein Spruch über das Nachdenken und nichts weiter."

Ich setze mein chinesisches Lächeln auf, mit dem ich manche Langnasen auf der Baustelle in Hongping unsicher gemacht habe.

Er fasst allen Mut zusammen und weiß, dass er mit dieser Antwort bei seinem Chef, dem Betriebsleiter, in Ungnade fallen könnte. Ich fasse mich in Geduld und warte auf seine Antwort.

„Nur Modernisieren hilft uns in den nächsten Jahren zu bestehen. Wir müssen flexibler werden und schneller auf den Markt reagieren. Als erstes würde ich die Betriebsleitung verkleinern. Die aufgeblähte Administration ist nicht zeitgemäß. Manche glauben, wie zu DDR-Zeiten wirtschaften zu können."

„Sie sind mutig, das wollte ich von ihnen hören. Ihrem Betriebsleiter verrate ich nichts von unserem Gespräch. Alles bleibt unter uns."

Diese Zusicherung zaubert ein Lächeln auf sein Gesicht.

Er fragt mich, ob er mir einen zweiten Kaffee spendieren darf. Ich lehne höflich ab und bitte ihn, mich in den Besprechungsraum zu begleiten. Unsere Ankunft löst eine Pause aus. Die Gesichter des Betriebsleiters und seiner Mitarbeiter sind gut durchblutet. Die Anstrengung der Besprechung ist ihnen anzusehen. Gehao erscheint unverändert freundlich und kühl.

In der Pause wird beschlossen, zum Ende zu kommen und ein Protokoll zu verfassen. Es soll binnen zwei Wochen in Gehaos Büro nach London gesandt werden.

Zum Abschied werden ein kleiner Imbiss und Sekt gereicht. Beim Smalltalk erfahre ich ein paar Einzelheiten über die Familien des Betriebsleiters und seiner wichtigsten Bereichsleiter. Sie sind verheiratet und hatten in dem ehemaligen großen Werk, das jetzt zum Teil wie eine Ruine aussieht, ihr Leben lang gearbeitet.

Nach der politischen Wende wurde der Volkseigene Betrieb zerschlagen und alle Beschäftigten waren arbeitslos. Aus den Trümmern erwuchsen mehrere kleine Fertigungsstätten, die von Investoren aufgekauft oder kapitalmäßig unterstützt wurden. Gehaos Vater hatte mehrere Unternehmen in Berlin erworben und Investitionen vorgenommen.

Manche warfen jedes Jahr gute Gewinne ab und andere wurden verkauft, weil sie lange Zeit unrentabel blieben. Da gibt es noch eine dritte Gruppe, das sind die, welche auf Messers Schneide stehen. Zu ihnen gehört dieses Elektrounternehmen.

Herzlich werden wir am Eingangstor verabschiedet. Die Betriebsleitung winkt uns nach. Ob dieser Gefühlsausdruck von ihnen ehrlich ist, möchte ich bezweifeln. Ich glaube, sie haben erkannt, dass Damoklesschwerter über ihren Häuptern schweben und keiner sagen kann wie lange die Pferdehaare sie halten werden.

Auf der Heimfahrt sprechen wir Chinesisch, damit Harry nicht versteht, worüber wir uns unterhalten. Gehao will wissen, wie meine Betriebsbesichtigung verlaufen ist und ob ich ihm einen einzigen Grund liefern kann, den Betrieb nicht zu liquidieren. Ich habe den Eindruck, dass er nach dem Besuch eher für eine Schließung des Unternehmens ist.

Als ich ihm die Argumente nenne, die mir der Prüffeldchef lieferte, ist er beeindruckt und meint, dass er dem Betrieb noch eine Frist von einem Jahr gibt, bevor er handelt. Ich soll ihre Monatsberichte überprüfen. Einen erneuten Aufschub will er nicht gewähren.

Ich freue mich über diese Entscheidung und glaube, die 60 Arbeitsplätze vorläufig gerettet zu haben. Ob ich die Möglichkeit habe, den Erfolg des Unternehmens zu unterstützen, bezweifle ich. Davon sage ich Gehao nichts.

Während des Diners informiert mich Gehao, dass wir übermorgen nach Wien weiterfliegen. Ich freue mich, da es die Heimatstadt von Peter ist und er mir viel von der Schönheit dieser Metropole erzählt hatte. Ich versuche meine Freude nicht deutlich zu zeigen. Gehao bemerkt meine Zurückhaltung.

„Wenn du nicht nach Wien willst, können wir nach Salzburg oder Budapest fliegen."

„Ich freue mich, die Stadt zu sehen. Die Jugendstilbauten interessieren mich und ich möchte sie fotografieren."

Gehao verzieht das Gesicht. Ihn scheinen die Gebäude nicht zu interessieren.

„Wenn ich dich nicht begleiten muss, kannst du in Wien tun, was du willst. Harry brauche ich, wenn ich mich mit meinen Geschäftsfreunden treffe."

„Es ist kein Problem! Ich finde mich allein zurecht. Es gibt Taxis."

Den letzten Tag in Berlin verbringe ich nur im Hotel und genieße die Wellness- und Beautyangebote.

Beim Spaziergang im Park kommen die zahmen Meisen gleich angeflogen. Das freche Eichhörnchen versucht in meinen Taschen nach verborgenem Futter zu suchen. Es ist putzig und nicht ängstlich.

Zwischen den Behandlungen gehe ich zu der Bank und füttere die Tiere. Bei den Vögeln muss es sich herumgesprochen haben, dass es eine Futterquelle gibt. Spatzen gesellen sich zu den Meisen.

Ähnlich muss es in dem christlichen Paradies gewesen sein, in dem Menschen und Tiere friedlich miteinander lebten. Es ist eine fantastische Vorstellung. Meine Gedanken schweifen zum Berliner Tierpark. Er ist ein Stück vom Garten Eden. Es gibt dort natürliche Abgrenzungen, die die Tiere von den Menschen trennen. Es sind Wassergräben, die nur wenig auffallen. Ich hatte den Eindruck als stände ich direkt neben den Alpakas, Dromedaren, Lamas, Gibbons, Flamingos und anderen freilebenden Tieren.

Hotel Imperial in Wien

Die Freude, Wien zu sehen, ist groß und lässt mein Herz höherschlagen. Harry ist der Pilot und Gehao sitzt neben ihm. Er hat ein Bündel Dokumente auf seinem Schoß, die er während des Flugs studiert. Ich sehe hinunter auf die Erde und bewundere die schönen kleinen Städte und Dörfer mit ihren strahlenden Dächern. Es sieht sauber und ordentlich aus.

Wir erreichen einen Fluss und Harry informiert mich, dass es die Donau ist. Sie windet sich durch ein hügeliges Land. Südlich sehe ich die schneebedeckten Alpen. Harry fragt Gehao, ob er sie mir zeigen darf. Er ist damit einverstanden. Wir ändern unsere Flugroute. Ich fotografiere in einem fort. Zum Glück ist der Speicher meiner Kamera groß, dass ich mehrere tausend Bilder machen könnte. Harry sagt mir wie die Bergmassive heißen, die wir in geringer Höhe überfliegen.

Die österreichische Hauptstadt ist in Sicht. Bald haben wir unser Ziel erreicht. Auf dem Flughafen Schwechat landen wir und parken die Maschine.

Ein Mietauto steht bereit und wir fahren auf der Stadtautobahn in die Innenstadt von Wien. Sie ist viel kompakter und kleiner als Berlin.

Im Hotel Imperial hat Gehao die Fürstensuite mit eingebundener Imperial-Junior-Suite und ein Zimmer für Harry gebucht. Das Hotel liegt direkt an der Ringstraße. Sie umschließt die Innenstadt. Die Zimmer sind exquisit ausgestattet, viel besser als in Berlin. Sie verströmen ein aristokratisches Flair. Das einzige, was fehlt, ist der schöne Park zum Relaxen. In einer Informationsbroschüre lese ich, dass 1873 das Hotel in Anwesenheit von Kaiser Franz Josef und seiner Sissi feierlich eröffnet wurde. Dieses Kaiserpaar ist in China populär, da viele Menschen die Sissi-Filme gesehen haben. Ich war mit Jin zusammen im Kino und erinnere mich, dass wir beide vor Rührung geweint hatten.

Im Hotel erlebe ich eine Besonderheit. Da wir Suiten gebucht haben, steht uns ein Hotel-Butler zur Verfügung. Er hilft beim Check-in, kümmert sich um das Gepäck und frischt unsere Kleidungsstücke auf. Ich bin gespannt, welche Annehmlichkeiten und Überraschungen er noch bereithält.

Es ist früh am Tag und Gehao lässt sich überreden, mit mir in einem Fiaker die Innenstadt zu erkunden. Vor dem Hotel steigen wir in das offene Gefährt und fahren mit zwei PS die Ringstraße entlang. Der Kutscher erklärt im Wiener Dialekt, die Gebäude, ihre Geschichte, wer die Eigentümer waren und wie die Bauten heute genutzt werden. Gehao übersetzt und ich merke, dass er Schwierigkeiten hat, den Mann zu verstehen.

Mehrere Stunden sind wir unterwegs. Zwischendurch machen wir eine kleine Pause, um uns die Beine zu vertreten. Wir gehen im Schlosspark, vor dem Rathausplatz und in dem Park vor der Karlskirche spazieren und genießen das angenehme Flair, das diese wunderbare Stadt ausstrahlt.

Ich fühle mich um 100 Jahre zurückversetzt. Die Prachtbauten an der Ringstraße sind einzigartig und erinnern im Stil an die Gebäude am Bund in Shanghai.

Bei unserer Rundfahrt habe ich verschiedene Jugendstilbauten gesehen und fotografiert. Ich bin gespannt, was ich in den nächsten Tagen noch entdecken werde. Die offene Kutsche bringt uns bis zum Eingang des Hotels.

Wie eine Prinzessin fühle ich mich in den Prunkräumen der Suite. Der hübsche Prinz, wie in dem Sissi-Film, fehlt. Auf all den Luxus würde ich verzichten, wenn ich mit Peter in dieser Stadt sein dürfte. Dieser Traum ist vorüber. Ich lebe jetzt in einer anderen Welt. Das wird mir deutlich bewusst.

Im Opus-Restaurant lassen wir uns zum Diner kulinarisch verwöhnen. Ich bedanke mich bei Gehao für den schönen gemeinsamen Nachmittag. Er wirkt nervös. Ich merke, dass er sich zum Arbeiten zurückziehen will. In zwei Tagen erwartet er seine Geschäftsfreunde. Wie er mir sagt, kennt er sie lange. Er war mit ihnen im Schweizer Internat. Der eine lebt mit seiner Familie in Salzburg und der andere ist vor fünf Jahren nach Budapest übersiedelt.

Nach dem Diner inspiziere ich das Hotel und finde im Hallensalon Harry an der Bar. Er freut sich, dass ich mich zu ihm setze und er lädt mich zu einem Drink ein.

„Es war freundlich von ihnen, dass sie über das Gebirge geflogen sind. Die schneebedeckten Gipfel sehen fantastisch aus."

„Wenn das schöne Wetter weiterhin anhält, können sie die Berge auf unserem nächsten Flug noch genügend bestaunen."

„Verraten sie mir, was das nächste Ziel ist?"
Harry sieht mich verlegen an.
„Das darf ich nicht! Es soll eine Überraschung sein."
Ich glaube, dass es wenig Sinn hat, weiter zu fragen. Wir planen zusammen die nächsten Tage für unsere Erkundungstour, auf den Spuren des Jugendstils. Ich merke, dass Harry sich nicht sonderlich für Gebäude interessiert. Er schlägt mir vor, einen Spezialisten zu engagieren, der mir gezielt die Bauten zeigen und erklären kann. Es ist eine gute Idee.

Der Butler serviert am nächsten Morgen das Frühstück in unserer Suite. Er legt die frisch gebügelten Zeitungen auf den kleinen Tisch und fragt, womit er noch behilflich sein kann. Ich erkläre ihm, dass mich die Jugendstilbauten interessieren und ich einen chinesisch- oder englischsprachigen Stadtführer benötige.
Er verspricht mir, sich darum zu kümmern.

Ein älterer Herr, der sich als Architekt ausweist und Führungen durch die Innenstadt macht, stellt sich mir vor.

Wie ein Gentleman sieht er aus und begrüßt mich mit den Worten: „Küss die Hand, gnädige Frau!"
Er wartet, dass ich sie ihm reiche.
Ich sehe ihn nur verblüfft an. Schnell korrigiert er seinen Irrtum.

„Kiss the Hand, Madame!", wiederholt er im feinsten Englisch. Zögernd greift er nach meiner Hand und deutet einen Kuss an.

Das habe ich noch nie erlebt. Ich finde, es ist eine charmante Art der Begrüßung.

Mit dem Architekten beginne ich vom Hotel aus, zu Fuß die Tour. Harry folgt uns diskret. Die ersten Bauten liegen nicht weit weg. Der Architekt erklärt mir die Besonderheiten und ich fotografiere. Später werde ich ein Fotobuch darüber erstellen.

Unterwegs sehen wir andere interessante Bauten und Kirchen. Zum Rasten nehmen wir uns wenig Zeit. Es gibt viel zu sehen und zu bestaunen. In einem Altwiener Kaffeehaus stärken wir uns. Es nennt sich „Demel" und ist nicht weit von der Hofburg, der ehemaligen Kaiserresidenz, entfernt. Die im Rokoko gestalteten Räume dienten im 18. Jahrhundert als Traditionskonditorei und waren Treffpunkt für die Aristokraten und reichen Bürger. Kaiser Franz Josef und seine Sissi müssen die süßen Köstlichkeiten ebenso geschmeckt haben. Es wird gesagt, dass die kaiserliche Küche vom Demel beliefert wurde.

Der Architekt erzählt mir eine interessante Geschichte aus der guten alten Zeit, die amüsant klingt.

Bei offiziellen Einladungen zu einem Diner in die Hofburg, konnte es passieren, dass man hungrig die Tafel verlassen hat. Die Gäste mussten auf die Fragen des Kaisers antworten und fanden keine Zeit zum Essen. Im Demel hat man sich, nach dem Besuch bei seiner Majestät, an feinen Leckereien sättigen können.

Die Etikette muss ähnlich streng gewesen sein, wie die am Pekinger Kaiserhof. Alles war vorgeschrieben und musste genauestens eingehalten werden. Ich bin froh, dass ich nicht in dieser Zeit lebe.

Vom Demel kommen wir an dem Gebäude der Spanischen Hofreitschule vorbei. Ein paar Hengste werden von der Trainingshalle in die Stallungen geführt und müssen die Straße überqueren. Sie tänzeln an mir vorüber. In einem Schaukasten finde ich Angaben zu den Vorführungen und dem Training. Die Morgenarbeit beginnt um 10 Uhr, bei der man zusehen kann. Ich werde mit Gehao sprechen, ob es ihn interessiert.

Erschöpft kommen wir im Hotel an. Der sportliche Harry wirkt angeschlagen. Ich ruhe mich auf meinem Bett aus und schlafe sofort ein. Gehao weckt mich vor dem Diner. Heißes Duschen bringt meine Lebensgeister zurück. Gehao erwartet mich im Wohnzimmer. Ich frage ihn, ob er Lust hat, mich morgen zur Spanischen Hofreitschule zu begleiten.

„Das geht nicht. Ich treffe mich morgen mit meinen Geschäftsfreunden. Ein andermal!"

Das „andermal" ist klarer ausgedrückt „keinmal".

„Schade!" sage ich enttäuscht.

„Du musst dich nicht nach mir richten. Wenn du hingehen möchtest, gehe!", sagt er bestimmend.

„Was ist mit Harry?"

„Ich brauche ihn morgen. Wir sind den ganzen Tag unterwegs."

Gedankenverloren sehe ich aus dem Fenster.

„Bist du verärgert, weil Harry dich nicht begleiten kann?", will er wissen.

„Nein! Wann werdet ihr zurück sein?"

„Das kann ich nicht sagen! Warte bitte nicht mit dem Diner auf mich. Mit meinen alten Schulfreunden werde ich den ganzen Tag und Abend verbringen. Ich habe sie lange nicht gesehen."

Es ist gut, dass wir darüber gesprochen haben. Ich weiß, woran ich bin. Was ich morgen unternehmen werde, muss ich mir noch überlegen.

Nach dem Diner zieht sich Gehao zum Arbeiten zurück. Ich treffe Harry an der Bar und wir plaudern.

„Haben Sie Lust, jetzt bummeln zu gehen?", frage ich ihn.

„Sie haben eine gute Kondition Madame. Natürlich werde ich sie begleiten, wenn sie es wünschen.", sagt er bewundernd.

Ich merke ihm an, dass er lieber auf seinem Barhocker sitzen bleiben würde.

Der laue Sommerabend treibt mich auf die Straße. Ich möchte in die Masse der Menschen eintauchen und ziellos dahin flanieren. Wir gehen ein Stück die Ringstraße entlang in Richtung Oper und schwenken zur Kärntner Straße ein. In der Fußgängerzone wimmelt es von Menschen. Die Schaufensterauslagen preisen den Luxus, in dem wir leben. Nichts kann zu schön und zu teuer sein. Die Preise verraten, dass hier nicht jeder einkaufen kann. Neben dem Überfluss mahnen Bettler, dass es eine andere Seite des Existierens gibt. In schäbige Kleider gehüllt, strecken sie ihre dürren Arme den Vorbeigehenden entgegen. Die meisten Passanten beachten sie nicht oder sehen weg als wollten sie ihre Augen mit dem erbärmlichen Anblick nicht beleidigen. Ich habe in meiner kleinen Handtasche ein paar Dollarscheine und Münzen. Einen der Geldscheine reiche ich einer Frau. Sie sieht mich dankbar an. Unsere Blicke begegnen sich.

„Wieso gibt es diese Armut in dem reichen Österreich?", frage ich Harry.

„Die meisten Leute sind nicht von hier. Viele kommen aus Rumänien und werden von miesen Geschäftemachern mit dem Bus hierhergebracht, um zu betteln. Das Geld, was sie bekommen, müssen sie abliefern. Das ist Sklavenarbeit."

Betroffen gehe ich weiter. Musikanten spielen in Abständen voneinander auf der breiten Fußgängerstraße. Sie sind von Zuhörern umringt und ernten nach den Darbietungen großen Applaus. Eine Schale mit Münzen liegt auf dem Boden.

„Was sind das für Leute? Woher kommen sie?", frage ich Harry.

„Die Musikanten stammen aus verschiedenen Ländern. Diese sind aus Schottland. Sie können sie an ihrer Kleidung erkennen."

Mir fallen die Röcke auf, die sie tragen.

„Gleichberechtigung der Geschlechter haben die falsch verstanden?", bemerke ich scherzhaft und Harry biegt sich vor Lachen.

Verschiedene Lokale haben inmitten der Fußgängerzone Tische und Stühle aufgestellt. Wir können uns an einem Tisch dazusetzen und beobachten das Treiben um uns herum.

Harry bestellt für sich ein großes Glas Bier und für mich einen gespritzten Weißwein. Meine Füße sind dankbar für diese Pause. Auf meinem kleinen Stadtplan, den ich bei mir trage, erkenne ich, dass wir uns am Graben befinden. Der Stephansdom ist in der Nähe und erhebt sich wie eine riesige Pagode zum Himmel.

An uns strömen Menschen in verschiedene Richtungen vorbei. Eine bestimmte Ordnung in den Bewegungen muss bestehen. Nirgendwo gibt es einen Stau, alles fließt.

Die Ruhe wird überraschend gestört. Es bildet sich nicht weit von unserem Tisch entfernt, in dem zähfließenden Menschenstrom, ein Wirbel. Kreischende Frauen, Tumult, nichts Genaues ist zu erkennen. Harry springt von seinem Stuhl auf und stellt sich schützend zwischen mich und dem Unruheherd. Es ist nicht zu erkennen, was passiert ist. Ein junger Mann versucht zu fliehen, andere hindern ihn daran. Ängstlich sehe ich in die Richtung zu der aufgebrachten Gruppe.

„Was ist los?", frage ich Harry.

„Ein Dieb wurde gefasst, der eine Frau bestohlen hat. Jetzt hält man den Burschen fest, bis die Polizei da ist.

Neugierig sehe ich hin.

„Es ist besser von hier zu verschwinden", sagt Harry.

„Wenn der Dieb gefasst ist, kann nichts mehr passieren", entgegne ich.

„Ich gehe kein Risiko ein. Wenn der Bursche einen Helfer hat und der mit einer Pistole bewaffnet ist, kann es gefährlich werden."

Ich füge mich den Anweisungen von Harry. Er kann Gefahren besser einschätzen als ich.

Wir gehen in entgegengesetzter Richtung davon. Jetzt spüre ich erst, wie aufgeregt ich bin. Harry beruhigt mich und sagt, dass er alles unter Kontrolle hat.
Eine absolute Sicherheit kann es nicht geben.

Im Hotel erzählt Harry meinem Mann von dem Vorfall. Ihn scheint es nicht zu berühren, da ich nicht unmittelbar gefährdet war.

Am nächsten Morgen ist die Aufregung vom vergangenen Abend vergessen. Nach dem Frühstück gehe ich zu Fuß zur Hofreitschule und sehe mir das Training an. Es gefällt mir gut.

Von dort fahre ich mit der U-Bahn bis zur Haltestelle Hietzing. Es ist der Bezirk, in dem Peter aufgewachsen ist. An die Wohnadresse seiner Eltern kann ich mich erinnern. Ob ich das Haus finde?

Peter wird es ähnlich ergangen sein, wie mir jetzt. Er hatte zum Frühlingsfest mein Elternhaus in Shanghai ausfindig gemacht. Seine Belohnung war, mich zu treffen. Ich weiß, dass er nicht zu Hause ist.

Der Weg bis dorthin kommt mir weit vor. Ich vermute, dass ich mich verlaufen habe. Der Blick auf den Stadtplan gibt mir Gewissheit, dass ich richtig bin. Schöne Häuser befinden sich inmitten prächtiger Gärten und ich fotografiere sie alle. Das Stadtviertel sieht gepflegt aus. Am Ende der Straße muss sich das Elternhaus von Peter befinden. Er hatte es mir bis ins kleinste Detail beschrieben.

Ich bleibe auf dem gegenüberliegenden Bürgersteig stehen und mache ein paar Fotos. Bei Asiaten fällt eine Kamera nicht weiter auf und es verwundert nicht, wenn sie sich für Banalitäten interessieren.

Eine Frau kommt aus dem Haus und es gelingt mir, sie unauffällig zu fotografieren. Es könnte seine Mutter sein, denke ich mir. Ich bin aufgeregt und meine Finger zittern.

Damit ich nicht verdächtig wirke, studiere ich den Stadtplan.

Warum mache ich das?

Es ist mir unklar. Ich bin jetzt die Frau eines anderen und habe keine Veranlassung hier zu sein und alles auszukundschaften. Was soll das?

Eine unerklärliche innere Kraft drängt mich. Am liebsten würde ich die Frau ansprechen und fragen, ob sie Peters Mutter ist. Sie würde wissen wollen, woher ich ihren Sohn kenne und in welchem Verhältnis ich zu ihm stehe. Wahrheitsgemäß müsste ich sagen, dass ich seine Verlobte bin und dass wir heiraten wollten. Würde sie sich freuen und mich zu sich ins Haus bitten?

Ich müsste ihr gestehen, dass ich einen anderen Mann geheiratet habe und es zwischen Peter und mir aus ist. Zwei „Ichs" befinden sich im Wettstreit in meinem Körper. Das eine sagt, mich zu offenbaren und das zweite warnt mich, es zu tun. Ich halte mich zurück.

„Hallo!", rufe ich der Frau hinterher und hoffe, dass sie mich nicht gehört hat. Sie dreht sich um und kommt langsam auf mich zu. Ich strecke ihr meinen Stadtplan entgegen und frage sie auf Englisch, wo sich die Bahnstation befindet. Sie versteht mich nicht. Ich wiederhole die Worte „Underground Station".

Jetzt scheint sie zu erahnen, wohin ich will. Sie deutet mit ihrem Finger auf die richtige Stelle meines Stadtplans. Ich nicke ihr zu, dass ich sie verstanden habe.

Sie zeigt in die Richtung, aus der ich gekommen bin und will mir klarmachen, dass sie zu der Bahnstation geht. Ich soll ihr folgen.

Sie läuft langsam und sieht mich lächelnd von der Seite an. Bei jedem schönen Haus, an dem wir vorbeikommen, mache ich ein Foto. Sie wartet auf mich, bis ich fertig bin. Wir sprechen miteinander, ohne uns zu verstehen.

Mit dem Finger deutet sie auf mich und sagt: „Architekt!"

Ich nicke und freundlich lächelnd redet sie auf mich ein. Ob sie jetzt von ihrem Sohn erzählt? Ich verstehe die Worte „Ingenieur" und "China". Beides trifft für Peter zu. Ich traue mir nicht, seinen Namen zu nennen.

Als wir den U-Bahnhof Hietzing erreichen, bedanke ich mich mit freundlichen Worten für ihre Hilfe. Ich möchte ein Foto von ihr machen, da ich fest davon überzeugt bin, dass es Peters Mutter ist. Wie kann ich ihr klarmachen, dass ich sie fotografieren will.

Mit dem Zeigefinger deute ich auf meine Kamera, dann auf sie und zuletzt auf mich. Sie vermutet, dass sie mich fotografieren soll. Ein junger Mann, der in der Nähe steht und uns zusieht fragt, ob er helfen kann. Ich halte ihm meine Kamera hin und zeige auf den Knopf für den Auslöser. Er hat begriffen und macht zwei Fotos von uns beiden. Jetzt kann ich meinem Kind seine Großmutter zeigen. Ich bedanke mich durch heftiges Kopfnicken bei ihm für seine Hilfe und verabschiede mich von der Frau. Sie hat es eilig, ihre Bahn fährt ein.

Bevor ich in die Innenstadt zurückfahre, gehe ich in den Wiener Tiergarten. Die Ablenkung tut mir gut. Meine Aufregung legt sich allmählich und ich finde zu mir. Dass ich nicht Deutsch kann, habe ich schmerzlich empfunden.

Vor der üblichen Zeit für das Diner erreiche ich das Hotel. Gehao ist nicht da und der Butler richtet mir aus, dass mein Mann wahrscheinlich spät nach Hause kommen wird. Ich lasse mir das Essen in die Suite bringen.

In einer Schale liegen als Nachtisch Pralinen aus der hoteleigenen Konditorei und kleine Stücke der berühmten Imperial Torte. Ich koste eines davon. Mir sagt der Geschmack zu. Der Butler bemerkt meine anerkennende Miene und informiert mich, dass man die Torte an jeden Ort in der Welt als Präsent schicken kann. Mir fällt gleich Jin ein, die eine Naschkatze ist. Sie würde sich über das unerwartete Geschenk freuen.

Der Butler kümmert sich um alles und holt mir die größte Torte in einer Versandbox. Ich schreibe Jins Adresse in Hongping auf den Deckel und lege eine Ansichtskarte des Hotels, mit einem lieben Gruß von mir, bei. Zu gern würde ich ihr Gesicht sehen, wenn sie das Päckchen erhält und öffnet.

Abends will ich nicht ohne Begleitung in einer fremden Stadt bummeln gehen. Ich nutze die Zeit, um auf einem der vielen deutschsprachigen Sender eine Liebeskomödie anzusehen.

Wann ich eingeschlafen bin, kann ich nicht sagen. Plötzlich werde ich wach. Der Fernseher läuft noch und ich schalte ihn aus. Im Wohnraum ist es laut geworden. Gehao wird angekommen sein. Er ist in Begleitung. Die Minibar wird geplündert und laut herumgeschrien. Ich rühre mich nicht und lausche. Betrunkene Männer sind mir ein Graus. Ich bekomme Angst und stelle mir vor, dass er versucht, zu mir ins Schlafzimmer zu kommen. Wenn er gewalttätig wird schreie ich um Hilfe. An den Stimmen kann ich drei Männer unterscheiden. Gehao wird wahrscheinlich seine beiden Geschäftsfreunde mitgebracht haben. Sie sprechen über Frauen und jeder behauptet die Schönste zu besitzen.

Die Freunde wollen mich sehen und vergleichen. Gehao erlaubt es nicht. Nach langem Palaver lässt er sich überreden, dass seine Saufkumpane mich in meinem Schlafzimmer für einen Augenblick betrachten dürfen. Eine Ungehörigkeit, wie ich meine. Ich könnte mich verstecken. Sie würden nach mir suchen. Es ist besser, ich stelle mich schlafend. Wie tot bleibe ich im Bett liegen.

Die Tür wird langsam geöffnet und ich sehe durch die zugekniffenen Augenlider drei Gestalten langsam auf mich zukommen. Sie bleiben vor meinem Bett stehen und blicken auf mich. Was mache ich, wenn sie mir die Decke wegziehen? Bange Minuten verharre ich starr, die mir wie eine Ewigkeit vorkommen.

Die Männer schleichen leise, wie sie gekommen waren, aus dem Zimmer. Vor Anspannung höre ich mein Herz schlagen. Ob sie zurückkommen?

Ich weiß es nicht. Zunächst werde ich Ruhe bewahren.

Wie man mit betrunkenen Männern umgeht, weiß ich nicht. In Shanghai habe ich abends in unserer Straße welche herumtorkeln sehen. Nahe gekommen ist mir noch keiner. Im Nachbarraum wird es still und ich schlafe ein.

Spät am Morgen wache ich auf. Vorsichtig sehe ich in das Wohnzimmer. Es ist alles in Ordnung und aufgeräumt. Keine Spur von dem nächtlichen Treiben ist zu entdecken. Ich gehe zur Minibar und sehe hinein. Sie ist komplett gefüllt.

Spinne ich?

Habe ich mir den Lärm nur eingebildet?

Das kann nicht sein. Ich gehe zur Tür der Junioren Suite, in der Gehao schläft und öffne sie vorsichtig. Er liegt in seinem Bett und schnarcht als wäre letzte Nacht nichts passiert. Kopfschüttelnd gehe ich zurück und kleide mich an. Vom Butler lasse ich mir das Frühstück bringen. Er verzieht keine Miene, als ich ihn auf die nächtliche Ruhestörung anspreche.

„Es ist alles in Ordnung, gnädige Frau!", höre ich von ihm.

Ich habe es gewusst, es ist eine Männerverschwörung. Wenn es darauf ankommt, halten sie alle zusammen. Von der Diskretion des Butlers bin ich beeindruckt und lächle ihm anerkennend zu.

Was ist mit den beiden Freunden von Gehao geschehen, die können in ihrem Zustand unmöglich das Hotel verlassen haben.

In Gehaos Raum habe ich sie nicht entdeckt. Es sind viele ungeklärte Fragen, die mir mein Mann, wenn er nüchtern ist, beantworten muss.

Ich rufe Harry an und bitte ihn, in zehn Minuten in der Hotelhalle zu sein. Als ich komme, wartet er auf mich.

„Begleiten Sie mich bitte zum Einkaufen!", fordere ich ihn auf.

Den scharfen Ton in meiner Stimme scheint er erkannt zu haben.

Wir gehen zu Fuß in die Kärntner Straße und ich kaufe in meiner Rage teuer ein. Ein Ring und eine wunderschöne Perlenkette sind die Strafe für Gehaos Entgleisung gestern Nacht. Harry sagt kein Wort. Wir gehen zum Demel auf einen Kaffee. Harry sitzt mir gegenüber und versucht an mir vorbei zu sehen.

„Was war gestern los?", fordere ich ihn auf, zu reden.

„Nichts Besonderes Madame, nur ein feuchtfröhlicher Herrenabend."

„Für mich war das eine ungehörige Sauferei. Haben Sie da mitgemacht?"

„Das geht nicht Madame. Meine Aufgabe ist, für die Sicherheit ihres Gatten zu sorgen. Ich muss nüchtern sein."

„Wenigstens einer, der sich im Griff hat!"
Harry räuspert sich schuldbewusst.

„Ich habe ihren Gatten gewarnt, mit seinen Freunden zusammen in die Suite zu gehen. Er hat nicht auf mich gehört. Ist er tätlich geworden?"

„Das fehlte noch. Ich würde auf der Stelle zu meinen Eltern reisen."

„Madame, bitte beruhigen Sie sich! Es wird nicht wieder vorkommen, dass sich ihr Gatte derart betrinkt."

„Das möchte ich für ihn hoffen."

Ich bemühe mich, den mitternächtlichen Vorfall zu vergessen. Es hat mir gutgetan, meinen Zorn an Harry abzuladen.

Als wir gegen Mittag im Hotel sind, gehe ich mit gemischten Gefühlen in die Suite. Gehao sitzt vor seinem Laptop als wenn nichts geschehen wäre.

„Warst du einkaufen?", fragt er mich beiläufig.

„Ja, ich habe ein paar schöne Dinge gesehen und wollte mir eine Freude machen."

Er wird annehmen, dass ich in der gestrigen Nacht nichts mitbekommen habe. Kein Wort verliert er darüber.

„Wie war es zu dem Treffen mit deinen Freunden? Hattet ihr einen schönen Abend?"

„Es war nett. Wir haben über vergangene Zeiten gesprochen."

„Wenn du Harry heute nicht benötigst, möchte ich mit ihm auf den Kahlenberg fahren."

„Fahrt nur, ich brauche ihn heute und morgen nicht mehr!", erwidert er zufrieden.

Jetzt weiß ich, dass er zwei Tage das Hotel nicht verlassen wird. Da hat er genügend Zeit, seinen Rausch gründlich auszuschlafen.

Wenn ich weg bin, wird er sich hinlegen. Auf den Vorfall von gestern Abend werde ich ihn nicht ansprechen. Ich erwarte, dass er sich bei mir entschuldigt.

Übermorgen soll es weitergehen. Wohin verrät Harry nicht. Er hatte mir Tipps gegeben, was ich mir in Wien noch ansehen soll. Darunter war der Prater mit dem großen Riesenrad und die Schlösser Schönbrunn und Belvedere.

Auf Anweisung von Gehao, hat Harry drei Konzertkarten im Musikvereinssaal besorgt. Wiener Walzermusik soll zu hören sein. Am letzten Abend will uns mein Mann begleiten. Mit zwei Männern an meiner Seite betrete ich den ehrwürdigen Konzertsaal, der zu den schönsten der Welt zählt. Im chinesischen Fernsehen hatte ich eine Übertragung zum Neujahrsfest gesehen und war begeistert. Ich hätte mir damals nicht denken können, dass ich einmal dieses Haus betrete. Das Leben hält viele Überraschungen bereit, angenehme und böse.

Die letzten Tage sind schnell vergangen. Manchmal hätte ich die Zeit gern angehalten und das Gesehene länger auf mich einwirken lassen. Wien empfinde ich als eine Stadt, in der ich gern leben würde. Ich glaube, dass ich mit Peter hier glücklich wäre. Es ist anders gekommen als wir beide es uns wünschten. Wie ein Vogel im goldenen Käfig, fühle ich mich nicht. Gehao erlaubt mir meine Eigenständigkeit. Ich habe mit ihm einen Mann bekommen, der kultiviert und fair zu sein scheint. Lange kenne ich ihn noch nicht und hoffe, dass er sich nicht ändern wird. Er verhält sich zu mir, wie ich es mit ihm vor unserer Eheschließung ausgehandelt habe und vor allem, wird er das Kind von einem anderen Mann als seines annehmen.

21

Der Louvre in Paris

Wir fliegen über die Alpen. Gehao steuert das Flugzeug in geringer Höhe, damit ich die gewaltigen Berge gut erkennen kann. Harry hat mir eine Panoramakarte gegeben. Er nennt mir die Namen der Orte und Bergmassive, die wir gerade überfliegen.

Die Sonne steht im Süden und blendet mich. Im Norden laufen die Berge in eine grüne Ebene aus. Die Donau kann ich nicht erkennen. Leichte Turbulenzen lassen die Maschine tanzen. Das Leichtflugzeug erscheint mir nicht stabil. Ich habe das Gefühl, dass es jeden Moment auseinanderbrechen kann. Mir ist als sitze ich in einem fliegenden Auto. Die Angstgefühle unterdrücke ich und spreche nicht darüber. Es könnte missverstanden werden. Wenn Gehao denkt, dass ich mich fürchte, nimmt er mich auf keinen Flug mehr mit.

Vor uns liegt das Mont-Blanc-Gebirge. Es bildet die Grenze zwischen Italien und Frankreich und der Mont Blanc ist mit 4810 Metern der höchste Berg der Alpen, erklärt mir Harry.

Gehao verrät mir das nächste Ziel unserer Reise. Es ist Paris. Mit Jin habe ich davon geträumt, diese Stadt zu besuchen. In unserer Schule hatten wir eine Geografie-Lehrerin, die das französische Gymnasium in Shanghai besuchte und uns viel über Paris erzählte. Bald werde ich die Stadt kennenlernen. Die Vorfreude ist die schönste Freude. Mich durchströmt ein starkes Glücksgefühl.

Unter uns liegt eine Autobahn, der wir bis Paris folgen. Im Rundflug überfliegen wir die Metropole von Frankreich.

Ich kann den Fluss Seine erkennen, der die Stadt teilt. Deutlich sind die Kathedrale Notre Dame, der Louvre mit der Glaspyramide, der Triumphbogen und der Eifelturm zu sehen. Nachdem wir den Park von Versailles überfliegen, folgt bald die Landung auf dem Flughafen Orly.

Harry fährt uns mit einem Leihauto in die Innenstadt. Im La Clef Louvre Paris in der 8 Rue de Richelieu hat Gehao gebucht. Das Hotel hat weniger Komfort als die Hotels in Berlin und Wien.

Gehao wurde freundlich an der Rezeption begrüßt, er hatte hier schon öfter übernachtet. Das Hotel liegt zentral, nicht weit entfernt vom Louvre. Ich finde es angenehm, dass wir keine Suite bewohnen. Mein Doppelzimmer ist stilvoll ausgestattet.

Gehao klopft an meine Tür und kommt herein.

„Bist du zufrieden mit deinem Zimmer, wenn nicht können wir tauschen. Meines ist größer", bietet er mir an.

„Ich benötige nicht viel Platz.", entgegne ich.

„Ich werde tagsüber arbeiten und mich abends ins Nachtleben stürzen. Willst du mich begleiten?"

Ich denke an das Trinkgelage im Imperial.

„Wenn du nicht darauf bestehst, bleibe ich lieber im Hotel."

„Wie du möchtest. Jeder ist frei in seiner Entscheidung. Tagsüber steht dir Harry zur Verfügung. In vier Tagen fliegen wir zurück nach London."

„Wo werden wir essen?"

„Gut, dass du fragst. Frühstück und Diner nehmen wir zur gewohnten Zeit gemeinsam in den Restaurants der Umgebung ein. Ich klopfe an deine Tür, wenn ich gehe."

Alles Wichtige ist besprochen und nachdem ich geduscht habe, warte ich geduldig auf das Klopfen von Gehao. Er ist pünktlich. Wir gehen zu dritt in ein naheliegendes Restaurant. Gehao ist gut bekannt und unterhält sich mit dem Restaurantinhaber in fließendem Französisch. Ich bewundere ihn, wie er von einer Sprache in die andere wechselt.

Harry sitzt mit an unserem Tisch. Er unterhält uns mit seinen amüsanten Geschichten. Sie handeln von Paris.

Nach dem Essen machen wir gemeinsam einen Bummel in der Nähe unseres Hotels. Viele kleine Läden befinden sich zu beiden Seiten der Straßen und laden die Passanten, mit geschmackvollen Auslagen in den Schaufenstern, zum Kaufen ein.

Ich merke, dass sich Gehao absolut nicht dafür interessiert. Er sagt mir, dass er sich mit Geschäftsfreunden in der Stadt treffen will. Ich bin einverstanden und hoffe, dass er abends nicht betrunken ins Hotel kommt. Zum Glück sind wir getrennt untergebracht und ich kann meine Tür von innen verschließen. Die Nacht verläuft friedlich. Unsere Zimmer sind in der obersten Etage. Die Morgensonne weckt mich auf. Ich sehe aus meinem Fenster auf die Straße und betrachte das rege Treiben.

Das Frühstück hat in Paris nicht die gleiche Bedeutung wie in Berlin oder in Wien. Gehao fragt mich, ob ich wie die Franzosen essen möchte. Ich nicke und folge ihm mit Harry zu einem kleinen Restaurant um die Ecke. Dort schließe ich mich Gehaos Bestellung an und lasse mich überraschen, was mir der Ober bringen wird.

Es ist dürftig, nur ein Baguette, mit Marmelade, ein Glas Obstsaft und Kaffee. Nach dem üppigen Diner gestern Abend, bin ich mehr als enttäuscht. Gehao bemerkt es und lacht. Es freut mich, dass ich ihn fröhlich sehe.

„Es gibt überall in Paris Gelegenheiten, einen kleinen Imbiss zu nehmen. Gut gegessen wird erst am Abend. Es kann sein, dass ich dich heute nicht zum Diner begleiten kann. Harry bleibt bei dir. Er kennt die Stadt und zeigt dir alle Sehenswürdigkeiten."
Verständnisvoll nicke ich ihm zu.

Nach dem bescheidenen Frühstück steigt Gehao in ein Taxi und fährt weg.

„Was möchten sie sehen, Madam?", fragt mich Harry.

„Sie kennen sich in Paris aus und wissen, was mich interessiert."

„Dann sollten wir zuerst den Louvre besuchen. Es gibt dort viel zu sehen, dass eine Woche nicht ausreicht."

„Es genügt mir, einen Überblick zu gewinnen."

Harry erklärt mir, dass es nicht weit bis zum Museum ist und wir zu Fuß gehen können.

Eine Schlange von Menschen steht vor der gläsernen Pyramide und wartet geduldig.

Wir reihen uns ein und es dauert nicht lange, bis wir zum Ticketschalter gelangen. Harry hat mir ein Prospekt beschafft, mit dem ich die Wartezeit verkürze. In ihm ist der Lageplan für die einzelnen Abteilungen im Louvre gut erklärt. Ich nummeriere die Folge, wo ich überall hinwill und vermerke die Zeit, die wir dortbleiben können. Harry schüttelt den Kopf und meint, dass wir das heute niemals schaffen werden. Ich gebe ihm keine Antwort.

Er bezahlt die Tickets. Es geht los.

Eilig laufe ich durch die Gänge und Räume, in denen eine Unmenge von Exponaten zu sehen sind. Mein Blick geht nach links und rechts als würde ich ein bestimmtes Ausstellungsstück suchen. Mein fotografisches Gedächtnis erfasst wie eine Kamera die Dinge, die mich umgeben und ordnet die Bilder in meinem Erinnerungskasten, nach wichtig oder weniger interessant, ein.

Vor besonderen Exponaten mache ich heimlich mit meinem Handy ein Foto ohne Blitz. Nach einer Genehmigung hatte ich an der Kasse nicht gefragt.

Harry ist müde. Ich merke, wie er zurückfällt. Zum Glück gibt es mehrere Cafés, in denen man sich ausruhen kann. Ich steuere das nächste an. Eine kleine Verschnaufpause wird uns guttun. Nach dem dürftigen Frühstück mundet die Torte. Lange möchte ich nicht verweilen und mache Harry einen Vorschlag.

„Ich gehe ohne sie weiter und besichtige die nächste Abteilung. Nach dem Rundgang hole ich sie hier ab."

Ich weiß nicht, warum Harry zögert, „Ja" zu sagen.

„Wir befinden uns hier in gesicherten Räumen. Eine Gefahr für mich kann ich nicht erkennen", beruhige ich ihn.

Er zögert eine Weile und gibt nach. Ein gutes Gefühl scheint er dennoch nicht zu haben.

„Meine Handynummer haben sie doch eingespeichert? Ich bin jederzeit erreichbar!"
Diese unsichtbare Verbindung zwischen uns scheint ihn zu beruhigen.

Ich gehe los und bewundere die Exponate. Eine Tafel mit dem Hinweis zu einer Sonderausstellung fällt mir auf. Der Eingang ist gleich in der Nähe. Ich gehe hinein und bin fasziniert. Die Zeit vergesse ich und verweile länger als vorgesehen. Ich betrachte mir die Ausstellungsgegenstände und fotografiere sie.

Am Ende des Rundgangs fällt mir Harry ein. Er wird ungeduldig auf mich warten. Ich muss gleich zu ihm zurück. Eilig laufe ich zu der gegenüberliegenden Tür im Ausstellungsraum. Ich sehe mich irritiert um.
Wo bin ich?
Auf dem Prospekt ist das Café markiert.
Eine Aufsichtsperson steht gelangweilt in einer Ecke des Raums. Ich zeige ihr den Plan.

„Können Sie mir sagen, wie ich zu diesem Café komme?"

Der Mann sieht mich sonderbar an und erwidert ein paar Worte in Französisch. Ich hebe die Schulter und schüttle den Kopf, um ihm zu zeigen, dass ich ihn nicht verstehe. Er glaubt zu wissen, wohin ich will. Wie ein Polizist auf einer Kreuzung streckt er den Arm in die Richtung aus, die zu einem Gang führt. Ich erkenne bald, dass es eine Sackgasse ist. Am Ende befinden sich die Türen zu den Toiletten. Als ich den Weg zurückgehe, finde ich den Mann nicht mehr und befinde mich in einem anderen Raum.

Ich muss mich verirrt haben. Mir fällt das Handy ein und ich versuche Harry anzurufen. Außer einem Pieps-Ton ist nichts zu hören. Der Akku ist leer. Ich habe zu viele Fotos gemacht.

Wie ein blindes Huhn irre ich durch die verwinkelten Gänge.

Endlich treffe ich eine junge Frau, die mir weiterhilft. Sie läuft mit mir durch ein Labyrinth, das kein Ende zu nehmen scheint. Als sie eine Tür öffnet, stehe ich in einem Café. Es ist nicht das gleiche, in dem ich Harry zurückgelassen habe.

Verzweifelt sinke ich auf einen Stuhl und bedaure meine Lage. Die junge Frau verschwindet und lässt mich hilflos zurück. Ich fühle mich wie ausgesetzt in einer fremden Stadt, einem riesigen Gebäude mit Menschen, die mich nicht verstehen.

Die Frau kommt zurück und legt die Hand auf meine Schulter. Ein junger Mann in Kellner-Kleidung sieht mich an und fragt mich im feinsten Mandarin, ob er mir helfen kann.

In diesem Moment sind mir die Tränen gekommen. Die Überraschung ist perfekt. Ich erkläre ihm, dass ich ein bestimmtes Café suche, an dessen Namen ich mich nicht mehr erinnere. Er fragt nach Einzelheiten, wie es aussieht, welche Farbe die Wände haben und nach der Möblierung. An wenige Dinge kann ich mich erinnern. Sie genügen ihm und er führt mich dorthin.

Überglücklich laufe ich auf den Tisch zu, wo Harry nervös auf die Tischplatte trommelt.

„Wo sind Sie geblieben, Madame?"

„Ich habe mich verlaufen und der Akku meines Handys ist leer. Zum Glück hat mich ein Kellner hierhergebracht. Wo ist er nur?"

Als ich mich nach ihm umdrehe, sehe ich, wie er davoneilt. Laut rufe ich: "Hallo!"

Erschreckt sehen alle zu mir. Ich renne zu dem Kellner und reiche ihm diskret einen Hundertdollarschein.

„Das ist als Dankeschön für Sie und ihre nette Kollegin."

Der Kellner will das Geld nicht annehmen. Ich stecke es ihm in die Westentasche und gehe zu Harry zurück.

„Auf diesen Schreck brauche ich eine Tasse Beruhigungstee", sage ich ihm. Er winkt der Kellnerin und bestellt zwei.

Nachdem ich ruhig durchatmen kann, erzähle ich ihm von meiner Odyssee. Wir sind den vielen steinernen Göttern in dem Museum dankbar, dass sie uns zusammengebracht haben. Harry bittet mich, meinem Mann nichts von diesem Vorfall zu sagen. Er macht sich Vorwürfe, dass er mich ohne Begleitung durch die Museumsräume gehen ließ. Ich beruhige ihn. Es war meine Idee und mein ausdrücklicher Wunsch.

Die Lust auf weitere Abenteuer im Museum ist mir vergangen. Wir beschließen auf den Eifelturm hinauf zu fahren. Dort gibt es einen Lift und ich kann mich nicht verirren.

Zum Diner ist Gehao nicht im Hotel. Harry und ich suchen ein nettes Restaurant und lassen uns von dem Küchenchef verwöhnen.

Wir machen einen kleinen Verdauungsspaziergang entlang der Seine. Dies sind Augenblicke, die man nicht vergisst. Schweigend sehen wir auf das Wasser, zu den Liebespaaren an den Ufern und den vorbeiziehenden Booten. Es ist schön wie in Suzhou, der Stadt mit den vielen Wasserkanälen. Meine Gedanken fliegen zu Peter, wie wir von den Brücken unsere Träume geschmiedet haben. Vor einem Jahr sah ich im Fernsehen einen futuristischen Film, in dem Menschen von einem Platz zu einem anderen gebeamt wurden. Wenn das realisierbar wäre, würde ich Peter sofort hierher teleportieren. Es wäre ein interessantes Forschungsgebiet für mich. Ob ich die Realisierung erleben werde? Um alle Informationen über einen Menschen zu speichern würde kein vorhandenes Speichermedium ausreichen. Eine menschliche Zelle soll aus umgerechnet 10 Milliarden Bits bestehen. Diese Zahl ist unvorstellbar. Wenn ich bedenke, dass ein Mensch aus mehr als 100 Billionen Zellen besteht, lassen sich die Größenordnungen abschätzen. Sie sind gewaltig.

Als wir in unserem Hotel ankommen, klopfe ich an Gehaos Tür. Es ist nichts zu hören. Ich nehme an, dass er spät nach Hause kommen wird.

Die Nacht ist ruhig und ich schlafe gut.

Am Morgen ist Gehao noch nicht da. Ich frage Harry während des Frühstücks ob er mit meinem Mann telefoniert hat. Zunächst will er nicht mit der Sprache heraus. Als ich nicht aufhöre zu drängen sagt er, dass mein Mann heute nicht zurückkommen wird, da er bei seinem Geschäftsfreund übernachtet. Es klingt nicht glaubwürdig. Mir kann es egal sein was Gehao tut. Es wundert mich nur, dass er einen ganzen Tag ohne seinen Computer auskommt.

Mit neuem Elan gehen wir an unser Besichtigungsprogramm und Harry klagt nicht über seine laufmüden Beine.

In der nächsten Nacht werde ich durch Geräusche aus Gehaos Zimmer wach. Ich lausche an der Wand und kann eindeutig Stimmen erkennen. Zunächst glaube ich, dass er Trinkkumpane mitgebracht hat. Ich höre eine Frau sprechen. Es ist nicht nur eine, sondern ich kann eindeutig drei heraushören. Langsam taste ich mich zurück in mein Bett. Gehaos Verhalten stört mich. Huren in unser Hotel mitzubringen ist eine Zumutung.

Dennoch ist es besser als dass er an meine Tür klopft und seine ehelichen Rechte einfordert.

Meine Gefühle, ihm gegenüber, haben sich nicht wesentlich verändert. Mich stört sein entstelltes Äußeres nicht, wie am Anfang. Liebe kann sich zwischen uns nicht entwickeln, zumindest nicht im Sexuellen. Ich fühle mich ausgebrannt und leer. Wenn ich jetzt an Peter denke, empfinde ich keine Lust. Bin ich frigid geworden?

Ich will es wissen und beginne mich zu streicheln. Vom Nebenraum höre ich heftiges Stöhnen und Keuchen. Es animiert mich nicht. Ich gebe auf und versuche einzuschlafen.

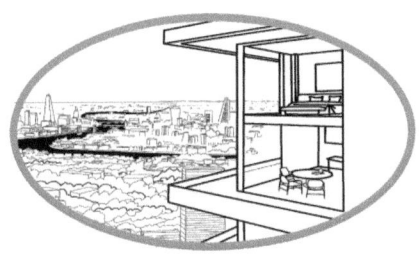

22

Penthaus in London

Wir sind nach London zurückgekehrt. Ich weiß nicht, ob ich froh darüber bin. Das Penthaus soll mein Zuhause werden. Es fällt mir schwer, mich an diesen Gedanken zu gewöhnen.

Alle unsere Besucher sind verschwunden. Darüber bin ich froh.

Gehao sehe ich nur abends zum Diner. Die meiste Zeit vertreibe ich mit Einkaufsbummeln. Ich benötige nichts. Die Langeweile holt mich ein. Mir kommt in den Sinn, dass ich Deutsch lernen wollte. Dies wäre die beste Zeit, damit zu beginnen.

Abends frage ich Gehao, ob er ein gutes Sprachinstitut kennt.

„Für welche Sprache?“, will er wissen.

„Ich möchte gern Deutsch lernen.“

„Das finde ich gut. Es ist sinnvoll, andere Sprachen zu beherrschen. Jede von ihnen ist ein Tor in eine neue Welt.“

„Welche sprichst du?“, frage ich ihn.

„Chinesisch, Englisch, Deutsch und Französisch spreche ich fließend. Italienisch und Spanisch ein wenig. Es genügt mir, für meine Arbeit."

„Das sind viele Sprachen, davon kann ich nur träumen."

„Ich habe sie mir nicht selbst ausgesucht. Im Internat in der Schweiz wurde Deutsch gesprochen. Als Fremdsprache hatten wir Englisch und Französisch. Das Italienisch und Spanisch habe ich von Schulkameraden gelernt, die aus den Mittelmeerländern kamen und die ich in den Ferien besuchte."

„Warst du in den Schulferien nicht in Hongkong bei deinen Eltern?"

„Einmal im Jahr, zum Frühlingsfest war ich daheim. Es hat mir nicht gefallen."

„Warum?"

„Hongkong ist mir fremd, obwohl ich dort geboren bin. Mein Vater kannte nur seine Arbeit und meine Mutter spielte Grand Dame und konnte mit mir nichts anfangen. Nur die Köchin mochte mich. Jetzt habe ich mich wiederholt und dich mit meiner Kindheitsgeschichte gelangweilt. Entschuldige!"

„Ich höre dir gern zu. Du hast es nicht leicht gehabt", versuche ich ihn zu trösten.

„Ich will nicht klagen. Nur Liebe und Zuneigung meiner Eltern haben mir gefehlt."

Das Verhältnis zu seinen Eltern scheint Gehao noch immer schwer zu belasten. Er tut mir leid.

„Du möchtest Deutsch lernen. Ich besorge dir einen guten Lehrer. Er wird dich hier unterrichten."

„Ich würde lieber in ein Sprachinstitut gehen und in einer Gruppe lernen."

„Warum? Es ist nicht effektiv", bemerkt Gehao erstaunt.

„Mir geht es um die Unterhaltung in der Gruppe. Ich muss mit jemand sprechen können, wie früher mit meiner Freundin Jin."

Gehao überlegt.

„Lass sie zu uns kommen! Wenn es ihr hier gefällt, kann sie bleiben."

„Würdest du es erlauben?", frage ich überrascht.

„Natürlich, ich kann dich verstehen. Daran habe ich nicht gedacht. Du bist weit weg von zu Hause und einsam wie ich."

Wie er das sagt. Seine Worte berühren mich.

Gehao ist ein Einzelkind und für ihn ist das Alleinsein normal.

Zu unserer Hochzeit fiel mir auf, dass er keinen intimen Freundeskreis hat und nur von Geschäftsfreunden spricht, die ihn umgeben. Sie sollen zu einem Netzwerk gehören, dem er durch seinen Job als Geschäftsführer der Londoner Filiale einer Bank seines Vaters, angehört. Geschäftliches und Privates scheint für ihn verschmolzen zu sein.

Von Jin und dem Sprachkurs sage ich nichts mehr.

Der Butler reicht mir die Speisekarte für die nächsten drei Abende. Es ist meine Aufgabe die Menüs für das Diner mit der Köchin abzustimmen.

Nach unserer Rückkehr von der Städtereise hatte ich gemerkt, dass Gehao auf die gemeinsamen Abendmahlzeiten großen Wert legt. Sie scheinen ihm ein Gefühl von Häuslichkeit zu vermitteln. Es ist die einzige Zeit am Tag, wo wir uns sehen und miteinander sprechen.

Am nächsten Tag gibt er mir Adressen von namhaften Sprachinstituten in London, die ich aufsuchen und selbst beurteilen soll. Wegen Jin ist er ebenso aktiv geworden und hat sich erkundigt, welche Möglichkeiten bestehen, dass sie ins Ausland reisen darf. Am besten wäre es, wenn sie einen Studienaufenthalt in London beantragt. Offiziell wäre sie eine Studentin, die sich auf eigene Kosten an einer Londoner Universität einschreibt. Die Studiengebühr würde er übernehmen.

„Du musst deine Freundin fragen, ob sie kommen will."

„Wie lange darf sie bleiben?"

„Das liegt an dir und ihr. Wenn sie als Kindermädchen geeignet ist, kannst du sie als solche einstellen. Sie bekäme ein festes Gehalt."

Kindermädchen ist eine gute Idee. Ihre Mutter war es bei mir und Jin könnte diese Tradition bei meinem Kind fortsetzen. Geeignet wäre sie. Bleibt nur die Frage, ob sie will. Nach dem Diner schreibe ich ihr einen Brief. Es fällt mir nicht leicht, da ich ein schlechtes Gewissen habe, weil ich sie über meine Heirat nicht vorher informiert hatte. Sie ist, wie Peter, vor vollendete Tatsachen gestellt worden und ich weiß, dass man sich einer Freundin gegenüber anders verhält. Ob sie mir verzeihen wird und nach London kommt? Die Vorstellung ist schön. Sie wird bei uns wohnen und ich kann mich mit ihr, wie in früheren Zeiten, den ganzen Tag lang unterhalten. Es vermindert meine Sorge, dass ich eines Tages Heimweh bekommen könnte.

Nachdem der Brief abgesandt ist, gehe ich die Sache mit dem Deutschsprachkurs an. Von den Sprachinstituten, die mir Gehao vorgeschlagen und ich mir angesehen habe, wähle ich die Inlingua-Sprachschule aus. Ich buche einen Gruppenkurs an zwei Tagen in der Woche, je eine Doppelstunde. Morgen kann ich einsteigen, haben sie mir gesagt. Das passt gut. Das Institut ist am Coldbath Square. Harry fährt mich hin und holt mich ab. Ich wäre lieber mit dem Taxi gefahren.

Aufgeregt erscheine ich in dem Schulraum für Deutsch-unterricht. Wir haben einen Lehrer, der gebürtiger Deutscher ist und diese Sprache als Muttersprache beherrscht.

Der Unterricht hat vor einer Woche begonnen. Ich soll noch nicht viel versäumt haben. 8 Schüler, 2 Männer und 6 Frauen, sind in der Klasse. Ich gehöre zu den Jüngsten. Meine Mitschüler brauchen die Sprache für ihren Beruf. Ich bin die Einzige, die Deutsch aus reinem Vergnügen lernt.

Gleich zu Anfang fordert der Lehrer alle auf, sich mit Namen und der ausgeübten Tätigkeit den Mitschülern vorzustellen. Ich tue mich schwer. Welchen Job soll ich angeben? Ich bin gewissermaßen Hausfrau. Es ist nicht richtig, da ich im Haushalt nichts zu tun habe. Mir wird erst jetzt bewusst, dass mir mein ehemaliger Beruf fehlt. Nichts passt bei mir. Wie kann ich mich beschreiben?

Eine Ehefrau bin ich. Ist das ein Beruf? Wenn er das wäre, würde ich ihn schlecht ausüben. Nüchtern betrachtet bin ich ein brütender Vogel in einem goldenen Käfig.

Trost bietet mir der Umstand, dass es nicht mein Wille war in diese Lage zu kommen. Ich greife auf meine frühere Tätigkeit zurück und sage, dass ich mit der Erstellung von Rechnerprogrammen zu tun hatte. Niemand fragt, ob ich noch programmiere. Sie sind zufrieden, dass sie mich jetzt in eine ihrer Schubladen einordnen können. Der Stoff der ersten beiden Unterrichtseinheiten wird kurz wiederholt. Da ich in China mit Deutsch begonnen hatte, fällt es mir nicht schwer, den Anschluss zu finden. Ich stelle fest, dass ich sogar einen gewissen Vorlauf besitze. Das erleichtert mir das Eingewöhnen in den Unterricht.

Eine der Schülerinnen, die neben mir sitzt, fragt mich öfter und ich kann ihr helfen. Sie tut sich offensichtlich mit der deutschen Grammatik schwer. Wenn ich ihre Frage beantworte, lächelt sie mir dankbar zu. Sie erinnert mich an Jin, die auf meine Hilfe im Unterricht angewiesen war.

Ich frage sie, ob sie mit mir nach dem Unterricht in ein Caféhaus geht, damit wir uns ein wenig unterhalten können. Sie muss leider nach dem Unterricht gleich ins Büro. Als Sekretärin ist sie in einem Reisebüro tätig und möchte gern als Reiseleiterin nach Deutschland fahren. Dazu muss sie fließend deutsch sprechen.

Den anderen scheint es ähnlich zu gehen. Gleich nach dem Unterricht hasten sie eilig davon. Niemand hat Zeit, sich mit mir zu unterhalten.

Zum Abendessen fragt mich Gehao, wie mein Unterricht heute war.

„Ich habe guten Anschluss an den Stoff gefunden. Die ersten beiden Lehreinheiten, die mir fehlen, werde ich schnell aufholen. Die Sprache liegt mir und ich denke, dass ich sie schnell erlerne."

„Wenn du möchtest, können wir uns in Deutsch unterhalten. Ich spreche es wie meine Muttersprache."

„Jetzt noch nicht. Ich komme später gern auf dein Angebot zurück."

Von der Enttäuschung, dass ich niemand gefunden habe mit dem ich nach dem Unterricht plaudern kann, sage ich ihm nichts. Er könnte mir einen Vorschlag machen, der mir nicht gefällt und den ich nur schwer ablehnen kann.

In Shanghai hatte Gehao von Partys gesprochen. Seitdem wir hier sind ist nicht mehr die Rede davon.

„Bevor ich es vergesse, wir haben am Samstag eine Einladung zu einer Party bei einem Geschäftsfreund.

Würdest du mich begleiten?"

Ich bin verblüfft. Kann er meine Gedanken erraten?

„Gern komme ich mit!", antworte ich verhalten.

Innerlich schlage ich Purzelbäume vor Freude. Viele Fragen schwirren, wie aufgescheuchte Tauben, in meinem Kopf herum.

Was soll ich anziehen? Worüber spricht man dort? Wie trete ich auf?

Gehao beruhigt mich, ohne dass ich ihm meine Unsicherheit anmerken lasse.

„Wenn du Fragen hast, was du anziehen sollst oder wer die Gäste sind, denen du dort begegnest, wende dich an James. Er hilft dir in allem weiter."

Der Butler, der in der Nähe der Tür steht, nickt mir zu.

Das Diner ist beendet und Gehao geht in sein Büro zurück. Ich war noch nie dort und würde es mir gern ansehen. Ihn darum bitten, will ich nicht. Er muss es mir von sich aus anbieten. Von meinem Fenster aus kann ich die Bankfiliale sehen. Sie liegt gegenüber von unserem Hotel und ist für ihn leicht erreichbar. Es brennt in einigen Räumen bis spätabends Licht. Wo sich sein Büro befindet habe ich noch nicht herausgefunden.

Gehao kommt jeden Tag spät nach Hause.

Ich kann ihn hören, wenn er in sein Zimmer geht. Die Tür fällt schwer ins Schloss und erzeugt ein dumpfes Geräusch.

Am Morgen steht er zeitig auf. Ich schlafe da noch, da ich abends bis Mitternacht wach bin.

Wir sehen uns nur zum Diner, das genügt mir.

Gern sitze ich auf der Dachterrasse oder wenn es regnet, in der Orangerie. Es ist wie im Urlaub. Ein kleiner Pool sorgt an den heißen Tagen für Abkühlung und das freundliche Wesen des Butlers James, lässt mich die Einsamkeit vergessen. Er fühlt sich für die Pflanzen in der Orangerie verantwortlich und behandelt sie wie seine Kinder. Sie haben ihre eigenen Namen, nicht nur den ihrer Gattung, sondern er hat jeder einen besonderen Vornamen gegeben.

Isabella, die Tochter der Köchin Charlotte, leistet mir gern Gesellschaft. Sie ist kindlich und einfältig. Ein anspruchsvolles Gespräch kann ich mit ihr nicht führen. Wie sie mir sagte, hat sie nach wenigen Jahren die Schule abgebrochen und da sie mit ihrer Mutter bei meinen Schwiegereltern im Haushalt wohnte war dies kein Grund, sich um ihre Zukunft zu sorgen.

Ihr Wesen ist sanftmütig und naiv. Eine Schönheit ist sie nicht, wenn es ein Kriterium gibt, um das zu beurteilen. Sie ist 24 Jahre jung. Ihre Statur gleicht einer vollschlanken Dreißigjährigen.

Meine Kleider passen ihr nicht. Ich habe sie ertappt, wie sie vor meinem Ankleidespiegel stand und sich die schönen Modestücke angehalten hat. Mit einem tiefen Seufzer hängte sie die Sachen zurück.

Mit ihrer Mutter habe ich wenig Kontakt. Sie scheint die Küche nicht zu verlassen und ich habe das Gefühl, dass sie mir aus dem Weg geht. Ich sehe sie nur, wenn ich morgens das Menü für das Diner mit ihr abstimme.

Das Penthaus ist wie eine abgeschlossene Welt mit seinen eigenen Gesetzen und Rollenspielen. Die Harmonie scheint durch meine Anwesenheit nicht gestört. Ich bin die neue Herrin über das kleine Reich. Standesdünkel kenne ich nicht. In meinem Elternhaus hat es das nicht gegeben. Die Angestellten wurden wie Familienmitglieder behandelt. Das zeigte sich in Notsituationen am Deutlichsten. Als Jins Mutter mit ihrer Tochter die Hilfe meiner Eltern benötigte, waren sie für sie da.

In der Gemeinschaft des Penthauses empfinde ich ebenso eine Verantwortung für jeden der Angestellten und ich denke, sie spüren das. Es ist keine falsche Freundlichkeit, die sie mir entgegenbringen, bis auf Charlotte, deren Wesen ich nicht deuten kann. Ob sie auf mich eifersüchtig ist? Bisher bestimmte sie allein über die Speisen, die Gehao zum Dinner bekommt. Jetzt entscheide ich mit, was es gibt. Ich lege mehr Wert auf Speisen der Fukien-Küche und Charlotte bevorzugt die Kanton-Küche, die im Südosten Chinas verbreitet ist.

23

Picknick an einem Londoner See

Den Rest der Woche bin ich mit meinen Gedanken bei der Party. Ich habe viele Fragen an James und geduldig antwortet er mir. Er rät zu dem passenden Kleid, das ich tragen soll und nennt mir die Namen der wichtigsten Personen, mit denen ich zusammenkomme und mich unterhalten werde. Zur gepflegten Konversation hat er Tipps parat.

Gut vorbereitet fahre ich am späten Samstagnachmittag mit Gehao zu dem Landhaus des Geschäftsfreundes. Das Gebäude entpuppt sich als kleines Schloss mit ausgedehnter Parkanlage. Am Eingang werden wir von dem Gastgeberehepaar empfangen und willkommen geheißen. Nach ein paar unverbindlichen Worten werde ich den anderen Gästen vorgestellt. Ich bin die einzige Unbekannte in diesem elitären Kreis und das Interesse, mit mir ein paar Worte auszutauschen, scheint groß zu sein. Gut, dass ich darauf vorbereitet bin. Mit Verwunderung stellt Gehao fest, dass ich mir die Namen der vorgestellten Personen merke. Ich verrate ihm nicht, dass mir der Butler geholfen hatte, sie einzustudieren.

Nachdem die „How do you do?"-Begrüßungsfloskeln ausgetauscht wurden, lässt mich Gehao inmitten des großen Raums stehen. Er unterhält sich mit einigen der Herren. Unauffällig sieht er zu mir, ob ich seine Hilfe brauche. Zwei Frauen leisten mir Gesellschaft und wollen wissen, woher ich komme und was ich in China getan habe. Sie wundern sich, dass ich Technikerin bin und im Kraftwerksbau tätig war.

Erstaunt bin ich über ihre geographischen Kenntnisse. Eine von ihnen hatte das Land bereist. Von Hangzhou war sie angetan. Shanghai gefiel ihr nicht. Sie fand es zu groß und modern.

Bei dem gereichten Sekt halte ich mich zurück. Es ist ebenso ein Tipp von James. Zu schnell ist man beschwipst. Gehao nickt mir anerkennend zu. Er merkt, wie gut ich zurechtkomme. Ein Herr gesellt sich zu uns und verdrängt die Damen. Er fragt mich nicht aus, sondern erzählt von sich und der Partygesellschaft. Es sind Insider-Informationen, die für mich interessant und wichtig sind. Amüsiert folge ich seinen Ausführungen und es macht ihm sichtlich Spaß, eine dankbare Zuhörerin gefunden zu haben. Durch unser Lachen aufmerksam geworden, gesellen sich zwei weitere Herren zu uns. Ich werde von ihnen, wie eine süße Frucht von Bienen, umschwärmt. Es ist schön, im Mittelpunkt dieser Herrenschar zu stehen und ich genieße die Komplimente und Freundlichkeiten, die sie mir erweisen. Einbilden tue ich mir nichts darauf. Es ist ein Spiel zwischen den Geschlechtern und für beide Seiten interessant und angenehm.

Das Büfett wird eröffnet. Die drei Herren begleiten mich in einen Seitenraum. Auf mehreren Tischen sind erlesene Köstlichkeiten aneinandergereiht. Die Dekorationen wurden ähnlich aufwendig gestaltet, wie ich es in China zu besonderen Festlichkeiten kenne. Jedes Stück ist ein vergängliches Kunstwerk und nur für diesen Abend gemacht.

Einer der Herren ist ein geschwätziger Typ. Ich lasse ihn reden und beobachte mein Umfeld und die anderen Gäste. Die feine, ruhige Umgangsart gefällt mir. Es ist nicht laut, wie ich es in China bei Festlichkeiten kenne.

„Gefällt es dir?", flüstert mir jemand von hinten zu. Erschrocken drehe ich mich um und sehe Gehao.

Die drei Herren neben mir, lassen sich durch ihn nicht stören.

„Es ist schön hier und alle Menschen, mit denen ich spreche, sind nett", erkläre ich ihm.

„So soll es sein. Da ich noch im Büro zu tun habe, würde ich gern in einer halben Stunde die Party verlassen. Bist du damit einverstanden?"
Ich nicke ihm zu.

Unmöglich könnte ich ohne ihn hierbleiben. Es ist schön, dass er mich formhalber fragt. Seine Höflichkeit kommt bei mir gut an. Es hebt mein Selbstwertgefühl und zeigt mir, dass er meine Meinung achtet.

Gehao geht zurück zu seiner Männergruppe und ich werde weiter von den drei emsigen Drohnen in Beschlag genommen. Sie werden mit der Zeit aufdringlich. Es gelingt mir sie abzuwehren. Ich frage sie, ob sie in Begleitung hier sind. Sie verneinen. Ein jeder nennt mir seine Gründe noch Single zu sein. Sie wollen ihre Selbständigkeit nicht aufgeben. Angeblich können sie gut auf diese Art leben.

Nach der halben Stunde kommt Gehao zu mir und entschuldigt sich bei den Herren, dass er unsere Unterhaltung abbrechen muss, da wir jetzt gehen müssen. Die

Männer bestehen darauf, dass ich ihnen verspreche, zur nächsten Party mitzukommen. Wir drängen uns zum Ausgang und bedanken uns bei den Gastgebern für den wundervollen Abend.

Harry fährt uns nach Hause.

„Die drei haben dich stark in Beschlag genommen. Was wollten sie von dir wissen?", fragt Gehao neugierig.

„Sie haben mehr über sich gesprochen und waren bemüht mir zu imponieren."

„Das passt zu ihnen! Alle drei sind große Schwerenöter, die noch nicht ein Pfund selbst verdient haben. Sie stammen von reichen Familien, die das ererbte Gut und Geld verprassen. Es sind reine Schmarotzer."

Ich wundere mich, dass Gehao sich darüber aufregt und schweige. Ob er eifersüchtig ist, dass sich die drei Männer intensiv mit mir unterhalten haben oder ist er verärgert, weil er mit diesen Schönlingen äußerlich nicht konkurrieren kann. Wäre er bei mir geblieben, hätten sie sich wahrscheinlich nicht an mich herangetraut.

Auf der ganzen Strecke, bis nach Hause, lässt er sich in abfälliger Weise über diese Männer aus. Er ist innerlich aufgewühlt. Ich spüre, dass seine Wut zunimmt.

Als wir im Penthaus ankommen, geht er gleich in sein Zimmer und schlägt die Tür hinter sich zu. Ich setze mich im Salon in einen Sessel und schalte das Heimkino ein. Durch die halbverspiegelte Glastür sehe ich Isabella. Sie eilt mit einem Tablett in der Hand die Treppe hinauf. Neugierig folge ich ihr. Sie verschwindet im Zimmer meines Mannes. Ich konnte nicht genau erkennen was sie ihm bringt. Es war eine bauchige Flasche.

Die Reaktion von Gehao hat mich verwirrt. Wie ein Choleriker kommt er mir vor, der es gerade noch geschafft hat in seinem Zimmer zu verschwinden, um sich dort auszutoben. Ich höre ihn brüllen und Isabella aufkreischen. Ob ich ihr zu Hilfe komme? Das Zimmermädchen kennt ihn länger als ich. Sie wird wissen wie sie mit ihm am besten umgehen kann.

Ich gehe in den Salon zurück. Der Film im Heimkino lenkt mich nicht ab. Was kann ich tun. Es ist still geworden.

Warum kommt Isabella nicht zurück? Ob er sie misshandelt hat und sie ängstlich in einer Ecke kauert.

Wilde Vorstellungen kommen mir in den Sinn. In Horror-Filmen habe ich grauenhafte Dinge gesehen. Jetzt beginne ich mich zu ängstigen, schalte das Heimkino aus und steige die Stufen hinauf zu unseren Zimmern. Gehaos Räume liegen rechtsseitig des Gangs. Sein Schlafzimmer ist gegenüber von meinem. Ich halte mein Ohr an die Tür und lausche. Es ist innen still. Ich kann kein Geräusch wahrnehmen. Ob ihm die Medizin geholfen hat und er ruhig eingeschlafen ist?

Im schlimmsten Fall tötete er Isabella und sitzt reumütig neben ihrer Leiche.

Meine Fantasie geht mit mir durch und die schlimmsten Gedanken kommen mir in den Sinn. Ich nehme mir vor, keine Horror-Filme und Krimis mehr anzusehen. In meinem Zimmer schließe ich die Tür von innen zu. Von gegenüber ist nichts zu hören.

Bis zum Morgen liege ich wach. Gehao ist ein Frühaufsteher und frühstückt immer um die gleiche Zeit. Ich habe meinen Wecker gestellt, damit ich ihm Gesellschaft leiste und eventuell erfahre, was gestern Nacht mit ihm war.

Pünktlich erscheint er im Esszimmer. Nichts ist ihm vom gestrigen Tobsuchtsanfall anzumerken. Er wirkt ausgeglichen und freundlich. Isabella serviert uns den Kaffee. Sie ist unverändert, als wenn gestern Abend nichts passiert wäre. Ich sehe sie mir genau an und kann keine blauen Flecke an den sichtbaren Körperstellen erkennen.

An den Sonntagen versucht Gehao die Arbeit ruhen zu lassen. Es gelingt ihm nur selten.

Er schlägt mir vor, hinaus ins Grüne zu fahren und Picknick zu machen. James hat heute seinen freien Tag. Isabella soll uns begleiten und das Essen herrichten. Ich bin einverstanden und ziehe mich nach dem Frühstück um.

Harry kennt eine schöne Stelle an einem See, außerhalb von London, wo es ruhig ist und man baden kann. Isabella und ich sitzen hinten im Auto. Sie freut sich, wie ein Kind, dass sie mitdarf. Ihre Mutter hat uns mehrere Körbe an Lebensmitteln und Campingutensilien mitgegeben, die im Gepäckraum des Autos verstaut sind.

Wir fahren in Richtung Westen. Dort befinden sich mehrere große Seen.

In einer Stunde erreichen wir unser Ziel. Es ist eine kleine Bucht an einem See, die durch Schilf gesäumt ist. Vom Ufer zieht sich eine baum- und strauchbewachsene Wiese bis hin zu einem Feldweg. Wir sind nicht die Einzigen, die diese schöne Stelle kennen. Zwei weitere Familien haben im großen Abstand zueinander ihre Decken ausgebreitet. Sie stören uns nicht. Unser Auto bleibt am Wegrand geparkt. Harry und Isabella kümmern sich um einen schattigen Platz unter einer kleinen Baumgruppe.

Gehao und ich gehen zum Ufer und blicken auf die Wasseroberfläche. Dort sehen wir Vögel, die sich durch unsere Anwesenheit nicht gestört fühlen. Ich spüre, dass Gehao mit mir sprechen möchte. Er weiß nicht, wie er beginnen soll. Ich setze mich an die Uferböschung und starre auf das Wasser.

„Verzeih mir mein Verhalten gestern Abend bei der Heimfahrt."

„Ist gut. Ich habe mich erschrocken und wusste nicht, was mit dir los ist."

Gehao setzt sich neben mich.

„Diese Wutausbrüche kenne ich erst nach meinem Unfall. Sie sind nicht häufig. Ich kann sie nicht vermeiden."

„Was sagen die Ärzte?"

„Sie wissen nicht weiter und mit Medikamenten will ich mich nicht vollpumpen lassen."

„Gibt es nichts, was gegen diese Schübe hilft?"

Er lacht wie ein Verzweifelter.

„Eine Flasche Maotai oder Whisky sind das Einzige, was mich beruhigt."

„War ich der Anlass für diesen Anfall gestern Abend?", frage ich ihn.

„Nein, es waren die drei Typen, denen es nur darum geht, mit allen Mitteln eine Frau aufzureißen und damit anzugeben."

„Bei mir brauchst du diesbezüglich keine Sorgen haben."

„Das weiß ich. Ich kenne diese Männer, die überall damit prahlen, wie leicht ihnen die Frauen zufallen. Sie treten alles in den Dreck."

Gehao scheint sich wieder aufzuregen und ich befürchte einen neuen Wutausbruch.

„Bei unserem nächsten Partybesuch spreche ich nicht mehr mit ihnen. Wenn sie sich nicht abweisen lassen, trete ich sie vor das Schienbein."

Es ist einer der seltenen Momente, wo Gehao lächelt. Er wirkt ruhig. Wir gehen zu den anderen.

Harry hat mehrere Decken auf der Wiese ausgebreitet und die Picknickkörbe danebengestellt. Isabella bereitet das Mittagessen vor. Es gibt nur kalte Speisen, Salate, Fleisch, Würste, Eier, Fisch und Käse. Viel zu viel, um es bewältigen zu können. Ein Ehepaar mit ihren drei Töchtern sehen in unsere Richtung. Es sieht nicht aus, als hätten sie etwas zu Essen bei sich. Sie waren mit Rädern gekommen, die an den Bäumen lehnen.

Gehao geht zu ihnen.

Ich kann nicht verstehen, was er mit ihnen bespricht. Bald kommt er mit der fünfköpfigen Familie zu unserem Ruheplatz. Er hat sie zum Essen eingeladen. Ich habe mich darüber gefreut. Es zeigt mir, dass er eine soziale Ader hat.

Die Mädchen setzen sich brav an den Rand der Decke und ich frage sie, was sie essen möchten. Überwältigt von der Auswahl, können sie sich nicht entscheiden.

Ich gebe jedem Kind einen Teller mit Salat und Wurst und bitte sie, selbst zuzugreifen worauf sie Appetit haben. Mit Freude sehe ich ihnen beim Essen zu.

Gehao unterhält sich mit dem Mann und die Frau plaudert mit Isabella. Wir sitzen zusammen, wie eine Großfamilie. Nach dem Essen werden die Erwachsenen müde und versuchen sich im Schatten der Bäume auszuruhen. Die Mädchen baden im See. Das Wasser ist in Ufernähe nicht tief. Niemand braucht auf sie aufpassen.

Isabella ist die erste, die den Mädchen ins Wasser folgt. Sie fragt vorher Gehao und er erlaubt es ihr. Da sie keinen Badeanzug mitgenommen hat, behält sie die Unterwäsche an.

Harry sitzt neben mir.

„Ist Isabella nicht wie ein Kind?"

„Das habe ich im Moment auch gedacht", antworte ich ihm.

„Wenn sie erwachsen ist, wird es nicht leicht sein, einen guten Mann für sie zu finden", meint er nachdenklich.

„Wieso?"

„Sie hat ein zu kindliches Gemüt und das wird von einem Mann ausgenutzt", gibt Harry zu bedenken.

„Ich glaube, sie will nicht heiraten. Sie hat es mir gesagt", bestätige ich.

„Das ist wahrscheinlich das Beste für sie."

Ich denke daran, wie fleißig und bescheiden sie ist. Frühs erledigt sie die Putzarbeit. Wenn sie damit fertig ist, geht sie für zwei Stunden aus dem Haus. Am Abend serviert sie das Diner. Sie nimmt keinen Urlaub und keine freien Tage, obwohl ihr dies zusteht. Darin ist sie wie ihre Mutter, die niemals frei nimmt und nur zum Einkaufen auf dem Markt aus ihrer Küche kommt.

„Möchten sie baden, Madam?", fragt mich Harry.

„Wenn sie mich begleiten, gern!"

„Das geht nicht. Sie wissen, warum!"

Er deutet zu Gehao, der sich mit dem Mann unterhält.

„Ich verstehe, wegen seiner Sicherheit. Sie müssen ihn beschützen!", antworte ich spöttisch.

Ich gehe zu Gehao und frage ihn, ob Harry mit mir im See schwimmen darf. Er erlaubt es. Die Mutter der Töchter schließt sich uns an.

Nach 30 Metern vom Ufer reicht mir das Wasser bis zur Taille und ich beginne mit den Schwimmbewegungen. Harry kommt langsam hinterher. Eine Wasserratte scheint er nicht zu sein. Die Mädchen und Isabella folgen uns zur Mitte des Sees hinaus.

Ich blicke zurück und bemerke, dass Isabella mit den Händen um sich schlägt. Sie scheint unterzugehen. Harry hat sie ebenfalls gesehen und krault eilig zu ihr hin. Sie ist verschwunden. Das Wasser ist zu trüb, um die Stelle zu erkennen, an der sie untergegangen ist.

Harry taucht und nach einer Weile des bangen Wartens hebt er ihren Kopf aus dem Wasser. Er bringt sie zum Ufer und legt sie auf den Rasen. Die Wiederbelebungsversuche haben Erfolg. Sie spuckt Wasser und hustet. Jetzt ist sie gerettet und wir sind froh darüber.

Nach dem Schreck ruhen wir uns eine Weile im Schatten aus. Isabella erholt sich schnell und scheint nicht begriffen zu haben, was mit ihr soeben passiert ist. Die fremde Familie verlässt uns, da sie einen weiten Weg bis nach Hause hat.

Ich sitze neben Isabella und halte ihre Hand. Sie will von mir hören, was passiert ist. Ich hole ihr Kleid, da sie fröstelt. Sie zieht sich den nassen BH und Slip aus und streift das Kleid über. Einer ihrer Pobacken hat einen großen blauen Fleck. Ich frage sie und sie meint, dass es soeben passiert sein muss. Ich glaube ihr nicht, da Blutergüsse Zeit brauchen sich blau zu färben.

Wir trinken noch Kaffee im Grünen und Harry bedient uns. Isabella lächelt ihm zu. Er ist ihr Retter und sie fordert nun seine Aufmerksamkeit. Doch er kümmert sich nicht weiter um sie. Das kann und will sie nicht verstehen.

Trotzig wendet sie sich von ihm ab und greift als Trost nach den Süßigkeiten im Korb.

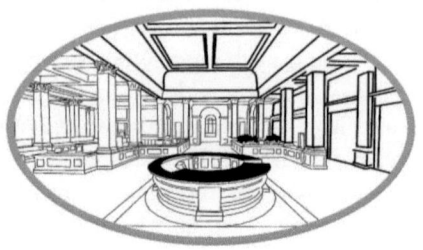

24

Foyer einer Londoner Bank

Im Deutschunterricht bin ich eine der Besten in unserer Gruppe. Es wird daran liegen, dass ich mehr Zeit zum Vokabellernen habe als die anderen. Sie müssen ihrer täglichen Arbeit nachgehen und kommen nicht dazu ihre Hausübungen zu machen.

Seit dem letzten Unterricht habe ich beschlossen, mit der U-Bahn zu fahren und Gehao hat es mir erlaubt. Es ist schön, ohne Begleitung unterwegs zu sein. Nur für die Einkäufe nehme ich Harry gern mit, da er mir die Taschen trägt.

Das Bahn- und Busnetz ist in London gut ausgebaut und mit Shanghai nicht vergleichbar. Ebenso gibt es zahlreiche Taxis, die mich schnell nach Hause bringen können.

Eines Tages komme ich von einem meiner Alleingänge frühzeitig zurück. Es war noch vor Mittag.

Als ich vom Aufzug in den Vorraum trete, wundere ich mich, dass Harry nicht auf seinem Platz sitzt.

Sein Überwachungs-Monitor ist ständig eingeschaltet. Mit ihm kann er die Aufzugskabine kontrollieren und feststellen, ob ungebetene Besucher zu uns unterwegs sind. Harry hatte mir das System erklärt und ich weiß wie es zu bedienen ist.

Ich setze mich vor den Bildschirm und schalte auf die anderen Kameras im Penthaus um. Gut erkennbar ist die Dachterrasse, Orangerie, die beiden Flure und der Vorraum.

Diese Sicherheitsanlage ist ähnlich aufgebaut, wie die im Kraftwerk. Sie ist nur viel kleiner dimensioniert. Der Aufwand für die Sicherheit des Penthauses ist hoch. Personen, die keine Zugangsberechtigung haben, kommen im Normalfall nicht bis zum Vorraum. Sollte es einem gelingen, stände er vor verriegelten Sicherheitstüren, die zu den vier Bereichen des Penthauses führen.

Anfangs habe ich gedacht, dass ein solcher Aufwand maßlos übertrieben ist. Auf den Partys erzählten mir Frauen, dass sie mehrmals Opfer von Einbrechern gewesen sind. Ein ungutes Gefühl der Ohnmacht ist bei ihnen zurückgeblieben. Den Gedanken, dass fremde Personen in ihren persönlichen Sachen herumgewühlt haben, finden sie schlimmer als den Verlust von Gegenständen.

Ich entdecke im Pool Isabella mit Harry und zoome sie nah heran. Das Bild ist gestochen scharf. Sie stehen im Wasser am Rand des Beckens und fühlen sich unbeobachtet. Ihre Stimmen sind wegen der zu großen Entfernung zum Mikrofon nicht zu verstehen. Es sieht aus als würden sie miteinander scherzen.

Mich geht es nichts an und ich will den Monitor auf die Aufzugsansicht zurückschalten. In diesem Moment löst Isabella ihren BH und hält ihn Harry unter die Nase. Er versucht ihn zu fassen.

Was jetzt passiert, verschlägt mir die Sprache. Mein Herz rast bis zum Anschlag. Wie gebannt sehe ich auf den Bildschirm. Harry ist dreißig Jahre älter als Isabella. Wie kann er es wagen sich mitten am Tag mit ihr in meinem Pool zu vergnügen. Er hat ein eigenes Zimmer im Angestelltenbereich, in dem er tun kann, was er will. Im Außenbereich ist das eine Ungehörigkeit.

Von Isabella bin ich maßlos enttäuscht. Ich habe sie als unschuldiges kleines Mädchen eingeschätzt. Was sie mir vor der Kamera zeigt, ist unglaublich. Noch niemals habe ich Schamloseres gesehen. Harry wird sie verführt haben. Das dumme Ding glaubt, dass es normal ist, was sie da treibt.

Wenn ich das Gehao erzähle, wird er es mir nicht glauben. Aufgeregt suche ich in meiner Handtasche nach einem USB-Stick. Ich finde ihn und stecke ihn hastig in die Buchse des Recorders für die Poolkamera. Es muss schnell gehen. Ich möchte nicht, dass mich jemand hier entdeckt. Das Video der letzten halben Stunde speichere ich auf meinen Stick. Damit kann ich Gehao beweisen, was vorgefallen ist.

Ich zittere am ganzen Leib und gehe gleich in mein Zimmer. Auf meinem Laptop sehe ich mir die Aufzeichnung an. In 24 Stunden wird alles, was die Kameras aufnehmen, automatisch gelöscht. Da das Datum und die Uhrzeit am unteren Rand des Bildes zu erkennen sind, habe ich einen eindeutigen Beweis für das Vergehen.

Ich setze mich auf mein Bett und überlege, wann ich Gehao von dem Vorgang berichte. Wie wird er es aufnehmen und was wird er mir sagen?

Er meidet Veränderungen. Harry wird er nicht entlassen. Seine Mutter bezahlt den Sicherheitsdienst, wie er mir selbst sagte.

Bei Isabella ist es ebenso schwierig, sie zu entlassen. Sie gehört zu Charlotte und die ist ein Teil der Familie.

Wenn sie bleiben und nur anderweitig bestraft werden, bin ich die Dumme. Sie würden es mich fühlen lassen, dass ich sie verraten habe. Ihren Zorn will ich nicht auf mich laden. Ich entschließe mich, abzuwarten und niemand davon zu erzählen.

Ich gehe zur Terrasse und sehe mir den Pool an. Harry und Isabella sind nicht mehr hier. Mein Blick gleitet über die Dächer. Sie liegen tiefer als unser Penthaus. Das Schwimmbecken ist somit schlecht einzusehen. Das Wasser ist glasklar. Es wird ständig gefiltert. Ich habe jetzt das Gefühl, dass es verunreinigt ist.

Als ich zurückgehe, treffe ich James und bitte ihn zu veranlassen, dass die Poolservice-Firma das Wasser wechselt und das Becken reinigt. Ohne zu fragen „Warum?" und „Wieso?", nimmt er es zur Kenntnis und ruft bei der Firma an.

Am Abend spürt Gehao beim Diner, dass ich leicht verstimmt bin. Er fragt mich, ob ich mich geärgert habe oder ob es mit meiner Schwangerschaft zu tun hat.

„Nein, es ist alles in Ordnung", erwidere ich und sehe verstohlen zu Isabella, die uns die Vorsuppe serviert. Als sie den Raum verlässt, wird er deutlicher.

„Was sagt deine Gynäkologin?"

Lust habe ich keine, jetzt darüber zu reden, doch ich muss ihm antworten.

„Sie ist zufrieden mit mir."

„Dann ist alles gut. Weißt du den Termin für die Geburt?"

„Nächste Woche werde ich ihn erfahren."

„Sprich bitte mit niemand darüber! Ich will nicht, dass meine Mutter es erfährt und mich ständig fragt."
Es ist in meinem Interesse.

Ich weiß, dass ich meine Schwiegermutter nicht lange bei mir ertragen könnte. In dieser Sache sind wir uns einig.

Isabella kommt mit dem Hauptgericht in den Speiseraum und wir schweigen zu dem Thema. Sie stellt die Teller auf einer Kommode ab und geht mit den leeren Suppentellern in die Küche.

Der Butler bringt den passenden Wein und zeigt ihn Gehao zur Begutachtung. Der nickt ihm zu und James öffnet die Flasche. Er nimmt aus einem extra Glas einen Probeschluck und schenkt unsere Gläser ein. Gehao hatte das vor meiner Zeit eingeführt. Es gefiel ihm, wie ein Herrscher im Mittelalter zu dinieren. Die hatten ihren Vorkoster, der die Speisen und Getränke auf Qualität und Verträglichkeit prüfte. Um nicht Charlotte zu beleidigen, hat er es nur auf den Wein angewandt.

Der Butler serviert das Hauptgericht.

Unauffällig beobachte ich Isabella und sehe sie in ihrer Schamlosigkeit noch vor mir. Es ist ihr nichts anzumerken.

Gehao muss zurück ins Büro. Er fragt mich, ob ich mir morgen seine Filiale ansehen möchte. Am Vormittag hat er keinen anderen Termin.

Freudig sage ich zu.

Bisher kenne ich das Bankhaus nur von außen. In meiner Vorstellung ist es für ihn eine heilige Kuh. Er hatte mir noch nie angeboten sein Reich zu zeigen.

Nach der TV-Sendung im Heimkino gehe ich schlafen. Isabella bereitet das Bad und Bett vor und bürstet mir die Haare. Das tut sie jeden Tag nach dem Aufstehen und vor dem zu Bett gehen, mit einer Engelsgeduld. Es ist angenehm. Behutsam zieht sie die Bürste durch meine langen schwarzen Haare. Sie wirkt konzentriert. Ich denke, dass sie es gern tut.

„Isabella, ich möchte dich etwas fragen?"

„Was möchten Sie wissen, Madam?"

„Wie stehst du zu Männern?"

„Wie meinen Sie das, Madam?", entgegnet sie leicht irritiert. Als wüsste sie nicht, wovon ich spreche.

„Du bist jetzt in einem Alter, in dem man nach einem Ehemann Ausschau hält. Hat deine Mutter sich nach einem für dich umgesehen."

„Ich weiß nicht, sie hat nie mit mir darüber gesprochen."

„Würdest du gern einen haben und mit ihm Kinder kriegen?"

„Darüber mache ich mir keine Gedanken. Wie es jetzt ist, gefällt es mir gut."

„Bist du noch Jungfrau?"

Sie kommt ins Stocken.

„Was verstehen Sie darunter, Madam?"

Nervös streicht sie sich über das Gesicht.

Stellt sie sich dumm? Mich interessiert, ob Harry sie verführt hat.

„Wie findest du Harry? Gefällt er dir?"

„Er ist ein toller Mann", schwärmt sie, wie ein Teenager über sein Idol.

„Was ist Besonderes an ihm?", frage ich weiter.

„Er macht aus mir eine Schauspielerin, wie Marilyn Monroe."

Verwundert sehe ich sie an. Ihre Figur ist ansehnlich. Zu einer Schauspielerin gehört mehr als nur gut auszusehen.

„Hat er dir das gesagt?"

„Nein, nicht direkt."

„Nimmst du Schauspielunterricht?"

„Ja! Harry hat viele Filme, die wir uns gemeinsam ansehen. Wir üben die Szenen. Er sagt, dass ich mich verbessere. Wenn ich weiter fleißig bin, werde ich ein großer Star werden."

Mir wird klar, dass er sie mit Filmen lockt und das dumme Ding verführt.

„Weiß deine Mutter davon?"

„Nein! Sagen Sie ihr das bitte nicht. Ich will Sie damit überraschen, wenn ich berühmt bin. Harry hat ein paar Probefilme mit mir gedreht. Er findet, dass ich noch viel üben muss."

Armes Kind, sie ist sein Opfer. Er nutzt ihre Naivität und Dummheit aus, um sein Vergnügen zu haben. Wie kann ich ihr nur helfen? Ich müsste ihr die Illusion mit der Schauspielerei zerstören. Ob es mir gelingt, bezweifle ich. Sie ist von sich und ihrem Talent völlig überzeugt.

Ich könnte Harry untersagen, Isabella weiterhin schamlos auszunutzen. Wenn er von ihr ablässt, würde sie nach einem Ersatz suchen, um ihr großes Ziel zu erreichen.

Was geht mich die Sache an? Sie ist alt genug, sich ihr Leben zu gestalten, wie sie will. Wenn sie meint, ein großer Star zu werden, darf ich ihr diesen Traum nicht zerstören.

Ich nehme mir vor, mich nicht mehr einzumischen und alles mit Abstand zu betrachten. Nur Harry vergebe ich nicht.

Am nächsten Morgen lasse ich mich von Isabella rechtzeitig wecken, damit ich mit Gehao zusammen frühstücken kann. Er erzählt mir, dass mein Besuch in der Filiale auf lange Zeit von seiner Sekretärin vorbereitet wurde. Sie organisiert alle Termine.

Ich ziehe ein dunkles Kostüm an, das meine Figur betont und dezent wirkt. Obwohl es mich freut, dass ich

Gehaos Reich bald betreten darf, beschleicht mich ein unangenehmes Gefühl, wie bei einem Vorstellungsgespräch. Es lässt sich nicht verdrängen.

Wir gehen zu Fuß in die Filiale, eine Stunde vor der Öffnungszeit. Ich bekomme einen Schreck. Die gesamte Belegschaft ist im großen Kassenraum versammelt und mustert mich. Keines der Gesichter kommt mir bekannt vor. Ob jemand von ihnen zur Hochzeitsfeier eingeladen war oder mich auf einer der Partys traf, kann ich nicht sagen. Sie sehen in ihren dunklen Anzügen alle gleich aus. Stumm und starr stehen sie vor mir.

Einer der Mitarbeiter reicht Gehao das Mikrofon. Er bedankt sich und stellt mich kurz vor. Ich hoffe, dass jetzt alle an ihren Arbeitsplatz gehen und ich mir Gehaos Büro ansehen kann. Daraus wird nichts. Das Mikrofon wird mir entgegengestreckt und ich soll ein paar Worte sagen. Darauf bin ich nicht vorbereitet. Was soll ich ihnen erzählen? Ich erinnere mich an einen Fernsehfilm, in dem ein Politiker ebenso spontan aufgefordert wurde zu sprechen. An seine Worte kann ich mich noch gut erinnern. Sie waren allgemein gehalten.

„Vielen Dank für den wunderbaren Empfang. Darauf bin ich nicht vorbereitet. Ich werde jetzt keine lange Rede halten und wünsche ihnen einen angenehmen Arbeitstag."

Alle applaudieren mir.

Warum?

Ich habe nichts Besonderes gesagt. Ihnen muss der Klang meiner Stimme gefallen haben oder sie sind von der Kürze der Rede beeindruckt. Als ich das Mikrofon abgebe, bin ich froh.

Ein Partyservice bietet Sandwiches und Getränke an. Gehao stellt mir seine wichtigsten Mitarbeiter vor. Wir stehen zusammen und führen Smalltalk.

Bis kurz vor der Öffnungszeit hat sich der Mitarbeiterpulk aufgelöst. Ich werde von Gehao und seiner Sekretärin durch die Büroräume geführt. In Großraumbüros sitzen die Angestellten beieinander. Paravents und Pflanzenwände trennen die Computerarbeitsplätze. Es gibt in jeder Etage Besprechungs- und Pausenräume.

Zum Schluss erreichen wir die Chefetage. Es ist das oberste Stockwerk. Von einem breiten Gang führen Türen in die Büros der Bereichsleiter und zu mehreren Besprechungsräumen. Gehaos Büro liegt am Ende des Gangs. Das Zimmer seiner Sekretärin ist vorgelagert. Drei Damen haben hier ihren Arbeitsplatz. Gehao öffnet die Tür zu seinem Raum. Ein Schreibtisch mit Sessel und ein runder Tisch mit Stühlen sind das ganze Inventar. An einer Wand hängen zwei chinesische Rollenbilder.

„Du überraschst mich", bemerke ich erstaunt.

„Gefällt es dir?"

„Die Einrichtung ist spartanisch."

„Das wollte ich bezwecken. Ich fühle mich hier wohl"

„Wo hast du deinen Computer?"

„Ganz ohne den modernen Schnickschnack geht es nicht. Möchtest du ihn sehen?"

Ohne dass ich ihm antworte, betätigt er einen verborgenen Schalter am Schreibtisch. Wie von Geisterhand öffnet sich die Tischplatte und aus der Versenkung erscheinen ein Monitor und die Tastatur. Gleichzeitig verdunkeln Jalousien die Fenster und mehrere Beamer starten automatisch. Sie projizieren die aktuellen Kurvenverläufe von Aktien an die weiße Wand gegenüber dem Schreibtisch.

Ich muss zugeben, dass dies eine gute Lösung ist. Mein Urteil scheint ihm wichtig zu sein.

„Willst du noch mehr sehen?", versucht er meine Neugier zu wecken.

Er drückt auf einen zweiten Knopf und eine geheime Tür an der Wand, gegenüber den Bildern, öffnet sich.

„Tritt ein in meinen Entspannungsraum!"

Staunend folge ich ihm. Die Tür führt in ein großes Zimmer, das einem buddhistischen Tempel gleicht. Massagesessel und eine Liege entdecke ich in einer Ecke des Raums, gegenüber der Tür.

„Hast du dir das ausgedacht?", möchte ich wissen.

„Das war die Idee eines Tao-Meisters, der in London lebt und den Raum nach Fengshui-Regeln gestaltet hat. Ich habe ihm nur gesagt, wie ich ihn nutzen will."

„Wozu ist die große freie Fläche an der Fensterseite?"

„Hier mache ich meine Tai-Chi-Übungen, um Kraft zu tanken."

Ich sehe mich genauer um. An der Wand hängen chinesische Schwerter und andere traditionelle Waffen.
Ich berühre sie vorsichtig. Sie sehen alt aus und haben wahrscheinlich in der Vergangenheit mehrere Seelen ins Jenseits befördert.

„Kannst du damit umgehen?", will ich von ihm wissen.

„Ich bin ein Meister in der Fechtkunst. Interessiert es dich?"

„Dafür habe ich nichts übrig. Ich lehne jegliche Gewalt ab."

„Was machst du, wenn du angegriffen wirst?"

„Dann schreie ich um Hilfe!"
Gehao lacht kurz auf.

„Ich denke es ist besser, wenn man sich wehren kann. Das gilt nicht nur für Männer."

Ich entdecke eine kleine Tür an der Seitenwand und gehe darauf zu. Vorsichtig öffne ich sie.

„Das ist ein großes Bad!", rufe ich erstaunt.

„Bei den Übungen komme ich ins Schwitzen", bemerkt er ruhig.

„Ich sehe eine zweite Tür. Führt die zum Gang hinaus?"

„Nein, die ist für den Fluchtweg gedacht, wenn mich die Gläubiger suchen sollten. Sie führt zu einer Nottreppe und Lift, die in der Tiefgarage enden."

„Ist es nicht gefährlich? Die Gläubiger können unbemerkt von dieser Seite zu dir gelangen."

„Nicht, wenn ich es nicht will. Die Türen sind elektronisch gesichert und kameraüberwacht."

Gehao zeigt mir im Entspannungsraum den Schrank mit dem verborgenen Bildschirm für die Kameras und die Schalter für die Sicherheitstüren.

„Dein Büro gefällt mir. Es trägt deine persönliche Note. Ich wusste nicht, dass du Taoist bist. Es wird Zeit, dass ich mich damit beschäftige."

„Tu es! Ich habe in der Bibliothek Bücher darüber. Wenn du sie gelesen hast, wird dich mein alter Tao-Meister in die verborgenen Geheimnisse einweihen."

Gegenüber der Fensterfront steht eine Meditationsliege.

„Sag mir bitte, wie die Liege funktioniert."

Gehao betätigt verschiedene Knöpfe auf einer Fernsteuerung. Die Auflagefläche hebt und senkt sich nach Belieben.

Ich bin mit der Führung durch die Räume zufrieden und danke Gehao für die Zeit, die er sich für mich genommen hat. Es scheint ihm nicht unrecht zu sein, dass ich mich zurückziehen möchte. Er sieht verstohlen auf seine Armbanduhr. Wir gehen zurück in das Zimmer der Sekretärin. Dort wartet Harry und unterhält sich locker mit ihr. Ich bitte ihn, mich in das British Museum zu fahren und will mir ein paar Ausstellungsstücke aus dem alten China ansehen.

Wir benutzen den Aufzug bis zur Tiefgarage. Es ist Mittagszeit und ich lade Harry auf einen kurzen Imbiss ein. Als wir aus der Garage fahren sehe ich Isabella, wie sie mit einem Kochgeschirr durch eine Seitentür von der Tiefgarage in die Bank geht. Ich sage es Harry. Er erklärt mir, dass mein Mann zum Lunch von Charlotte mit Essen beliefert wird. Sie kocht ihm seine Lieblingsspeisen und Isabella bringt sie ihm zu Mittag ins Büro. Da versäumt er nicht viel Zeit.

25

Nürnberger Christkindlesmarkt

Meine Ärztin ist zufrieden. Mit dem Kind ist alles in Ordnung. Es wächst und gedeiht. Sie hatte mir verraten, dass es ein Junge ist und er im März nächsten Jahres zur Welt kommen müsste. Gehao hatte nicht mehr nach meinem Befinden gefragt. Es kränkt mich. Von mir aus, erzähle ich ihm nichts.

In wenigen Wochen ist Weihnachten. Die Geschäfte und Straßen sind prächtig geschmückt und überall duftet es nach gebrannten Mandeln und anderen Leckereien. Die Hektik hat in den Einkaufsstraßen stark zugenommen. Es sind viele Touristen vom Festland gekommen, um Geschenke in London zu kaufen. Mir ist der Rummel zu groß. Ich gehe bei dem schlechten Wetter nur aus der Wohnung, wenn ich muss. Regen ist mir normalerweise nicht unangenehm. In London ist er jedoch kalt. Ein dichter Nebel liegt über der Stadt. Bei diesem Wetter lege ich mich lieber in der Orangerie auf die Liege und lasse mich von UV-Strahlern bescheinen. Sie vermitteln die Illusion, dass die Sonne scheint.

Gehao hat mich gefragt, was ich mir zu Weihnachten wünsche. Ich nehme an, dass er an ein kostbares Geschenk von einem Juwelier denkt. Was ich benötige, kaufe ich mir selbst und für Schmuck interessiere ich mich nicht. Das kann und will ich ihm nicht sagen.

Eine Mitschülerin im Deutschunterricht, die in einem Reisebüro arbeitet und mit der ich mich angefreundet habe, erzählte mir, dass sie über die Weihnachtsfeiertage mit einer Freundin nach Nürnberg fährt. Dort soll es einen der schönsten Weihnachtsmärkte Deutschlands geben.

Ich mache Gehao den Vorschlag, dass wir mitfahren. Er ist nicht begeistert und rät mir, ohne ihn mit den beiden Frauen zu reisen. Weihnachten hat keine Bedeutung für ihn. Es macht ihm nichts aus, ohne mich in London zu bleiben.

Zum nächsten Unterricht frage ich Silvia, meine Mitschülerin vom Reisebüro, ob ich mich ihr nach Nürnberg anschließen kann.

„Natürlich! Das passt gut. Meine Freundin hat abgesagt und braucht keine Rücktrittsgebühren zahlen, wenn du für sie einspringst."

„Was benötige ich für die Reise?"

„Deinen Pass, ein paar warme Klamotten und Geld. Wir fliegen von London direkt nach Nürnberg. Ein Bus bringt uns in unser Hotel und danach ist ein Rundgang durch die Altstadt vorgesehen. Es soll alles schön sein haben mir meine Kolleginnen gesagt, die im letzten Jahr dort waren. Möchte dein Mann mitkommen?"

„Nein! Er muss arbeiten", sage ich bedauernd.

„Sei nicht traurig, es geht vielen so. Der Mann von meiner Schwester ist Feuerwehrmann und an den Festtagen im Dienst. Sie feiert mit den Kindern und unseren Eltern jedes Jahr ohne ihn."

„Grundsätzlich stört es mich nicht. Für Chinesen ist das Frühlingsfest wichtiger als Weihnachten."

„Ist das nicht euer Neujahrsfest?"

„Ja, es hat eine alte Tradition. Der Beginn richtet sich nach dem Neumond zwischen 21. Januar und 21. Februar."

„Das klingt kompliziert", wendet Silvia ein.

Ich muss lachen.

Was soll daran kompliziert sein?

Bis zum Beginn des Deutschunterrichts erzähle ich ihr, wie ich das diesjährige chinesische Neujahrsfest bei meinen Eltern in Shanghai verbrachte. Von Peter verriet ich ihr nichts.

Der Unterricht beginnt. Silvia sagt dem Deutschlehrer, dass sie über Weihnachten nach Nürnberg reist. Der Lehrer nimmt das zum Anlass, um seine Übungen darauf aufzubauen. Er kennt Nürnberg und erzählt uns von der Geschichte dieser Stadt. Per Telefon will Silvia mit mir in Verbindung bleiben und sagen, wie ich die Reise über das Internet buchen muss.

Abends zum Diner informiere ich Gehao, dass ich mit einer Reisegruppe nach Nürnberg fliege und fünf Tage später zurückkomme. Er nimmt es schweigend zur Kenntnis. Was Gehao an den Feiertagen vorhat, sagt er mir nicht. Ich denke, dass er sich darauf freuen wird, in Ruhe arbeiten zu können.

Große Veranstaltungen sind bis Silvester bei uns nicht angesagt. Es spielt keine Rolle, was jeder von uns in den Tagen davor tut.

Jin hat noch nicht geantwortet. Sie wird mir böse sein und keinen Kontakt mit mir haben wollen. Diese Ungewissheit betrübt mich. Ich schreibe ihr einen zweiten Brief.

Die Wartezeit auf ihre Nachricht beginnt von neuem. Jin wird sich mit dem Leben, ohne mich an ihrer Seite, abgefunden haben. Sie hatte Probleme mit unserem Chef. Wahrscheinlich hat sie die Arbeitsstelle gewechselt. Einen festen Freund wird es in ihrem Leben noch nicht geben. Ich kann sie mir nicht als Ehefrau vorstellen. An den Wochenenden wird sie ihre Mutter besuchen und in den Nächten träumt sie von Feng, ihrem Supermann. Er wird sich nicht mit ihr einlassen. Sie ist in ihn verliebt, doch er will nichts von ihr wissen. Diese unerfüllten Beziehungen sind am stabilsten und halten am längsten. Wenn ihre Mutter sie nicht verkuppelt, wird sie wie eine Rose im Dornenstrauch einsam dahinwelken.

Ich glaube, es wäre gut für sie, wenn sie sich entschließt nach London zu kommen. Hier würde ich sie in meine Obhut nehmen können. Ob sie sich darauf einlässt? Der Ortswechsel ist gewaltig für sie. Ich bin in London ihr einziger Anker. Wie sie sich auf den verlassen kann, hat sie vor ein paar Monaten bitter erfahren. Nichts habe ich ihr von meinem Weggang gesagt und sie im Regen stehen lassen. Das wird sie nicht verwinden können. Mir bleibt die Hoffnung, dass sie zumindest ein Lebenszeichen an mich sendet.

Die Vorbereitungen für die Flugreise nach Nürnberg lenken mich von den trüben Gedanken an Jin ab.

Im Internet habe ich mich ausreichend über die Stadt informiert und kenne jetzt deren Besonderheiten.

Harry bringt mich zwei Tage vor Heiligabend pünktlich zum Flughafen. Dort wartet der größte Teil der Reisegruppe vor dem Abfertigungsschalter. Wir haben eine Reiseleiterin, die uns begleitet und die Pässe kontrolliert. In einer Liste hakt sie die Namen der Anwesenden ab und ruft ständig die noch fehlenden auf. Ich erinnere mich an meinen Flug von Shanghai nach London, wo sich meine Schwester Lu ebenso aufführte wie diese Reiseleiterin.

Silvia hat mich gleich entdeckt und kommt auf mich zu. Sie scheint eine Vielfliegerin zu sein. Sie spricht über alles andere, nur nicht über den Abflug. Wichtiger scheinen ihr jetzt die Programmpunkte zu sein, die für Nürnberg geplant sind. Neben dem Weihnachtsmarkt will sie die Kaiserburg und das Dürer-Haus sehen.

Als sich alle Reiseteilnehmer eingefunden haben, steigen wir in die Chartermaschine. Wir fliegen über die Nordsee und bekommen die Meldung, dass der Flughafen in Nürnberg wegen einem aufkommenden Schneesturm gesperrt ist. Die Maschine muss in Frankfurt landen. Von dort geht es mit einem Bus auf der Autobahn nach Nürnberg weiter.

Als wir Würzburg erreichen, sehen wir vor uns eine dunkle Wand. Es scheint als würden wir in die Nacht hineinfahren. Erste Schneeflocken tänzeln vor der Windschutzscheibe des Busses. Sie werden dichter und bald schafft es der Scheibenwischer nicht mehr, sie von der Frontscheibe wegzuschieben.

Der Busfahrer fährt auf den nächsten Parkplatz. Die Reiseleiterin sagt uns, dass wir solange warten, bis die Sicht besser ist. Silvia sitzt neben mir und holt aus ihrer Tasche eine Packung Salzgebäck.
Sie eilt durch den Gang zum Fahrer.

Mit zwei kleinen Flaschen Sekt kommt sie zurück und reicht mir eine.

„Prosit! Die Reise fängt gut an", sagt Silvia triumphierend.

„Was findest du daran gut, wenn wir im Bus eingeschneit werden und wochenlang auf diesem Platz ausharren müssen. Die Notration wird nicht lange ausreichen."

Sie sieht sich im Bus um und schmunzelt.

„Wir sind schlank und haben nichts zu befürchten."

„Wie meinst du das?", frage ich erstaunt.

„Wenn sich die hungrige Meute jemand zum Verspeisen aussucht, müssen zuerst die Dicken daran glauben. Prost Meiling!"

Der Sekt ist halbsüß und wir trinken ihn aus Plastikbechern. Silvia holt Nachschub, gleich vier Flaschen.

„Wenn die anderen merken, dass der Fahrer Sekt in seiner Getränkebox hat, gibt es bald keinen mehr."

„Ich bin nach der ersten Flasche betrunken", gestehe ich.

Der Sekt steigt uns in den Kopf. Wir lachen albern über vielerlei Dinge und über die Vorstellung, dass die zwei dicken Männer in den vorderen Reihen als erstes verspeist werden.

Zu der dritten kleinen Flasche komme ich nicht mehr. Ich sinke schlafend in meinen Sitz.

Als ich wach werde, ist der Bus kurz vor Nürnberg. Der Schnee ist durch die Räumfahrzeuge über einen Meter hoch neben der Autobahn aufgeschüttet worden. Eine dicke Schneedecke liegt über der Landschaft und die Bäume senken ihre Äste durch die schwere Last. Die Straßen sind gut geräumt und wir erreichen unser Hotel in der Innenstadt bevor es dunkel ist.

Mit dem Stadtrundgang wird es heute nichts mehr. Die Reiseleiterin will mit uns nach dem Diner auf den Christkindlesmarkt gehen.

Sie verteilt die Zimmerschlüssel und ruft uns einzeln auf. Vor dem kleinen Aufzug stauen sich die Personen. Silvia will zu Fuß die Treppen hinaufsteigen. Ich denke daran, dass ich nicht schwer heben darf und sage ihr, dass ich wegen meiner Bandscheiben vorsichtig sein muss und warte.

Wir treffen uns im zweiten Stock. Unsere Zimmer liegen nebeneinander. Gegenüber zieht eine junge Familie mit zwei Kindern ein. Ihre Tür steht offen und ich werfe einen kurzen Blick hinein. Das Zimmer ist gleich groß, wie meines.

Statt einem Einbettzimmer haben Silvia und ich ein Doppelbettzimmer bekommen.

Sie klopft an meine Tür und will wissen, ob ich mit der Unterbringung zufrieden bin.

„Ich habe nur ein Einbettzimmer gebucht", erkläre ich ihr verwundert.

„Das macht nichts. Du siehst, was gute Beziehungen zum Reisebüro ausmachen. Es ist angenehmer als in einer Besenkammer untergebracht zu werden."

Wir halten uns nicht lange auf und wollen uns bis zum Diner die Füße vertreten. Die Straße vor dem Hotel ist belebt. Viele Menschen strömen in eine bestimmte Richtung. Wir schließen uns ihnen an.

Es hat aufgehört zu schneien. Von weitem sehe ich die angestrahlte Kaiserburg. Über der Straße hängen zahlreiche Lichterketten, die alles in einer goldenen Farbe erscheinen lassen.

Als wir die Kreuzung erreichen, entdecke ich zur linken Hand den Nürnberger Christkindlesmarkt. Unzählige Menschen drängen sich durch die schmalen Gänge, zwischen den Reihen der Verkaufsstände. Angeboten werden viele weihnachtliche Leckereien, Baumschmuck, Spielzeug und andere Dinge.

Silvia henkelt sich bei mir ein, damit ich ihr nicht verlorengehe. An einem Stand bleibe ich stehen. Der Geruch von gebrannten Mandeln verführt mich, eine kleine Tüte davon zu kaufen. Sie sind heiß. Wir lassen sie uns auf der Zunge zergehen. Die Glasur zu zerbeißen ist mir zu riskant. Silvia hat diesbezüglich keine Bedenken. Es hört sich an als würde sie Steine mit den Zähnen zerteilen. Ein Blick auf die Rathausuhr zwingt uns zurück zu gehen. Es ist Zeit für das Diner im Hotel. Wir haben nur einen kleinen Teil der Stände gesehen.

Im Restaurant sind die Tische eingedeckt. Wir wählen einen Tisch für sechs Personen.

Die Familie, die das gegenüberliegende Zimmer hat, kommt zu uns. Der Mann fragt, ob sie sich an unseren Tisch setzen dürfen. Wir sind einverstanden und stellen uns gegenseitig vor. Das Ehepaar ist in unserem Alter und die Kinder werden in die Vorschule gehen. Es sind Zwillinge, ein Junge und ein Mädchen. Artig sitzen sie auf ihren Stühlen und beobachten das Umfeld.

Wir unterhalten uns mit den Eltern und erfahren, dass die Frau aus Deutschland stammt und der Mann Kanadier ist. Silvia fragt die Frau, ob sie noch Familienangehörige hier hat.

„Meine Eltern sind geschieden. Ich habe keinen Kontakt zu ihnen."

„Das tut mir leid für sie und für die Kinder. Die beiden sitzen brav am Tisch, das sieht man heutzutage nur selten", bemerkt Silvia.

„Sie sind lieb und verstehen sich gut", ergänzt die Mutter voller Stolz.

In diesem Moment nimmt der Junge den zu einer Kugel geformten Kaugummi aus dem Mund und legt ihn seiner Schwester auf den Teller. Die sieht ihn böse an und droht mit der Faust.

Entschuldigend bemerkt die Mutter: „Manchmal gibt es auch Streit."

Die Schwester nimmt den Kaugummi und steckt ihn in den Mund. Die Mutter, die sich mit Silvia weiter unterhält, hat es nicht gesehen. Ich lächle den Kindern zu, wie eine Mitverschwörerin.

Sie beziehen mich daraufhin in ihr Gespräch ein. Es geht um die Wunschliste, die sie an den Weihnachtsmann geschrieben und per Post zu Hause abgesandt hatten. Sie sind in großer Sorge, dass sie zu Heiligabend keine Geschenke erhalten, da in Nürnberg nur das Christkind kommt. Ich kann diese Bedenken nicht ausräumen, da ich den Unterschied zwischen dem Weihnachtsmann und dem Christkind nicht kenne.

Der Bub fragt seinen Vater, der in einem Stadtführer liest und keine Freude hat gestört zu werden. Er meint, dass der Brief an den Weihnachtsmann von der Post an das Christkind umgeleitet wurde. Damit sind der Junge und seine Schwester zufrieden.

Ein weiteres Problem taucht auf. Kann das Christkind Englisch, damit es versteht, was auf der Liste steht. Der Vater antwortet kurz und präzise.

„Es spricht alle Sprachen der Welt, weil es von göttlicher Abstammung ist."

Das Essen wird serviert. Es gibt eine Vorsuppe und als Hauptgericht Nürnberger Bratwürste mit Sauerkraut. Die Kinder sind hellauf begeistert, da die Würste klein, wie Finger, sind. Mit Kompott beenden wir die Mahlzeit.

Ich muss den Kindern von China erzählen. Sie kennen das Land nur aus dem Fernsehen und Büchern. Am meisten gefallen ihnen die Geschichten mit den großen Drachen. Sie berichten mir, dass es in England früher welche gegeben hat und jetzt nur noch einer in Schottland lebt. Er soll sich in einer Wasserhöhle im Loch Ness verbergen. Aufgeregt erzählt mir der Junge von dem Tier. Ich sehe ihn ungläubig an und frage ihn, ob jemand das Tier gesehen hat.

„Manche meinen es sei eine Seeschlange. Ich bin mir sicher, dass es ein Drachen ist", versucht mich der Junge zu überzeugen.

„Woher willst du das wissen?", frage ich.

„Im Kindergarten hat uns ein Mann davon erzählt. Er hat das Tier gesehen und nachts stößt es wie ein Torpedo aus dem Wasser und fliegt ein paar Runden über den See."

Der Junge ist von seiner Schilderung gefesselt und die Fantasie geht mit ihm durch. Ich stelle mir vor, dass eines Tages mein Sohn mir ebenso spannende Geschichten erzählen wird. Ich sehe in dem Buben mein eigenes Kind. Es ist wunderbar ihm zuzuhören.

„Warum ist der Drachen aus dem Wasser gekommen?", will ich von ihm wissen.

Erstaunt sieht er mich an.

„Na, er muss sich ein Weibchen suchen, damit er eine Familie gründen kann."

Ich nicke ihm zu und freue mich über die Vorstellungskraft des Kleinen.

Nach dem Essen gehen wir in unsere Zimmer und ziehen uns warm an. Die Turmbläser sollen auf dem Marktplatz spielen und die möchte ich mir gerne anhören. Silvia spricht noch mit der Frau. Sie sieht sich ihr Zimmer mit den beiden Aufbettungen an und kommt kopfschüttelnd zu mir zurück.

„Das musst du dir anschauen. Denen ihr Zimmer ist nicht größer als unsere und die Schlafgelegenheit für die Kinder ist eine Katastrophe."

„Vielleicht können sie ihr Zimmer gegen ein Größeres tauschen", schlage ich vor.

„Das hat ihr Mann bereits versucht. Das Hotel ist ausgebucht und kein anderer Raum mehr frei."

„Sie tun mir leid!", äußere ich voller Bedauern.

Silvia grübelt eine Weile und macht mir den Vorschlag, dass wir beide uns mit einem Doppelzimmer begnügen und sie ihres, den Kindern zur Verfügung stellt.

„Bist du einverstanden damit?", will sie von mir wissen.

„Meinst du, dass es gut ist, wenn du bei mir schläfst? Ich könnte schnarchen und du kannst dann nicht einschlafen", versuche ich sie von dem Gedanken abzubringen. Es gelingt mir nicht, ihre Euphorie einzudämmen.

„Gegen Schnarchen gibt es Ohrstöpsel. Ich habe welche bei mir in der Tasche."

Mir fällt kein weiteres Argument ein, sie von ihrem Vorhaben abzubringen. Ich sehe ein, dass es eine gute Geste von uns wäre, der Familie zu helfen. Da sie jedoch die Reise zu viert in einem Zimmer gebucht haben, müssen sie damit klarkommen.

Nach einigem Hin und Her zeige ich mich einsichtig. Silvia eilt freudig aus meinem Zimmer und ich höre sie an der gegenüberliegenden Tür läuten. Viel kann ich von dem Gespräch der beiden Frauen nicht mitbekommen. Ich höre die Kinder vor Begeisterung jubeln. Sie helfen Silvia, ihre Sachen in mein Zimmer zu verfrachten.

Für mich ist es nicht ungewöhnlich, mit anderen Personen in einem Raum zu leben. Vor einem halben Jahr war ich auf der Baustelle in Hongping mit drei Mitarbeiterinnen in einem kleineren Zimmer untergebracht. Der Raum war dort kleiner als dieses Hotelzimmer.

Die Mutter der Kinder kommt zu mir und bedankt sich für unser Entgegenkommen und bietet einen finanziellen Ausgleich an. Wir lehnen ab und freuen uns mit den Kindern, dass sie in richtigen Betten schlafen können.

Es ist an der Zeit, dass wir uns umziehen und in die Kälte hinausgehen.

Silvia schwärmt mir vor, dass wir für unsere gute Tat in den Himmel kommen werden. Ob sie das ernst meint, frage ich sie lieber nicht.

Es hat leicht zu schneien begonnen. Die winterliche und vorweihnachtliche Stimmung nimmt zu.

Gemeinsam mit der Familie spazieren wir zum Weihnachtsmarkt. Die Kinder weichen nicht von meiner Seite. An jeder Hand von mir, hält sich eines fest. Die Turmbläser spielen „Stille Nacht, heilige Nacht!" und andere weihnachtliche Lieder. In den Pausen trägt ein Engel Gedichte vor. Silvia erklärt mir, dass der Engel das Christkind ist. Es ist wunderschön und hat lange blonde Locken.

Das Mädchen geht zu ihrem Vater. Der Junge bleibt bei mir. Bei dem Gedränge muss ich aufpassen, dass er mir nicht verlorengeht. Ich merke, dass ich es nicht gewohnt bin, mit Kindern umzugehen. Mir fehlt die Routine, die es ermöglicht, ein Auge auf das Kind zu richten und mit dem anderen die Umgebung zu erfassen. Ich finde es schön, wenn mich der Junge hin zu den Spielzeugständen zieht und zeigt, was ihm gefällt. Viele Sachen hatte er auf seinen Wunschzettel an den Weihnachtsmann geschrieben.

Bevor wir zurückgehen, lädt uns der Vater der Kinder auf einen Punsch ein. Ich weiß nicht, was das ist. Er bestellt vier Becher des heißen Getränks und für die Kinder Früchtetee. Ich bin froh, dass wir den Punsch erst am Ende unserer Tour trinken. Der Alkohol steigt mir gleich in den Kopf. Eine Leichtigkeit überkommt mich. Ich spüre die Kälte nicht mehr. Die Kinder fangen an zu drängen, dass sie ins Hotel möchten. Ein zweiter Punsch bleibt mir dadurch erspart. Er würde mich, wie bei einem Fangschuss, zu Boden reißen. Ich bin beruhigt, dass Silvia keinen Alkohol verträgt. Sie verhält sich genauso albern wie ich.

Angeheitert gehen wir in unser Hotel. Wir sind müde und wollen uns gleich schlafen legen. Ich bin gehemmt, mich vor Silvia auszuziehen. Sie scheint keine Schwierigkeiten damit zu haben. Ungeniert läuft sie nackt im Zimmer herum, duscht und föhnt sich ihre Haare. Sie bittet mich, ihr den Rücken einzucremen und schlüpft ohne Nachthemd unter ihre Zudecke.

„Ich schlafe bei offenem Fenster. Wirst du nicht frieren?", frage ich sie.

„Du kannst es kippen. Wenn es mir kalt wird komme ich zu dir, um mich aufzuwärmen."

Wie meint sie das? Ob ich das Fenster lieber geschlossen lasse? Nach dem Duschen lege ich mich hin und sage: „Gute Nacht!".

„Meiling, schlaf gut! Hab einen schönen Traum! Wovon man in fremden Betten die erste Nacht träumt, das geht in Erfüllung."

„Was ist, wenn er schlecht ist?"

„Der erfüllt sich leider auch."

Der Punsch lässt uns sanft einschlafen.

Um Mitternacht werde ich wach. Auf der Straße ist der Schneeräumdienst aktiv und macht einen unglaublichen Lärm als müssten alle Anwohner aufgeweckt werden. Silvia scheinen die Geräusche nicht zu stören. Sie schläft wie ein Murmeltier. Ich spüre die Kälte auf meinem Gesicht. Die Bettdecke ist dünn. Mein Körper beginnt zu frösteln.

Silvia dreht sich zu mir um und sucht Wärme. Sie findet sie unter meiner Decke und schmiegt sich an mich. Ich überlege, ob ich das Fenster schließe. Aus Erfahrung weiß ich, dass ich ohne Frischluft schlecht schlafe. Wenn sich Silvia ruhig verhält, stört sie mich nicht.

Ihr warmer Körper ist angenehm. Er wärmt mich, wie eine Heizdecke. Es ist ein schönes Gefühl, jemand nah bei sich zu fühlen.

Ich kann nicht einschlafen. Die seitliche Stellung wird mir unbequem und ich drehe mich langsam auf den Rücken. Silvia schläft tief. Ihr Atmen ist nicht zu hören. Sie legt ihren Arm auf meine Brust. Er wird mir schwer und ich versuche ihn wegzuschieben. Dabei wird sie wach. Ich stelle mich schlafend und bewege mich nicht. Ihre Hand streicht über meinen Bauch und die Brüste.

Es ist lange her, dass ich mit Peter zusammen schlief und bilde mir ein, dass es seine Hand ist, die mich zärtlich berührt. Die Kälte im Raum spüre ich nicht mehr. Es wird mir heiß. Am liebsten würde ich meine Decke wegziehen. Wenn ich das tue wüsste Silvia, dass ich wach bin und ihre Berührungen genieße.

Auf der Straße gibt es einen gewaltigen Knall. Ich springe aus dem Bett und gehe zum Fenster. Silvia folgt mir. Draußen hat ein Räumfahrzeug einen parkenden PKW seitlich gerammt und die Karosserie stark beschädigt. Aufgeregt laufen die Schneeräumer zusammen und sehen nach dem Schaden. Ich schließe das Fenster und wir legen uns wieder hin.

Ich sehe zu Silvia, die zusammengekauert unter ihrer Decke liegt und vor Kälte zittert. Sie sieht mich mit ihren großen dunklen Augen an.

„Komm!", sage ich zu ihr und hebe meine Zudecke.

Sie kriecht schnell darunter und schmiegt sich eng an mich. Jetzt wird uns warm. Wir schlafen ein.

Mein Reisewecker piepst. Gern würde ich liegenbleiben.

„Hast du schön geträumt?", fragt Silvia neugierig.

„Ja! Ich weiß nicht, was Traum oder Wirklichkeit war."

„Das ist nicht wichtig. Willst du als erste aufstehen?", fragt sie mich.

Ohne zu antworten steige ich aus dem Bett und sehe nach der Heizung, ob sie aufgedreht ist. Das Zimmer ist stark ausgekühlt und die Luft erwärmt sich nur langsam. Ich dusche heiß und die Lebensgeister kehren zurück.

Als ich ins Zimmer zurückkomme, liegt Silvia noch im Bett. Sie sieht mir schweigend zu, wie ich mich anziehe.

„Willst du dich nicht fertigmachen?", frage ich sie.

„Du bist eine hübsche Frau! Hat dir das schon jemand gesagt?"

„Zwei Männer", antworte ich.

„Dann bin ich die erste Frau, die das feststellt."

Sie zieht die Decke weg und bewegt sich betont langsam zum Bad. Ob sie ein Gegenkompliment von mir erwartet?

Ich schalte den Fernseher ein und sehe mir die Nachrichten an. Sie zeigen einen Bericht von den Schäden, die der gestrige Schneesturm angerichtet hat. Dächer sind eingebrochen und Bäume umgestürzt. Auf manchen Autobahnen gab es Auffahrunfälle mit vielen Verletzten. Zum Glück keinen Todesfall.

Durch die großen Fenster scheint die Morgensonne in das Zimmer. Silvia ist im Bad fertig und zieht sich an. Von meinem Sessel betrachte ich sie. Ich sehe sie jetzt mit anderen Augen als gestern. Sie ist mir vertraut und fremd zugleich. Von der Figur sind wir uns ähnlich. Ich glaube, dass ihr meine Sachen passen würden.

„Hast du einen Freund?", frage ich sie.

„Nein! Ich stehe nur auf Frauen."

Mir kommt der Verdacht, dass Silvia den gestrigen Tausch der Zimmer geplant hat, um zu mir ins Bett zu kommen. Wenn das der Fall wäre, würde ich mich kränken und als Opfer fühlen. Die Wahrheit herauszufinden ist schwer. Ich habe keine Idee, wie ich das anstellen soll. Wenn ich sie frage, könnte sie mich anlügen und ich weiß nicht mehr als zuvor. Ich werde umsichtig sein und abwarten.

Das Gefühl, gestreichelt zu werden, vermisse ich. Wenn ich früher mit meiner Freundin Jin zusammen in einem Bett gelegen habe, empfand ich ihre Körperwärme angenehm. Nie ist mir der Gedanke gekommen, ihre Haut zart zu berühren oder von ihr gestreichelt zu werden. Mit Silvia ist es anders. Ich bin neugierig, wie sich unsere Beziehung weiterentwickeln wird.

26

Warenhaus Harrods in London

Weihnachten ist vorbei. Schwer bepackt mit Geschenken, komme ich von meiner Nürnberg-Reise nach Hause. Der geschmückte Weihnachtsbaum im Wohnsalon steht einsam und traurig in seiner Ecke. Die leuchtenden Kerzen können ihn nicht sonderlich erhellen. Gehao ist in seinem Büro. Ich entscheide, dass ich mit der Bescherung bis nach dem Diner warte. Mein Koffer mit den Geschenken bleibt somit geschlossen.

Isabella bereitet mir ein Bad. Sie bürstet mir die Haare und erzählt, wie sie die Feiertage verbracht haben.

„Herr James hat den schönen Baum mit mir geschmückt und zu Heiligabend haben wir uns Weihnachtslieder angehört", berichtet sie.

„War mein Mann dabei?"

„Leider nicht! Er hatte zu viel zu tun. An den Feiertagen war er, wie an jedem normalen Arbeitstag, im Büro. Nur zum Diner ist er gekommen. Wir sind froh Madame, dass sie wieder da sind."

Ich scheine ihnen gefehlt zu haben. Es freut mich.

Das Badewasser ist eingelaufen. Isabella fragt, ob ich sie benötige. Ich deute ihr an, dass sie gehen kann.

Im warmen Wasser lasse ich meine Reise Revue passieren. Die Tage in Nürnberg waren schön. Die Reiseleiterin hatte uns zu den wichtigsten Sehenswürdigkeiten geführt und abends nach dem Diner bummelten wir durch die Innenstadt.

Zu Heiligabend waren wir in einer Kirche. Dort gab es ein Krippenspiel, das von Kindern aufgeführt wurde. Als wir im Anschluss ins Hotel zurückkamen, wurden wir in einen Raum gebeten, in dem ein großer Tannenbaum stand. Darunter lagen verstreut viele Päckchen und Pakete mit dem Namen derer, für die sie gedacht waren. Ein als Christkind gekleidetes Mädchen verteilte sie. Mich erinnerte es an die Weihnachtsfeier in Hongping, in der Wohnung des Bauleiters von Peters Firma. Ich musste das Christkind spielen, weil ich die Jüngste war.

Von der Hotelleitung bekam jeder ein Geschenk. Bei den Kindern war es anders. Manche Eltern hatten als Postboten gewirkt und die auf den Wunschzetteln genannten Geschenke ihrer Kinder vorher heimlich dem Christkind übergeben.

Als wir spät abends auf unser Zimmer gingen habe ich Silvia mit einem handgestickten Seidentuch, das ich auf dem Weihnachtsmarkt gekauft hatte, überrascht. Sie sah es sich dort ein paarmal an und legte es zurück. Der Preis war ihr zu hoch. Mir hat sie eine kleine Dose mit einer Spieluhr geschenkt. Wenn man den Deckel hebt, spielt sie die „Kleine Nachtmusik" von Mozart.

Zwischen Silvia und mir hat sich während unserer Reise eine enge Beziehung entwickelt. Mein anfänglicher Verdacht, dass sie den Zimmertausch gezielt arrangiert hatte, war unbegründet. Sie organisierte nach der ersten

Nacht zusätzliche Decken. Wir mussten nicht mehr frieren. Ich war es, die in der zweiten Nacht unter ihre Decke kroch und mich an sie schmiegte. Von ihr ging keine Initiative aus. Ihre verhaltene Art war mir angenehm.

Ich verriet ihr, dass ich schwanger bin. Sie freut sich, wie ich, auf das Kind. Seitdem verhielt sie sich, wie ein besorgter Ehemann. Wenn wir unterwegs waren, achtete sie darauf, dass ich mich nicht überanstrenge. Sie erkannte, wenn es mir zu viel wurde und blieb mit mir im Bus oder in einem Café zurück. Es ist ein schönes Gefühl, umsorgt zu sein.

Nachts schlief ich in ihrem Bett. Ihre Zärtlichkeit erweckte meine Sinne. Es war eine neue Erfahrung, die ich machte und nicht mehr missen möchte.

Unsere Beziehung war bald gefestigt. Wir sprachen über unsere Gefühle und verborgenen Neigungen. Nichts steht zwischen uns. Ich fand es schön, dass sie sich nicht für mein familiäres Umfeld interessiert und nachfragt. Sie weiß, dass ich verheiratet bin und in einem goldenen Käfig lebe. Dies genügt ihr.

Isabella kommt, um mich abzutrocknen und hilft mir beim Anziehen eines dunklen Festkleides.

Gehao erscheint pünktlich zum Diner und begrüßt mich auf seine freundliche und zurückhaltende Art. Er fragt, wie mir die Reise gefallen hat und kommt bald auf die bevorstehende Silvesterparty zu sprechen. Sie soll in einem Hotel in der Innenstadt stattfinden. Ich frage ihn, ob ich jemand mitbringen darf. Als er erfährt, dass es sich um die Frau handelt, mit der ich in Nürnberg war, ist er einverstanden.

Nach dem Essen gibt es eine kleine weihnachtliche Nachfeier. Ich verteile meine Geschenke und die Freude ist allen anzusehen. Gehao, der Gefühle nur ungern zeigt, freut sich sichtlich. Ich habe ihm einen Bildband von Nürnberg in deutscher Sprache mitgebracht. James, der viel von Traditionen hält, liest ein paar Weihnachtsgeschichten aus dem alten England vor und zum Abschluss singen wir gemeinsam ein Lied.

Am nächsten Tag rufe ich Silvia an und frage sie, ob sie zu Silvester mit mir und meinem Mann zu einer Party gehen möchte. Sie ist hellauf begeistert und sagt spontan zu. Gleich darauf sucht sie nach Ausreden, warum es bei ihr nicht geht. Ich frage sie direkt, ob es an dem fehlenden Abendkleid liegt. Sie streitet es zunächst ab. Ich lasse nicht locker und sie gibt zu, dass sie sich ein Ballkleid nicht leisten kann.

„Würdest du mit mir auf Einkaufstour gehen und mich beraten?", frage ich sie.

Sie hat Urlaub und kann schlecht absagen. Wir treffen uns im Kaufhaus Harrods.

Sie ist pünktlich und wartet auf mich an dem vereinbarten Eingang. Wir gehen vergnügt auf Shoppingtour. In kurzer Zeit finden wir alles für mich, was ich benötige und uns beiden gefällt.

Silvia freut es, wenn sie das eine oder andere Kleid für mich anprobiert. Sie dreht sich vor den großen Spiegeln und achtet auf meine kritischen Blicke. Ich frage sie, ob ich ihr eines dieser schönen Kleider schenken darf.

„Ich möchte das nicht. Hast du gesehen, was die kosten?", erwidert sie erschrocken.

„Ich weiß, doch es ist für mich kein Problem", beruhige ich sie.

„Auch, wenn du reich bist, kann ich es nicht annehmen."

„Du tust es für mich, damit du mich zur Silvester-party begleiten kannst."

Silvia beginnt zu überlegen. Ich halte mir das schöne Kleid, das ich für sie gedacht habe, an meinen Körper und betrachte mich im Spiegel.

„Es steht dir gut!", sagt Silvia.

„Ich habe ein ähnliches Kleid in meinem Schrank. Zwei kann ich unmöglich anziehen", sage ich ihr.

Silvia überlegt.

„Ich mache dir einen Vorschlag. Wir haben die gleiche Kleidergröße. Wenn du dir das Kleid kaufst, borge ich es mir von dir aus. Somit ist es kein Geschenk, das mich innerlich belastet."

„Du bist eine kluge Frau!", erwidere ich begeistert.

Wir kaufen noch ein paar passende Accessoires, wie Schuhe, Tasche, Stola und den farblich abgestimmten Modeschmuck. Mit unseren Schätzen streben wir das nächste Café an und feiern unseren Kauferfolg.

Ich erkenne, dass es nicht leicht ist, ein großes Geschenk zu machen. An ihrer Stelle würde ich ähnlich reagieren. Geschenke können abhängig machen, wenn man sie von den falschen Personen annimmt. Da wir befreundet sind, sehe ich in der Kompromisslösung einen guten Ausweg.

Meine Freude ist groß, dass sie mit zur Party geht. Ich kann mich mit ihr unterhalten und Gehao müsste nicht ständig nach mir sehen, ob ich von Junggesellen bedrängt werde.

Am Nachmittag ruft mich Silvia über das Handy an. Sie beschreibt mir, wie sie das neue Kleid zu Hause anprobiert und sich im Spiegel betrachtet. Ich habe große Lust, sie zu besuchen. Für heute ist es leider schon zu spät.

Wir sprechen über die Silvesterparty und sie will wissen, wo sie auf uns warten soll.

„Ich denke, wir holen dich mit dem Auto von deiner Wohnung ab. Gib mir deine Adresse!"

Sie sagt mir langsam die Adresse an, damit ich sie aufschreiben kann.

Ihre Fragen nach den Gästen und wie lange es dauern wird, kann ich ihr nicht beantworten, da ich es selbst nicht weiß.

Isabella kommt in mein Zimmer und erinnert mich, dass ich mich für das Diner fertigmachen muss.

Ich bemerke, dass mir die Zeit zu schnell vergeht, wenn ich mich mit Silvia unterhalte.

Zum Diner erzähle ich Gehao, dass ich heute mit Silvia bei Harrods shoppen war. Es interessiert ihn nicht. Er scheint geistig abwesend zu sein. Ich frage ihn, ob er Probleme hat und ich ihm helfen kann.
Aufmerksam sieht er mich an.

„Meine Mutter hat mich heute angerufen und gefragt, ob sie bald Großmutter wird. Ich sagte ihr, dass sie sich bis zum März gedulden müsse. Darauf hat sie wütend reagiert."

„Habe ich Schuld?"

„Nein! Du hast damit nichts zu tun. Sie hat sich über mich beschwert, weil ich sie nicht gleich darüber informiert habe, dass du schwanger bist. Jetzt will sie wissen, ob es ein Junge oder Mädchen wird."

„Es wird ein Junge!", sage ich stolz.

Gehao zeigt keinerlei Rührung. Seine Mutter wird hellauf begeistert sein, dass in drei Monaten der Stammhalter der Familie Zhou das Licht der Welt erblickt. Sie weiß nicht, dass Gehao keinen Anteil daran hat und wird es nie erfahren. Wichtig für mich ist, dass Gehao den Jungen als sein eigenes Kind anerkennt.

Damit wäre die Zukunft meines Sohnes gesichert.

„Ich werde meiner Mutter nicht sagen, dass es ein Junge wird", entscheidet sich Gehao.

„Was ist, wenn sie mich anruft und fragt?", gebe ich zu bedenken.

„Du musst es nicht wissen und kannst ihr somit nichts sagen. Wenn sie es erfährt, wird sie gleich nach London kommen und bei uns wohnen wollen. Das ertrage ich nicht."

„Darf es das Personal wissen, dass ich schwanger bin?"

„Du kannst es ihnen sagen, wenn es sich ergibt. Schwangerschaft ist keine Krankheit. Es geht die Angestellten nichts an."

Ich mache mir Sorgen, ob Gehao zu seinem Wort steht und meinen Sohn als seinen ausgibt. Bisher hat er alle Vereinbarungen, die wir in unserem Ehevertrag getroffen haben, eingehalten. Ich kann mich nicht beschweren. Mir geht es gesundheitlich gut, für meine Zukunft ist gesorgt und ich habe mehr Geld zur Verfügung als ich ausgeben kann.

Die Trennung von Peter ist noch nicht überwunden. Selbstmordgedanken wegen der erzwungenen Ehe sind mir nicht mehr gekommen. Ich lebe jetzt in einer anderen Welt. Es ist wie ein neuer Lebensabschnitt. Mein Kind ist mir am wichtigsten. Ich bin bereit, für meinen Sohn alles zu geben. Wenn es sein muss, mein Leben.

Warum meine Schwiegermutter zu uns nach London kommen will, verstehe ich nicht. Auf der einen Seite kann sie nichts mit Kindern anfangen, wie Gehao sagt und auf der anderen Seite versucht sie sich jetzt in unser Leben einzumischen und uns zu belagern. Ich bin mit Gehao einer Meinung, dass es nicht gut ausgehen wird, wenn sie hier wäre.

Wie können wir es abwenden?

Ob es hilft, wenn meine Mutter uns besucht. Sie ist zurückhaltend und würde Gehao und mir nicht auf die Nerven gehen. Ich muss darüber nachdenken und mit Gehao sprechen, ob er einverstanden ist.

Diese Gedanken beschäftigen mich stärker als ich möchte. Ich habe meine Schwiegermutter als dominante Frau kennengelernt, die keinen Widerspruch duldet. Sie gibt vor, was richtig oder falsch ist und wie es gemacht werden muss. Wer sich ihr nicht anpasst, dem wirft sie den Fehdehandschuh vor die Füße. Mit ihr möchte ich mich nicht anlegen. Sie ist hinterhältig und verschlagen. Mit allen Mitteln setzt sie ihren Willen durch. Ich habe festgestellt, dass Gehao nicht gegen sie ankommt und vorzieht, weit weg von ihr zu sein.

Am nächsten Morgen stehe ich früh auf. Als erstes rufe ich Silvia an und vereinbare mit ihr, dass wir uns in dem Caféhaus in der Nähe unserer Sprachschule treffen. Sie ist pünktlich. Die Silvesterparty ist unser wichtigstes Thema. Sie hat viele Fragen. Ich erzähle ihr von anderen Partys, die ich besucht habe und mit welchen Leuten ich dort sprechen konnte. Ähnlich wird es am Silvester-abend ablaufen.

Verschiedene Namen sind ihr bekannt. Diese Personen sind im Fernsehen aufgetreten oder es standen Artikel über sie in der Tagespresse. Silvia hat ein gutes Gedächtnis und kann mir von den erkannten Personen die ganze Lebensgeschichte erzählen.

„Du solltest bei einem Detektiv arbeiten, wenn du dir die Daten gut merkst", sage ich lächelnd.

„Beim Geheimdienst würde ich mehr verdienen", erwidert sie lachend.

Wir sind jetzt auf ein Thema gekommen, das uns stark amüsiert.

Unseren albernen Gedankengängen lassen wir freien Lauf.

„Ich muss dir verraten, dass ich vor vielen Jahren die Idee hatte, bei einem dieser Vereine anzufangen. Ich finde es schick und aufregend, zusammen mit Geheimagent 007 durch die Welt zu reisen. Den Grund, warum sie mich ablehnten, kenne ich nicht", gesteht Silvia.

Die Zeitungsleser an den Nachbartischen blicken grimmig in unsere Richtung. Wir reden zu laut. Sie scheinen zu überlegen, ob sie sich beim Ober beschweren oder selbst zur Tat schreiten sollen. Wir fangen an zu lachen. Der Frust löst sich in Wohlgefallen auf. Ihre Gesichter verziehen sich zu einem Grinsen, ohne zu wissen worum es geht.

Silvia fragt mich, was ich heute vorhabe. Nichts Wichtiges, gestehe ich ihr. Sie schlägt vor, mir ihre Wohnung zu zeigen. Freudig sage ich zu.

Mit dem Taxi fahren wir zu der Adresse, die sie mir gestern Abend telefonisch genannt hatte. Ich zahle das Taxi und wir steigen aus. Sie wohnt in einem alten Mietshaus, das einst bessere Zeiten sah. Es erinnert mich an das Haus meiner Eltern, welches dringend renoviert gehört.

Es gibt keinen Aufzug. Wir müssen bis in die vierte Etage zu Fuß gehen. Meine Freundin ist sportlich und das Stufengehen fällt ihr leichter als mir.

Schnaufend komme ich oben an. Mit zwei Schlüsseln schließt sie die Tür auf. Einbrecher hätten es nicht leicht, in die Wohnung zu gelangen.

„Hast du Angst, dass du ausgeraubt wirst?", frage ich sie.

„In unserem Haus ist es zweimal passiert und das am helllichten Tag."

„Wie ist das möglich?"

„Die Einbrecher müssen die Wohnungen der Opfer gut ausgekundschaftet haben. In einem Fall gaben sie sich als Möbelpacker aus und sind mit großen Kisten gekommen. Die älteren Leute, in der Nebenwohnung haben angenommen, dass ihre Nachbarn eine neue Küche bekommen. Niemand ahnte, dass die Kisten beim Weggang mit Diebesgut gefüllt waren."

„Das ist richtig clever. Es müssen Profis gewesen sein!", bemerke ich nicht ohne Bewunderung.

„Abends haben die Mieter den Schaden entdeckt. Sie waren tagsüber an der Arbeit."

„Was hat die Polizei gesagt?"

„Die konnte nichts ausrichten. Die Diebe haben alles gründlich durchsucht und nur bestimmte Dinge mitgenommen."

„Es muss eine Bande gewesen sein, die Hehler haben", mutmaße ich.

Silvia erzählt weiter: „In dem zweiten Fall war es ähnlich. Als Installateure verkleidet erschienen zwei Männer, öffneten geschickt die gesicherte Wohnungstür und fuhren ohne Eile mit dem Schmuck und Geld, was sie gefunden hatten, davon."

„Auf den Partys habe ich von verschiedenen Leuten gehört, dass die Einbruchsdelikte zunehmen. Es muss entsetzlich sein, wenn du nach Hause kommst und alles ist durchwühlt."

„Deshalb habe ich mich jetzt abgesichert", erklärt Silvia stolz.

„Verrätst du mir, wie du dich vor den Einbrechern schützt?"

„Ich gehe davon aus, dass sie in meiner Abwesenheit die Wohnungstür aufbekommen. Wenn sie drin sind, müssen sie gefasst werden."

„Du bist nicht die Polizei", erwidere ich.

„Ich kann sie rufen!"

„Dazu musst du wissen, dass sie deine Tür aufgebrochen haben."

Silvia nickt zustimmend.

„Das ist mein Geheimnis", deutet sie spannungsvoll an.

„Verrate es mir!", bedränge ich sie voller Neugier.

Sie deutet mit dem Finger auf die Wanduhr im Korridor.

Ich sehe zu ihr hin und kann nichts Außergewöhnliches daran erkennen.

„Das ist mein Wachhund! Wenn jemand hier hereinkommt wird er fotografiert und ich bekomme eine E-Mail mit dem Bild auf mein Handy gesandt. Somit bin ich gewarnt und alarmiere die Polizei."

Ich stelle mich nah vor die Uhr und betrachte sie. Eine Kamera mit Bewegungsmelder kann ich nicht erkennen. Silvia deutet auf das Zifferblatt. Ich sehe hin. Ihr Handy läutet. Sie hat eine automatische Nachricht mit Foto erhalten. Ich bin deutlich zu erkennen.

„An dir ist eine Geheimagentin verlorengegangen. Wo hast du das technische Wissen her?"

„Diese IP-Kameras findest du in einschlägigen Elektronik-Geschäften. Es ist keine Kunst, sie zu installieren und zu betreiben."

Wir gehen ins Wohnzimmer. Ich sehe mich um. Der Raum ist hübsch eingerichtet. Es gibt eine offene Küche mit Durchreiche. Davor steht ein Esstisch mit vier Stühlen. Auf der anderen Seite des Zimmers befinden sich zwei Sessel und eine Kommode. Darauf liegt ein Laptop, dessen Kabel hinter der Kommode verschwinden. Silvia schaltet ihn ein und wir müssen ein Weilchen warten bis er hochgefahren ist.

Sie zeigt mir die übrigen Räume.

Vom Korridor führt eine Tür in ein kleines Bad mit WC und eine weitere in eine Abstellkammer. Ein Schlafzimmer gibt es nicht.

„Wo legst du dein müdes Haupt in der Nacht hin?", frage ich neugierig.

Sie geht mir voran in das Wohnzimmer und betätigt neben der Schrankwand einen Schalter. Automatisch öffnet sich die Front und es schwenkt ein breites Bett aus der Wand in die Horizontale. Staunend sehe ich zu, wie sich die Matratze in die waagerechte Position bewegt. Das Bettzeug ist mit einem Netz darauf befestigt.

„Das ist eine großartige Lösung. Ich habe sowas noch nicht gesehen."

„Du wirst nie in der Situation gewesen sein, deinen Wohnraum optimal einzurichten."

„Denke das nicht! Ich hatte als Studentin mit zwei weiteren Mädels in einer noch kleineren Wohnung gelebt. Wir hatten nur eine Kochnische und Toilette. Ein Bad gab es nicht. Im Vergleich ist deine Wohnung ein Luxus-Apartment."

Es freut Silvia, dass ich das sage. Sie wünscht sich eine größere Wohnung mit einem eigenen Schlafzimmer. In London sind die Mieten hoch und viel verdient sie nicht in ihrem Job.

Der Laptop ist hochgefahren.

„Wenn ich will, kann ich jederzeit über das Internet, im Video-Modus den Korridor kontrollieren."

Sie schaltet das Internet ein und aktiviert ein Programm für die Kamera. Es ist der Korridor mit Tür zu sehen. Sie geht in den Flur und wedelt mit den Armen. Ich sehe sie deutlich auf dem Schirm ihres Laptops.

„Das ist super!", bemerke ich begeistert.

„Es gibt einen Server, der Zugriff auf die Kamera hat und den rufe ich über ein Passwort auf."

„Kannst du nur den Flur damit überwachen?", frage ich sie.

„Nein! Ich kann sehen, was im ganzen Wohnbereich passiert und das Video aus der Ferne speichern."

„Wozu ist das wichtig?"

„Für die polizeilichen Ermittlungen."

Sie schaltet auf ein anderes Bild um. Ich sehe mich, vor dem Laptop stehen. Jetzt weiß ich, wo sich die zweite Kamera befindet. Ein Spielzeugroboter steht im Regal und in ihm ist die Kamera versteckt.

„Kann uns jeder in diesem Moment über das Internet zusehen?"

„Nur wer das Passwort kennt. Wenn ich zu Hause bin, schalte ich diese Kamera aus. Nur die im Korridor bleibt scharf."

Silvia hat keine Bedenken, dass sich ein Fremder in ihre Wohnungsüberwachung einhackt. Ich denke, dass sie in dieser Sache naiv ist. Sie erklärt mir, was ich tun muss, um im Internet den Videomodus der beiden Kameras aufzurufen und verrät mir ihr Passwort.

„Bitte schalte die Kamera im Wohnzimmer jetzt aus! Ich fühle mich unwohl bei dem Gedanken, dass uns jemand zusieht."

„Wir tun nichts Unsittliches", bemerkt sie lachend. Sie drückt auf einen Knopf am Kopf des Roboters und das Bild am Laptop verschwindet. Jetzt bin ich beruhigt.

„Was verstehst du unter unsittlich?", will ich von ihr wissen.

Silvia sieht mich verschmitzt an.

„Ich kann es dir schlecht mit Worten erklären, nur zeigen."

„Du machst mich neugierig!", sage ich leise. Wir stehen uns gegenüber. Sie umfasst meine Schulter und zieht mich zu sich heran. Unsere Lippen berühren sich.

Es ist mir unangenehm. Peter ist der einzige, den ich bisher auf die Lippen geküsst habe. Sie spürt meinen Widerstand und lässt ab.

„Hast du Angst?", fragt sie.

„Es ist mir fremd."

„Wir müssen es nicht tun", sagt sie enttäuscht.

Ich fasse nach ihrer Hand und küsse ihre Handfläche. Silvia zieht mich zu dem aufgeklappten Bett und setzt sich auf die Kante. Sie drückt ihr Ohr an meinen Bauch.

„Ich höre, wie sein Herz schlägt", sagt sie begeistert.

Ein werdendes Kind ist ein Wunder, darin stimme ich mit ihr überein.

„Darf ich es streicheln?", fragt sie und lässt ihre zarten Finger behutsam über meinen Bauch gleiten. Ich erinnere mich an unsere Reise nach Nürnberg. Die Berührungen haben mir gutgetan. Ich denke, dass ich durch sie den Verlust meines Geliebten leichter überwinden kann. Wir können über alles sprechen und verstehen uns in den wichtigen Fragen. Ich habe das Gefühl, dass sich zwischen uns eine Liebesbeziehung entwickelt. Mein Vertrauen zu ihr wächst von Tag zu Tag und auch der Wunsch in ihrer Nähe zu sein. Ob unsere aufkeimende Liebe, die zu Peter ersetzen kann?

Ich empfinde ein unbeschreibliches Glücksgefühl. Die Knie werden mir weich, wenn ich sie zärtlich berühre. Nie hätte ich geglaubt, zu einer Frau diese Gefühle entwickeln zu können. Silvia hat eine Kammer in meinem Herzen gewonnen und die Tür zu dem goldenen Käfig aufgestoßen. Ich fühle mich frei.

Ende

Worterklärungen:

Wort	*Erklärung*
adaptieren	Räume für einen bestimmten Zweck herrichten (österr.)
Camp	Durch Zaun oder Mauer abgegrenzte und geschützte Unterkunft auf einer Baustelle
Diner	Abendessen (dt.)
Dongpo Pork	Chinesischer Schweinebauch geschmort
gustieren	etwas kosten, probieren, genießen
Harrods	bekanntes Warenhaus in London
Hongping	Ort und Name der chin. Baustelle THP
Maotai	Chin. Schnaps, der aus roter Hirse und Weizen gebrannt wird
Monade	Kreisförmiges Yin-Yang-Zeichen
NILE	Firma, in der Peter Pichler angestellt ist
Strategem	List, Trick, manipulative Aktion
vakant	verfügbar, frei, offen

Personen:

Name	*Zuordnung*
Charlotte	Köchin von Gehao aus Hongkong, Mutter von Isabella
Feng	Chin. Tischtennisspieler auf der Baustelle
Gehao Zhou	Ehemann von Meiling
Harry	Name des Fahrers und Bodyguards von Gehao
Isabella	Name des Zimmermädchens von Gehao und Tochter der Köchin Charlotte
James	Name des Butlers von Gehao
Jin	Freundin von Meiling
Li	Schulfreundin von Meiling in Shanghai
Lu	Älteste Schwester von Meiling
Madame Hu	Leiterin der Ausländerbetreuung im Camp auf der Baustelle in Hongping

Name	Zuordnung
Name	*Zuordnung*
Meiling	Protagonistin, Ehefrau von Gehao
Oskar	Bauleiter der Firma NILE
Peter Pichler	Österr. Inbetriebsetzer der Firma NILE auf der chin. Baustelle. Geliebter von Meiling
Silvia	Intime Freundin von Meiling in London. Sie ist in einem Reisebüro angestellt
Su	Schulfreundin von Meiling in Shanghai
Zang	Maler aus Suzhou
Zhou	Familienname von Gehao

Über den Autor:

Herbert Schida wurde 1946 in Neuroda (Thüringen) geboren. Er ist verheiratet und lebt mit seiner Familie in Wien.

Nach dem technischen Hochschulstudium (Elektrotechnik) arbeitete der Autor auf dem Gebiet der Supraleitung, Elektromaschinenbau, CAD, Identifikationssysteme und von 1994 bis 2004 im Kraftwerksbau in China.

Publikationen:

* **Im Tal der weißen Pferde.** Ein historischer Roman aus dem Thüringer Königreich, Heinrich-Jung-Verlagsgesellschaft mbH, Zella-Mehlis 2009, (ISBN 978-3-930588-92-3).
* **Das Blut der weißen Pferde.** Ein historischer Roman aus dem Thüringer Königreich, Heinrich-Jung-Verlagsgesellschaft mbH, Zella-Mehlis 2011, (ISBN 978-3-930588-95-4).
* **Die Spur der weißen Pferde.** Ein historischer Roman aus dem Thüringer Königreich, Heinrich-Jung-Verlagsgesellschaft mbH, Zella-Mehlis 2012, (ISBN 978-3-943552-03-4).
* **Der Pferdejunge.** Fantastische Geschichten aus Rodewin, Heinrich-Jung-Verlagsgesellschaft mbH, Zella-Mehlis 2016, Herausgeber: Heimatverein Neuroda e. V., (ISBN 978-3-943552-99-7).
* **Bruder Reinhold und Graf Bertel.** Elgersburger Geschichten aus dem Mittelalter mit Bildern von Rosa Bauer, Verlag Kern GmbH, Ilmenau 2017, (ISBN 978-3-95716-261-8).
* **Ein Ticket nach Shanghai.** Roman, Books on Demand GmbH, Norderstedt 2018, (ISBN 978-3-7528-4682-9).
* **Die Geliebte aus Shanghai.** Roman, Books on Demand GmbH, Norderstedt 2018, (ISBN 978-3-7528-4713-0).
* **Liebe und Tradition.** Roman, Books on Demand GmbH, Norderstedt 2019, (ISBN 978-3-7494-6595-8)

Weitere Informationen finden Sie unter www.schida.net .